Camus

西西弗斯的神话

[法]加缪 | 著

闫正坤　赖丽薇 | 译

图书在版编目（CIP）数据

西西弗斯的神话 /（法）加缪著；闫正坤，赖丽薇译.
— 南京：江苏凤凰文艺出版社，2019.5
（世界大师散文坊）
ISBN 978-7-5594-2444-0

Ⅰ.①西… Ⅱ.①加… ②闫… ③赖… Ⅲ.①随笔 -
作品集 - 法国 - 现代 Ⅳ.① I565.65

中国版本图书馆 CIP 数据核字 (2018) 第 141554 号

西西弗斯的神话

（法）加缪 著　闫正坤　赖丽薇 译

责任编辑	汪　旭
责任印制	刘　巍
出版发行	江苏凤凰文艺出版社
	南京市中央路 165 号，邮编：210009
网　　址	http://www.jswenyi.com
印　　刷	江苏凤凰通达印刷有限公司
开　　本	880×1230 毫米 1/32
印　　张	8.375
字　　数	226 千字
版　　次	2019 年 5 月第 1 版　2019 年 5 月第 1 次印刷
书　　号	ISBN 978-7-5594-2444-0
定　　价	44.00 元

江苏凤凰文艺版图书凡印刷、装订错误可随时向承印厂调换

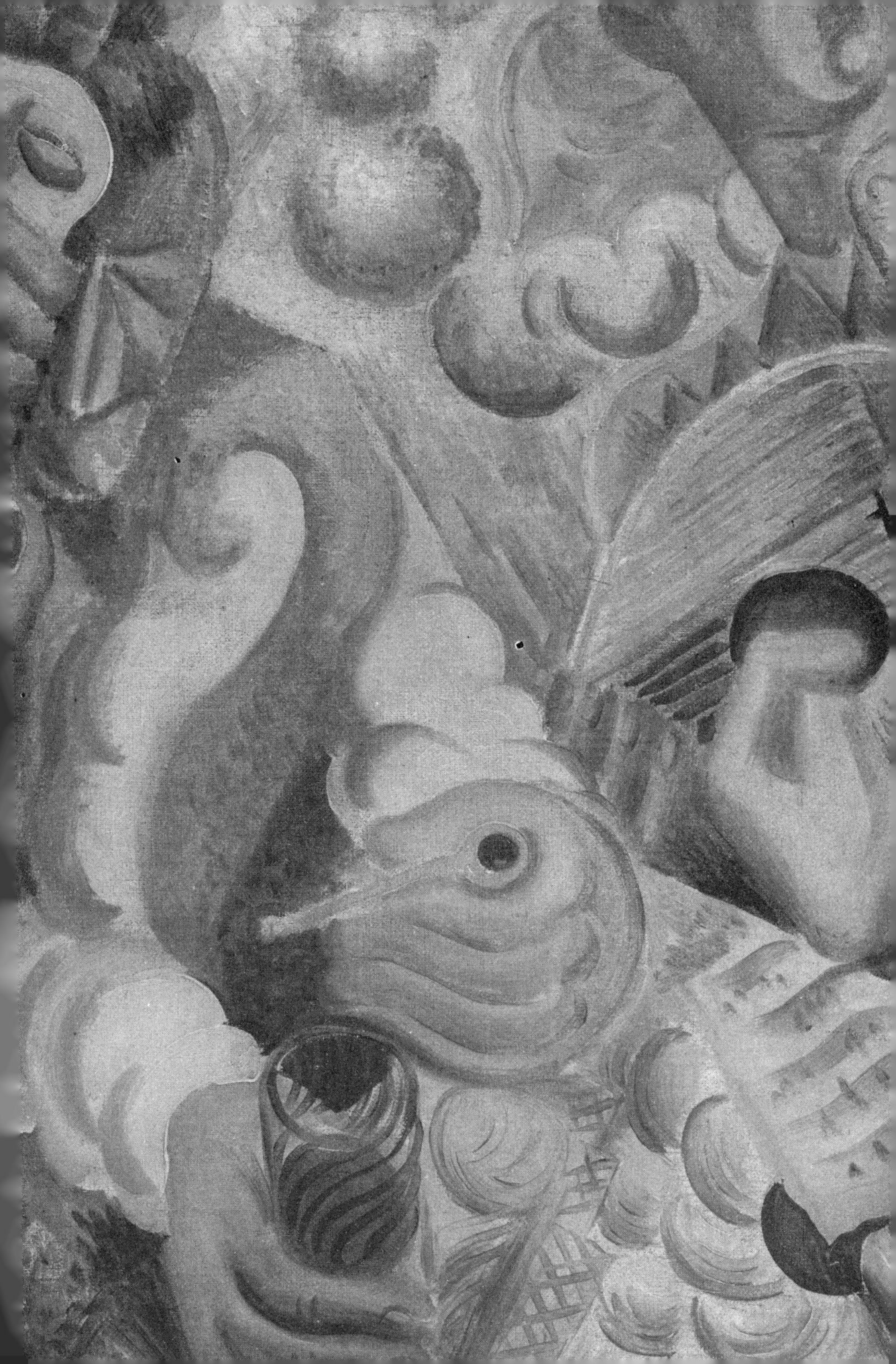

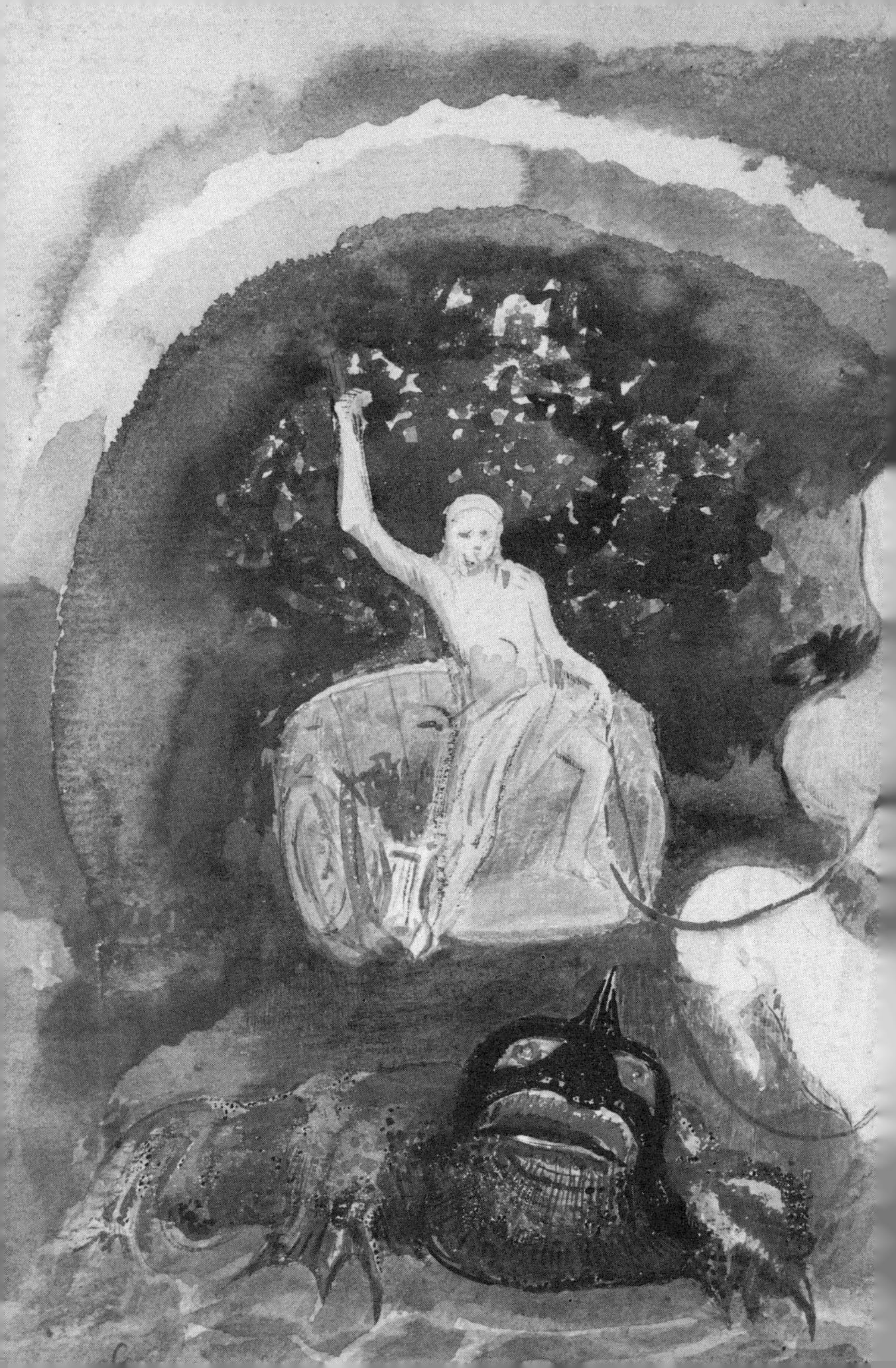

| 目 录 |

西西弗斯的神话 / 001

地狱中的普罗米修斯 / 135

序言

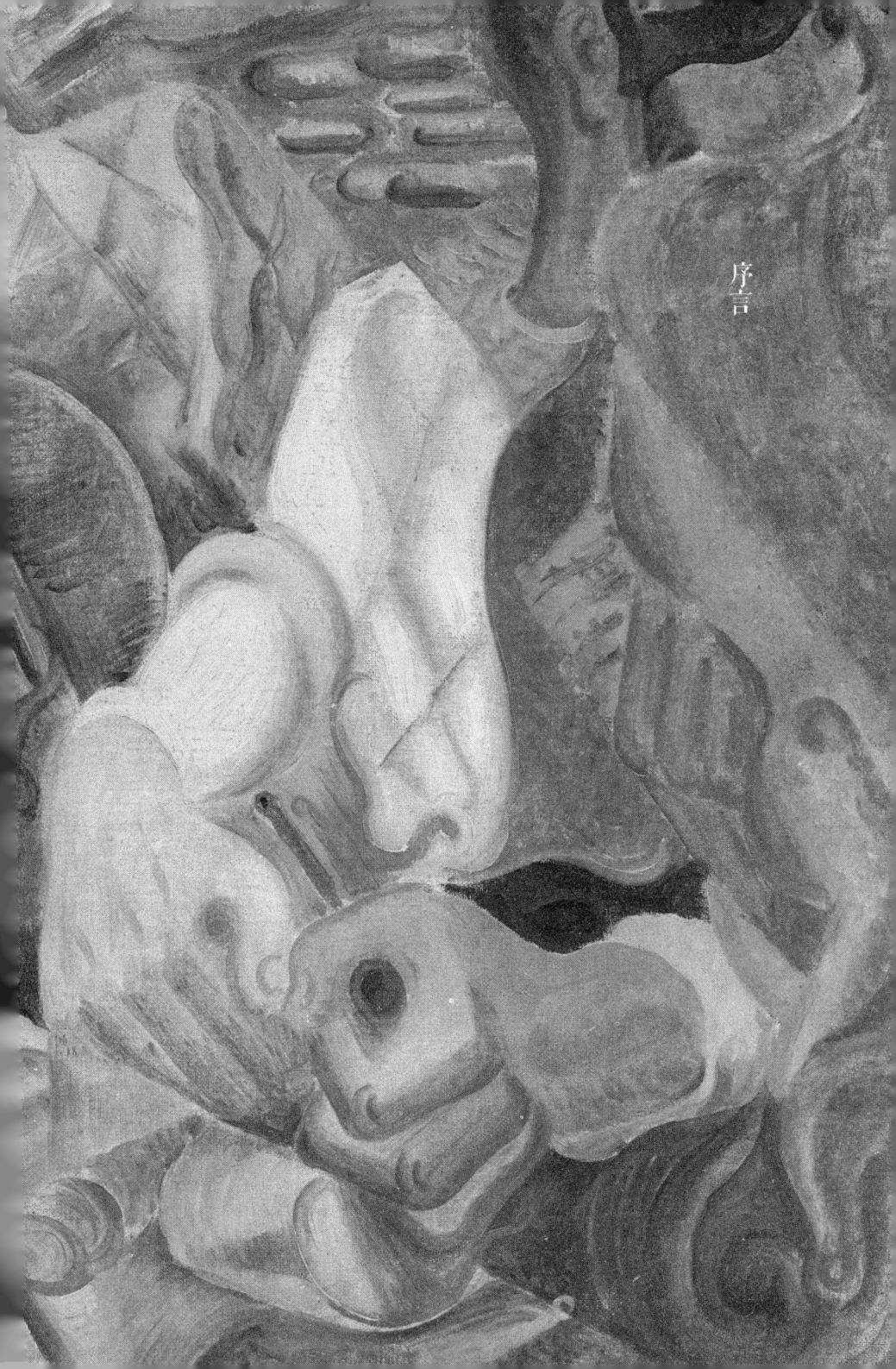

对我来说，《西西弗斯的神话》标志着我在《反叛的人》[①]一文中追寻观点的开始。《反叛的人》试图剖析谋杀的问题，而本书试图解析自杀问题。二者同出一辙，分析的过程都没有借用永恒价值观，因为在当今的欧洲，这种价值体系可能暂时缺失或被扭曲了。《西西弗斯的神话》的基本论点是：了解生命是否有意义是十分必要的；因此直面自杀问题亦合情合理。而且该问题的答案就隐含在诸种悖论之中，只是后者掩盖了前者的存在，即：即使一个人并不信仰上帝，他也不应该自寻短见。本书写于十五年前，正值1940年法国和欧洲历经灾难之际，但本书认为，即使当时受到了虚无主义的种种约束，我们也应找寻道路，走出虚无。在我写过的所有书中，我一直尝试着以此为方向探索。尽管《西西弗斯的神话》提出的是各种道德问题，但它的结论对于尚处荒漠之中的我来说，是一种鼓励我继续生存并从事创作的邀请。

因此，我认为可能应在哲学思辨之后加入一系列的散文。散文我从未停笔过。因此，尽管相对于我写的书而言，这些散文显得有点另类，但它们皆以一种更加诗化的形式例证了从赞同到拒绝这种本质上的波动。在我看来，这种波动界定了艺术家和他艰难的呐喊的界限。我希望美国读者能够和我一样明晰：本书的统一性存在于冷漠与激情交替的反思之中，这是一位艺术家为了寻求他的生活和创作的缘由而放纵的反思。十五年来，我已经走出了书中曾经记载的某几种境遇，虽然对我来说，我看似依然停留在往昔，但我依然忠实于那些推动境遇改变的迫切需要。从某种意义上说，这是本书为什么是我在美国出版的那些书中最为私密的一本的原因。因此，这本书比其他书更需要得到读者的宽容和理解。

——阿尔贝·加缪，巴黎，1955年3月

[①] 译注：《反叛的人》，加缪的一篇散文。文章叙述了作者反对虚无主义哲学而追求个人自由的一生。

致帕斯卡·皮亚①

---
① 译注:帕斯卡·皮亚,法国作家,加缪的挚友。

以下篇章将探讨这个年代颇为普遍、荒谬且敏感的话题,而不是严格意义上还不为我们这个时代所知的荒谬哲学,因此,为了不失公允,在开篇中,我当指出,某些当代思想家对本书有着莫大的恩惠。但是在整部书中,你会发现这些人的语言文字会被引用并加以评论,尽管这与我欲隐去这一部分的本意相差甚远。

但是,请注意,迄今为止作为结论出现的荒谬将会被视为本散文的出发点。这一点对理解文章很有用。而且,从这层意义出发,也可以说,我的有些评注也是暂时的:人不可能面面俱到。你会发现这里只是单纯地描述某种思想。本书暂时没有讨论形而上学,也不涉及信仰,这是本书的局限性和唯一的偏见所在。个人经历让我觉得有必要交代清楚这些情况。

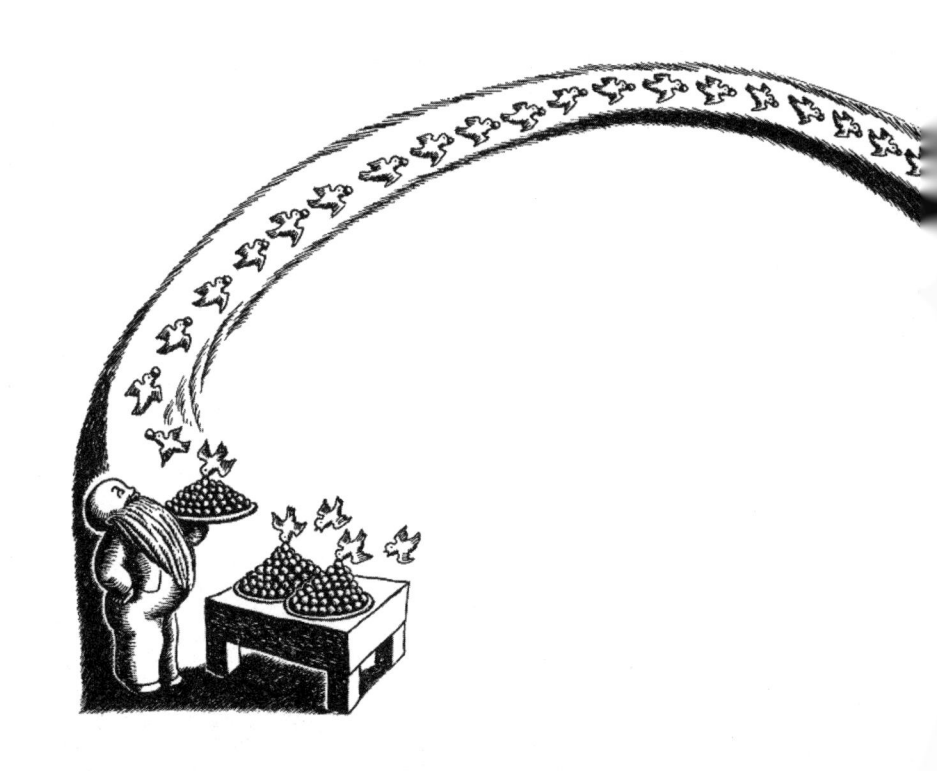

荒谬与自杀

真正严肃的哲学问题只有一个，这便是自杀。判断人生是否值得活下去就意味着回答了哲学的根本问题。所有其他的问题——世界是否是三维的，思想可分为九类还是十二类——都在其次。这些问题不过是游戏，但人们必须要先行作答。如果真如尼采所说，一个值得我们尊敬的哲学家布道，必须举例证明之，那么你必会领悟答案的重要所在，因为它先于决定性的行动。这些皆是众人心中感知的事实；但这些仍然需要进行深入的研究，才能为心智所明晰。

倘若扪心自问，如何判断出这个问题比那个更紧迫，我会回答说，人做出判断是基于问题所包含的所有行为。一方面我从未见过有人为本体论的争辩而死。伽利略持有着极其重要的科学真理，但当其威胁到他的生命时，他便轻松自如地选择发誓放弃了。从某种意义上说，他做得对。[1]这一真理不值得他放弃生命。地球绕着太阳转还是太阳绕着地球转，这只是个无足轻重的问题。说实话，这个问题也毫无意义可言。另一方面，我倒看到许多人自寻短见，因为他们觉得生命不值一活。我还看到另一些人自相矛盾，某一观念或幻念给了他们生存的理由，但他们却为此寻死（所谓生的理由亦寻死的绝佳借口）。所以我便得出结论，生命的意义是众问题中最为紧迫、亟待回答的问题。那怎样回答呢？就所有实质性问题（这里我指的是那些有导致死亡风险的或那些劝人积极生活的问题），可能只存在两种思考方式：拉帕利斯[2]式的思考和堂吉诃德式的思考。只有实证和抒情之间的平衡才能使我们同时获得情感和理性。讨论如此平凡却如此情感丰富的主题，你会发现，迂腐的古典辩证法必须让位给更加谦逊并来源于常识和相互谅解的态度。

自杀一向因被人视为是社会现象而从未引起人们的探讨。相反，我们这里一开始便要关注个人思想和自杀的关系。同伟大的艺术作品一样，如此

---

[1] 原注：这是从真实的相对价值出发的。相反，从阳刚的角度看，这位学者的脆弱不妨让我们嘿然。

[2] 译注：拉帕利斯，法国元帅。

的行为酝酿于心中的沉寂。人本身对此一无所知,某天晚上,他扣动了扳机或从高处跳了下去。据说,一位自杀身亡的公寓管理员自五年前失去了女儿后郁郁寡欢,变化极大,丧女之痛逐渐"蚕食"了他。我想象不出更加精确字眼,但思考之初即蚕食的开始。社会与此关联甚少,那虫儿就在个人的心中,心中定能找寻它的存在。你却必须理解并继续这个让人从神志清醒面对存在,到逃离阳光、奔向黑暗的致命游戏。

自杀的缘由很多,最显而易见的缘由往往不是最有力的。深思熟虑后很少人会自杀(当然这一假设不一定能够被排除)。引起危机的缘由几乎常常无从查证。报纸上常说是"个人忧伤"或"不治之症",这些解释似乎在理,但是人们一定会知道这个绝望之人的朋友那天有没有对他冷眼相加。如果有的话,那个人便是罪人,因为这足以使所有悬于半空的积怨之气、厌世之情,化作千钧急坠而下了。①

但倘若很难确定人一心寻死的确切刹那,那一小步,那么我们就可以相对容易地从行为本身中推导出结果。从某种意义上说,自杀如通俗剧一样,相当于忏悔自己不知一生为何物,碌碌而为之。然而,我们不必给出太多的相关类比,不如回到日常用语当中。忏悔只是一句"人生不堪如此多的苦难"。活着当然不容易。因诸多理由,你继续做出受到生存支配的姿态。第一就是习俗。自寻短见表明你甚至已经本能地发觉习俗的可笑特征,生存缺乏深刻的理由,每日焦躁令人疯狂,忍受折磨却毫无意义。

那么,那种能够把生命不可或缺的睡眠从心智中剥夺,却又难以捉摸的感觉究竟是什么呢?即使理由不够充分,只要能够解释,这个世界依然是一个熟悉的世界。然而,相反的,身处于一个突然失去幻象和光明的宇宙中,人便感觉被疏远,如同陌生人一般。既然他失去了故土的记忆,也不再有对

---

① 原注:趁此机会,我得指出本文的相对性:自杀的确可以与许许多多值得尊敬的思考联系在一起。例如,在中国的革命中就存在所谓表示抗议的政治自杀。

应许之地的希望，他的放逐便是无药可救的。人与生活的背离，演员与舞台的脱离，正是这种荒谬之感。你会能够发现，任何曾想过自杀的健康人无须解释都能了解，这种感觉和求死有着直接的关系。

本文的主题正是探讨荒谬和自杀的关系，以及这种关系精确到何种程度时自杀成了荒谬的解决之道。我们可以做出一个论断：就一个诚实可信的人而言，他信之为真的事物必然决定了他的行为。如果他相信存在是荒谬的，那么他一定有所行动。那么，得出这样重要且冷酷的结论，是否就意味着需要尽快放弃一个难以理解的假设条件呢？显然，对这个抱有怀疑是正常的。当然，我是说，那些倾向于与自身和睦相处的人理应会思考。

说得清楚一点，这个问题可能看似简单却又不易解决。不过，认为简单的问题包含着不那么简单的答案或证据中仍套有证据的看法是错误的。如同人是否会自戕一样，一个由因及果的演绎或者颠倒问题的条件假设，看起来在哲学上只有两个解决办法，是与非。这样就太过简单。我们必须允许那些还没有下结论的人继续追问。这里，我只是用讽有点过度；大多数人都会这样。我也注意到那些回答"非"的人做起事来却像是"是"的人。事实上，如果我接受尼采的标准，他们总是用这样或那样的方式在说"是"。而与此同时，那些自杀的人往往能够相信生命的意义。这些矛盾是不断存在的。我们甚至可能说，在越似乎应该使用逻辑思维的时候，他们相反却越热衷于此。将哲学理论和信仰它的人们的行为放之加以比较，你就会发现这一点司空见惯。关于这一点，我们有必要说，那些否定生命意义的思想家，除了文学的基里诺夫[①]，传奇[②]的贝勒格里诺斯[③]以及假说

---

① 译注：基里洛夫，基里洛夫，陀思妥耶夫斯基的小说《群魔》的主人公。
② 原注：听说一个效仿贝勒格里诺斯的战后作家，写了第一本书之后便自杀身亡，以换得人们对他的作品的注意。确实引起了大家的注意，尽管书的评价极低。
③ 译注：贝勒格里诺斯，生平不详，希腊犬儒主义哲学家。公元165年，自焚身亡。

的儒尔·勒基埃①，没有一个至死不渝地坚守他的逻辑。叔本华常被人引做笑柄，因为他坐在摆满酒席的桌上称赞自杀。这并不可笑。不把悲剧当真的态度并不可悲，但是由此我们可以判断一个人的是与非。

面对这么多矛盾和隐晦，难道我们一定要下结论说，一个人对生命的态度和他离开尘世的行为真的毫不相关吗？我们不必夸大其词。人对生命的眷恋中有一物远强于世间所有的恶。肉体的判断不亚于心智的判断，而肉体会因畏惧而努力逃避被湮灭的厄运。我们在学会思考之前业已深谙生存之道。在每日催促我们死亡的竞赛中，肉体因不可修补而遥遥领先于心智。简言之，矛盾的本质存在于我所称之为"逃避"的行为之中，因为它无非就是帕斯卡式的消遣。逃避成了不变的游戏。逃避的典型行为，或构成本文第三个探讨的主题——致命的逃避，就是希望。一个人"应得"的来生希望，以及那些不为生而为堂皇理想而活的人的诡计花招，将超越此生，重新定义此生，赋予此生意义，最终背叛此生。

因此，一切都助长了混乱的蔓延。

迄今，人们没有白费力气，仍然玩着文字游戏，并自认为否定赋予生命意义必然会导致人生不值一活。事实上，这两种判断之间不一定存在共通的标准。一个人只要不被这种混乱、背离和矛盾误导就好。他必须撇开一切而直奔问题的真正所在。人因生命不值一活而自戕，这当然是事实，但是不过是个徒然的空论，因为它不言自明，没有新意。然而，这对存在的侮辱和一股脑的完全否定真的是因为生命没有意义而产生的吗？生命的荒谬需要人用希望或自杀来逃避吗？在扫除其他邪说的同时，我们必须要澄清并解释清楚。荒谬促成死亡吗？在采取一切思考方式、运用公正的心智解决所有问题之前，我们得优先讨论这个问题。对该问题的阐释，意义的细微差异、对立的矛盾以及认为一切问题"客观"的心智均能解决的心理都将对此无能为

———————
① 译注：儒尔·勒基埃，法国哲学家。

力。它只需要一种不公正的——换句话说,合乎逻辑的——思考。这并不简单。合乎逻辑往往很简单,然而坚守逻辑直至痛苦的终点却几乎不可能。因此,用双手埋葬自己的人们必执着地跟随他们的情感走到最后。自杀问题的反思使我有了一个提出问题的机会,而这个唯一令我着迷的问题就是:究竟有没有一种逻辑可以坚持到死亡的那一刻呢?除非我能找到证据,激情洋溢地继续小心求证我这里所揭示的本源问题,否则这问题的答案我将不得而知。这一过程便是我所谓的荒谬的推理。许多人都开始研究这个问题,当然,至于他们是否能够坚持下去,这绝非我所能知的了。

卡尔·雅斯贝尔斯[①]宣称无法建构一体之世界的时候,他说道:"此极限导致我回归自我,我不能再从我所代表的客观立场退出,不管是自我还是他人的存在皆无法成为我的目标。"继众人之后,他唤醒了那些思想停滞,犹如身处干涸荒漠的人们。是的,诚然,在他人之后,卡尔做出了努力,但是他们却充满了自寻了断的渴望!许多人,甚至一些最为谦卑的人,都到达了思想停滞不前的最终岔路口,然后他们沉迷了,迷失在他们自身最为珍贵的事情,即他们的生命之中。其他才智出众的人也同样沉迷了,他们以最纯粹的反叛开始了思想的自戮。事实上,他们倒不如让自己尽可能地待在那里,努力且仔细地观察那些异域奇草。在这场冷酷无情的表演中,坚忍和聪敏被奉为上宾,而荒谬、希望以及死亡则留在台上继续念着它们的台词。在分析过出演这场基础却精致的舞蹈的各个角色之后,心智便可例证它们并亲身体验它们的存在。

[①] 译注:卡尔·雅斯贝尔斯,德国存在主义哲学家。

荒谬的墙

厚重的情感就如同一部伟大的作品，往往包含了远比它有意识想表达内容更多的内涵。灵魂的冲动或排斥，在行为和思考的习惯之中频频出现，而灵魂本身非但不知其诸遭后果，更放纵产生了它们。伟大情感携之与身的便是它们自身的宇宙，或壮美恢宏，或凄惨悲凉。这些情感连同它们的激情一起，照亮了一个独有的世界。在那里，它们找到了属于自己的氛围，有的嫉妒满腹，有的雄心壮志，有的自私无度，有的慷慨大方。这里的宇宙，换言之，就是形而上学和思想方法。对已经分化细微的情感来说，真实更是如此，它和那些给我们带来美丽或激发我们荒谬思考的情感一样，本质上捉摸不定，既含糊不清又"确凿无疑"，既远在天边又"近在咫尺"。

每个街角，荒谬之感总是直面袭人。诚然，它若舍去外衣，裸身必令人苦恼。它发光，却无不见光芒。这皆因它无影无形。然而，这种困难却值得我们反思再三。我们永远无法认识人之本身。他的身上有一种我们无法抓住却不可或缺之物。这种说法可能正确，但是事实上，我知人识人，皆取自他的行为举事以及他的存在对生活的影响。同样的，所有这些不理性的情感虽无迹可寻，但我可以通过事实定义它们，通过事实欣赏它们，我只需在知识的领域里将影响与结果加以归纳，抓住并点出它们的方方面面，勾勒它们的空间地域。当然，表面上看，即使同样的演员看上百遍，我定不会因此而对他的个人有更深的了解。但如果我把他扮演的所有角色汇总起来，或是说如果我在历数完他扮演的第一百个角色之后产生一点深入的了解，又如何呢？剩下的便是真理的要素。这浅显的悖论也是一则寓言，其中意味深刻：对一个人的定义，不仅要凭借他所扮演的角色，还要依靠他真实的内心冲动。因此，更为低调的情感隐藏在内心中，虽触及不到，但它们外化的行为和呈现出的思想方法却会揭示蛛丝马迹。显然，我是在以这种方式来确立一种方法，但是同样需要指出的是，这种方法是分析的方法而不是认知的方法，因为方法中暗含了形而上学；它不知不觉中揭示了它常常声称却尚不知晓的结论，就像一本书的结局已蕴含在了它的开头部分一样。这种联系是不可避免的。这里确立的方法将承认我的这种情感——认知所有的真实是不可能的。只有表象能够被列举出来，相应的气氛才会显现，为人所感知。

或许我们应该在与之不同却息息相关的智力世界、活着的艺术世界或艺术世界本身中寻找那种能够超越无影无形的荒谬之感。这种荒谬的情感始于荒谬的气氛，终于荒谬之世界并形成相应的思想方法。这种思想方法会以真实的颜色照亮这个世界，呈现特有的、不可否认的外貌——从中，我们可以辨认出这种思想方法。

所有伟大的行为和一切伟大的思想都源于某个微不足道的开始。巨作往往诞生于街角路口间或饭馆的旋转门中。荒谬也是如此。比起其他的世界，荒谬的世界所具有的高贵更是出身卑微。在某些情况下，被问及个人想法时回答"没有"可能只是一时的做作。那些被人关爱的人应深有体会。但是如果那个回答是真诚的，如果这象征了心灵的异常状态——在此之中，虚无是不容置辩的现实；日常连续的行为被中断而心灵却一次一次徒劳地企图与之联系——那么，它就似乎应该是荒谬的最初信号。舞台布景是这样崩塌的：起床、乘车、四个小时的办公室或工厂工作、吃饭、再坐车、又四个小时的工作、吃饭、睡觉，周一、周二、周三、周四、周五、周六，周周如此，节奏不变——绝大部分的时间，若是沿着这条路走，轻松自如毫不费力。然而突然有一天，你问了一个"为什么"，然后一切的一切开始淹没在厌倦和惊讶中了。"开始"——至关重要的一步。厌倦出现在机械化生活行为的终点，它同时引发了意识的跃动。它唤醒了意识，激起了一系列的行为。紧随其后的，要么是逐渐回归原先的节奏，要么是真正的觉醒。觉醒之后迟早会出现这种结果：自寻死亡或重新振作起来。厌倦本身就令人作呕。在这里我必须做出这样的总结：厌倦是件好事，因为一切始于意识的萌发，不通过意识的思索，一切皆无价值。这种说法不是我的原创，不过却显而易见——这足以让我们停下来粗粗回顾一下荒谬的起源了。海德格尔说过，"焦躁"乃万物之源。

　　生活日日平淡，周而复始，时间与我们如影随形。然后总有一刻，我们不得不把持时间，因为我们依赖未来而生活："明天"、"后来"、"当你选择了你走的路"、"你长大了自然会明白"。这些与今日毫无干系，却美妙无比，因为它毕竟关系到死亡与逝去。某一天，一个人注意到或是说他已而立之年了，因此他会坚持他仍然青春，但在同时，他也将自己置于时间之中，找到了自己的位置。他承认，他置于时间之弧的某一点，他也知道，这一圆弧正载着他驰向终点。他是时间的一部分，而从攫住他的恐惧中，他认出了自己最凶恶的敌人。明天，他曾渴望明天，然而他的一切却在拒绝明天。这种肉体的反抗就是荒谬①。

　　一步之差，陌生之感便会潜入：觉得世界很"复杂难懂"，感到石头是那么的陌生对我们却又那么不可或缺；心中有着强烈的不安，甚至自然风光都能否定我们的存在。所有美的深处都蕴含着某种非人的因素。郁郁山丘，宁馨天穹，树的倩影，那一刻突然丧失了我们用于遮盖它们的虚幻意义，从此它们比失去的乐土还要遥远。千年沧桑变幻，世界原始的敌意与我们的对立愈加强烈。霎时间，我们失去了对这个世界的认知，既因为多少世纪以来，我们对世界的理解只限于我们预先为它设定的种种意象和图样，也因为从此之后，我们丧失了使用这种方法的力量。世界在逃避我们，因为它再次变回自己。风俗习惯所遮蔽的舞台背景再次展现了原貌。它与我们远远相隔。仿佛曾经有过一段时光，我们觉得平日熟悉的面庞非常陌生，尽管我们数月数年前曾与她热恋，我们或许因此开始渴望某天我们突然孤独一人。然而，这一刻还没有到来，只是有一件事情可以确定：世界的那种复杂难懂和陌生疏远就是荒谬。

---

　　① 原注：但这并不是严格意义上的荒谬。这不是下定义，而是意在列举出一些众人承认的荒谬之感。列举已毕，而荒谬却并未因此而穷尽。

芸芸众生亦藏匿着非人之气。某些清醒的时刻，他们举止机械的一面以及他们毫无意义的滑稽举止使得周围的一切变得荒谬起来。在玻璃隔墙内有个人在打电话，你听不见他的声音，但却看见他难以理解的哑剧表演：你不禁好奇他为什么活着。面对心中的非人性所产生的这种不适之感，在我们的血肉皮囊前这种难以预料的恍悟，就是被如今的某个作家称作"作呕"的情感，也是荒谬。同样的，我们刹那间在镜子中看到的陌生人，我们在自己的相片册中遇到的熟悉但恐惧的兄弟，也是荒谬。

最后让我来谈谈死亡以及我们对死亡的态度问题。这一点的论述已经非常全面了，我们最好避开伤感。每个人活着。对于这一点，我们并不那么惊讶，仿佛我们还不"知晓"此事。这是因为现实中我们没有经历过死亡。严格上说，只有亲身体验过和思考过的事物才算经历过。这里，提及他人死亡的经历是几乎不可能的。这只是一种取代，一种幻想，决不能让我们信服。那种忧郁的故事传统没有说服力。恐惧来自于现实，源于死亡公式的精确计算。如果说时间让我们恐惧，这是因为它解决问题并把答案随即奉上。所有关于灵魂的精彩演讲都将会被它们的对立面所证明，至少瞬间让人信服。愚钝的身体，拍打不会留下痕迹，但灵魂却会就此而消失。这种冒险原始而又具决定性的构建了荒谬情感的内涵。在那种让命运就此终结的霹雳之下，情感的无用性凸显出来。残酷的数学公式决定了我们的条件，在它面前，无论是道德准则还是努力都无法先验性地证明自己的合理性。

我再重复一遍：所有这些都有人提过且不止一次地提到过。在此，我只不过是快速地加以概括并且指出这些显而易见的论题。所有的文学和哲学著作中都曾出现过这些论题。日常的交谈也少不了它们。这里不存在再创造的问题。然而，为了随之能在初始的问题上提出质疑，明确这些事实是必不可缺的。我依然要重申：我感兴趣的不是荒谬的发现，而是这些论题的结果。如果人们相信了这些事实，那么他们将得出什么结论呢？他们将走出多远才发现问题无可回避呢？他们将是自愿寻死，还是不顾一切地去展望未来呢？在此，我们有必要预先从知的层面上列出人们常常质疑的问题清单。

心智迈出的第一步就是明辨真伪。然而，一旦思想进行自我反思，那么它首先发现的就是矛盾。这一点不辨自明，我们不必大费周章。多少世纪以来，没有一个人能比亚里士多德对此揭示得更简洁、更优雅的了："可笑的是，这些想法的结果往往是不攻自破的，因为如果坚持一切都为真，那就肯定了与我们相左的见解为真，于是，我们就肯定了自己原有论点的谬误（因为相反的主张不允许原有的观点为真）。如果有人说，一切为假，那这种看法本身也为假。如果我们称，只有与我们相左的见解为假，或者只有我们的主张才不是错误的，那我们就不得不承认有无穷大的真或假判断。因为，做出真值判断的人同时也是在宣称这个结论是正确的，以此类推，直至无限。"

这种恶性循环不过是处于自修之中的心智在一系列令人眩晕的漩涡中逐渐迷失的第一步。这些悖论朴素简单、不可还原。无论玩弄什么样的文字游戏和逻辑技巧，当务之急就是理解其统一性。心智不厌其烦地去详解，只是为了心中最深处的渴望。这与依附于自身宇宙的潜意识感情并行不悖：它坚持亲密友爱，渴求一目了然。对人来说，理解世界就是将其人化，给其打上人的烙印。猫的宇宙不同于蚂蚁。"任何思想皆具人性"，这种不言自明的道理别无他意。同样，旨在理解真实的心智，只有把真实付诸思想之时才能够感到满意。如果人们认识到宇宙自身也能够如他一样坚忍友爱，那相互和解就指日可待。如果思想在闪烁微光的诸遭现象之境中发现永恒之理，可以用单一原则概述这些现象并且能够自我概括的话，那么我们就能发现知识之愉悦，而神之眷顾的神话不过是对此的可笑模仿。这种统一之思、绝对之望例证了人生如戏的本质冲动。然而，留恋的存在应是事实，但这并不意味着，留恋会随即满足或平息。因为，如果我们认同巴门尼德①所谓的"一"的真实（不论"一"是什么）可以弥补渴望和征服之间的分歧，我们就会陷入荒谬的心智矛盾之中，因为后者坚持完全的统一，并通过这一论断本身肯定了它本声称要解决的自身差异和多样性。这种恶性循环足以扼杀我们的希望。

至此仍是些老生常谈的东西。不过，我还要再重复一遍，这些道理本身并不引人注目，而让人感兴趣的是从这些道理中推导的结果。我还知道另一个浅显的道理：人是会死的。人们可以历数一下能够从这个道理中推导出极端结论的心智。我们幻想自己知晓的和我们真正知晓的东西之间往往存在差距。这种裂隙也同样存在于实用的赞成和伪装的无知之间，因为前者让我们与某些观点共存于世，而后者，倘若我们尝试实践的话，生活必会因此而被打乱。本文中，我们应不断地回顾这两个至关重要的事实。面对这种心智无法挣脱的矛盾，我们恰恰应该抓住区分我们和自身创造物之间的分歧。只要心智在其静止的希望世界中沉默不言，那么一切都将反映并重置在它伤感的统一性中，而随着它的始动，这个世界将分崩离析：无数闪着微光的碎片将有待认知。这曾经熟悉而宁馨的平面曾经给我们带来心灵的静谧，而如今的重新建构让我们悲痛欲绝。历经长久岁月的寻觅追索、多少思想家的前仆后继，让我们很清楚，我们所有个人的认知也必须如此。除了那些职业的理想主义者外，如今的人们对真实的知识早已灰心。如果要书写一部意义重大的人类思想史，那写出的历史将满是人类思想不断的悔恨和无力而无其他。

我敢和谁说、和什么东西说："我了解你！"我感觉到深藏于自我心灵，断定它（他）的存在。这个触摸可及的界限，我本身能够断定它（他）的存在。我的所有学识皆绝于此，余下则是建构。我若极力想抓住确定的自我，我若极力去定义并概述它的存在，那儿只会有一股清泉流经指间。我能一一勾勒出它展现的方方面面，也能绘出人们赋予它的一切——出身、教养、热情或

---

① 译注：巴门尼德，约公元前445—450年，古希腊哲学家。

沉默、高贵或渺小，但是这一切却不能累加在一起。此心乃我心，但对我来说，它依旧无影无形。我坚信我之存在，我也尽力向自己保证，但这两者之间总存在着不可逾越的鸿沟。我永远对自身感到陌生。心理学和逻辑学之中都存在着一些事实的东西。苏格拉底说，"认识自己"。这与教堂忏悔室中"要有道德"的呼喊具有同等价值。它们在显示怀念的同时也预示着无知。这些枯燥无味的东西是对伟大论题的玩弄。它们相近，而只在这种严格意义上，它们才合理。

　　这里有树，我熟悉他们粗糙的外表；这里也有水，我能感到它的味道。这些草的芳香、夜空的星烁以及心情舒畅的晚上——我怎能否认这个我能够体会到它的能力和力量的世界呢？然而，对大地的所有认知却丝毫不会让我确信这个世界是属于我的。知识啊，你向我描述过这些知识，并教我如何梳理。你提到了它的规律，而在求知的渴望中，我承认这些是真实的。然后你拆解了它的机理，燃起了我的希望。最后，你教育我说，这个令人惊叹、多姿多彩的宇宙是由原子组成，而原子本身又可以还原成电子。这一切都是对的，我等着你继续下去。然而，你又告诉我，有一个看不见的星系，其中电子受到吸引，围绕着一个核转。你用影像向我展示了这个世界。于是，我意识到你已经从这个世界转到了诗的世界，一个我永远不会知晓的世界。我是否有时间为此而感到气恼呢？你已完全改变了理论，那本应教会我一切的科学以假说而告终，明晰终于隐喻，变化不定则化归于艺术作品之中。我为何做出如此多的努力呢？山丘柔和的线条以及夜晚放在颤动心脏上的指尖教会了我更多的东西。我回到了我的起点。我认识到，通过科学来把握现象并将其一一枚举的方法。尽管我为此付出了巨大努力，但依然不能理解这个世界。要是想用手指追踪到它的整个慰藉，我就不会了解更多。描述，清楚明晰却与我无用；假说，声称有教却与我模糊不清。科学啊，你让我在这二者中进行选择。一个对自身、对世界的陌生人，只能以既自我否定又自我肯定的思想来武装自己，那我如何才能只通过一种拒绝求知与生存的方式就可以达到平和的境地呢？征服的渴望一次又一次碰壁却不产生一丝涟漪，这又是怎样的境地呢？产生欲求就会引发种种悖论。万物皆有序，毒化的平和亦有形，一切的一切皆取决于轻率的思想、麻木的心灵以及致命的放弃。

因此智力也以它的方式告诉我，世界是荒谬的。而它的对立面——盲目的理性——却信誓旦旦地说，一切皆明了。我曾期待证据，希望它是对的。然而，无论历经多少朝代的显赫，无论有多少口若悬河、能言善辩之士，我还是明白理性的谬误。在这一点上，至少，"我若不能知便无幸福"的说法就不正确。那种所谓作用于实践或应用于道德的普遍推理，那些妄图解释一切的种种决定之论，这些范畴足以让正派得体的人觉得可笑。它们与心智毫无瓜葛。它们否认心智被禁锢的深层次真实。在这含混不清、捉襟见肘的宇宙中，人的命运因此而获得意义。一大群非理性的东西突然跳出来，围绕着他，直至他生命的终结。若是神智业已恢复并变得审慎，这种荒谬之感愈加清晰可名。我曾说过，世界是荒谬的，但那时有些操之过急。世界本身并非合情合理，这就是人们所能描述的一切。而荒谬之物便是与这种非理性对峙的结果，是回荡在所有人们心中企图明晰世界的狂热渴望。荒谬之于人，亦之于世界。此刻，它是人与世界之间的唯一联系。它将二者绑在一起，犹如仇恨把两种生物紧紧地拴在了一起。这是我在这浩瀚的宇宙中立足自我而进行冒险后所明晰的一切。我们要在这里稍稍打断一下：如果我坚持荒谬决定了我与生活的关系，如果我面对世界的舞台浑身上下充满了这种伤感，如果我追寻科学具有了一丝清明，那么我定会将一切奉献给这些必然，正视它们，拥有它们。我必会与它们步调一致，并不计后果地追寻这些必然。这里，我谈到正派得体，但我想提前知道，思想是否能够存活在这些荒漠之中。

据我所知，思想至少已进入了这片荒漠。在那儿，它找寻到了食粮。在荒漠中，它会意识到从前它总以幻象为生并曾为人类反思过的一些紧要主题而辩护过。

自发现的那一刻起，荒谬就成了一种激情，一种最让人苦恼的激情。然而，整个问题的关键所在就是，人类是否能够忍受激情，是否能够接受这激情背后的法则，即激情迸发之时燃烧心灵。当然，这还不是我们现在应该问的，因为这个问题立于这一体验的中心，我们以后会再次谈到它。相反的在这里，我们需要确认一下那些诞生于荒漠的主题和冲动，将它们一一列举即可。如今，它们也已被世界所知晓。历史上，总有人为这些非理性的权利辩护，一种或称之为"蒙羞的思想"的传统也从未停止过它的脚步。为此，对理性主义的批判纷纷而起，批评之声业已无以复加。当今之时，这些似是而非的体系又风云再起，试图压抑理性，仿佛后者一直稳步前行必须打压一般，而这种气势亦反之铸就了我们的时代之名。但事实上，这既不能例证理智的效能也说明不了希望的殷切。历史上，这两种态度恒久不息，说明了人既意欲统一认识却又被墙壁团团围住而无能为力的本质激情。

但就对理性的攻讦而言，历史上或许没有哪个时代会像我们今天这样猛烈。查拉图斯特拉①曾高声疾呼，"这理性侥幸成了世上最古老的贵族。当我说，任何永恒意志都不曾凌驾于它之上，我已把它交还给世上的一切。"克尔凯郭尔②患上不治之症时，曾说"这致命的疾病之后，再无其他"。自打他们之后，荒谬思想中诸多意义重大、令人苦恼的论题也纷至沓来。或者说，至少一些至关重要的非理性表现和带有宗教色彩的论题自他们之后应运而生了。从雅斯贝尔斯到海德格尔，从克尔凯郭尔到舍斯托夫③，从现象学到舍勒④，这些哲学家在逻辑和道德领域以留恋为联系构建了整个思想的家族。他们的方

---

① 译注：查拉图斯特拉，拜火教的创始人。
② 译注：克尔凯郭尔，丹麦哲学家、神学家。
③ 译注：舍斯托夫，俄国思想家、哲学家。
④ 译注：舍勒，德国基督教思想家、现象学泰斗。

法不同，目的也不尽相同，但是他们却努力阻挡了理性前行的高贵之路，极力恢复直通真理之门。这里，我是假设这些思想已被大家所认识并体验过。不管他们的雄心可能或曾经为何物，但所有这些人的出发点皆为这一矛盾对立、焦躁不安、软弱无力且难以名状的宇宙。他们的共同点至此我们都已一一做了分析。我们必须要说，对于他们来说，头等重要的是从这些发现中千方百计地得出结论，因此对于我们来说，分开考察这些结论也相当重要。但目前而言，我们只需要关注他们的发现和他们首创的实验，旨在点出他们的一致观点。如果说试图分析他们的哲学观点是胆大妄为，那么无论如何，我们可能且足以找出他们共通的哲学气息。

在冷静地思考过人类的境地之后，海德格尔宣称，这种存在是耻辱的。唯一的真实是存在于整个生物链中的"焦躁"。对于失落在这个世界或沉迷在它诸多娱乐之中的人来说，焦躁是转瞬即逝的恐惧。但如果这种恐惧存在于自我意识，那么它便成了一种痛苦，一种清醒之人挥之不去的气氛，"他将置身其中，其存在被给予了过多关注。"这位哲学教授毫无畏惧，用世界上最抽象的语言继续写道，"人类存在的有限性要比人类本身更为本质。"他对康德的兴趣无非是后者"纯理性"所具有的限制性特质。因为这与他分析的结论不谋而合。"人若是悲痛欲绝，世界将对他无以复加。"对海德格尔来说，这种焦躁看似超出了世上所有的范畴，因此他只思考只谈论焦躁。他历数了焦躁的种种表现：凡人极力减轻钝化者，谓之"烦"；凡心智冥思苦想死亡者，谓之"惧"。海德格尔同样无法从荒谬中剥离意识。死之意识就是焦躁的呼唤，"于是，存在就通过意识的媒介传递自身的急召"。死之意识正是痛苦的呼喊，它恳求存在从"失去无名上帝的苦痛中恢复回来"。对于海德格尔来说，人不必沉睡，但直至他的消亡都应随时保持警惕。海德格尔本人便是这样立于荒谬之世的，他指出了后者昙花一现的特征并在这断壁残垣之中探索着自己的路。

021

雅斯贝尔斯对任何本体论都灰心丧气，因为他宣称，我们的"天真"早已荡然无存。他知道，我们的成就不过是超越这表象的死亡游戏。他明白，心智的终点必是失败。他徘徊于历史长河的精神游历之中，不留情面地揭示了各种制度的缺陷，揭穿了那曾拯救一切的幻念和赤裸的说教布道。在这满目疮痍的世界中，认知已是明日黄花，永恒的虚无成为唯一的真实，悲观绝望无可解救却是唯一的态度。在这样的世界中，雅斯贝尔斯则极力找寻通往神圣之秘的阿里阿德涅的线头。

就舍斯托夫而言，他出奇单调沉闷的著作都在不停地努力灌输着同一个真理。他的作品总是在不辞劳苦地论证：世界上最普遍的理性主义，这个最为严密的体系，最终会败给人类思想的非理性因素。冷嘲热讽、荒谬绝伦，他不会放过任何事实和对立矛盾来贬低理性。他只在意一件事——找出心灵和心智领域的例外。在陀思妥耶夫斯基的定罪体验、尼采精神的诸多恶意冒险、哈姆雷特的诅咒，或易卜生式贵族式的尖酸刻薄中，舍斯托夫捕捉、阐释并放大了人类对无可救药的丑恶的反抗。他否认理性，秉持着某种决心，在这黯然无色的荒漠之中开始前进，尽管在这片荒漠的深处，一切的必然之念早已化为僵石。

在这所有人中，克尔凯郭尔大概是最引人注目的。至少，在他活着的一段时间内，他不光发现了荒谬，甚至体验了荒谬的存在。他写道，"我们可以确信，冥顽的沉默不是一言不发而是滔滔不绝的话语。"他在一开始就坚信，没有绝对的真理，也没有哪个真理会给本来极度矛盾的存在带来满足。在《启发性谈话》和被奉为犬儒唯心论的教科书《诱惑者日记》中，他写道，我们熟知的唐·璜，他的名字和矛盾不知重现在多少芸芸众生身上。他拒绝慰藉、道德及可以依靠的原则。对于心中所体验到的那个荆棘，他只小心地呵护，非但不平息它带来的痛苦。相反，却要唤醒它，并且要在饱受折磨却乐此不疲的人的绝望欢愉之中一点一滴地树立起——清醒、拒绝、造作——一种人所拥有的范畴。这张温柔稚嫩的面孔上满是冷笑。这些伴随着心中一声呐喊而不断旋转舞动的便是荒谬精神与超出理解范畴的真实之间的搏斗。克尔凯郭尔的心灵历程充满了他所钟爱的流言蜚语，这一旅程同样始于某种混沌的体验，这一体验失去了它的伪装并且导致了最初的混乱。

在方法论这个完全不同的领域上，胡塞尔和现象学家们以他们极度奢华的言辞，还原了世界的多样性，并否定了理性的超验能力。他们的努力极大充实了精神世界。玫瑰花瓣、里程碑、人类的双手和爱情、欲望或万有引力，它们同等重要。思想不再试图统一，不再以同一个重要原则为指导而建立那种熟知的与表象间的联系。思考就是重新学会观察、学会专注、学会集中意识；

它借普鲁斯特的方式把所有的观点和影像转换成了特有的一刻。为思想辩护的东西便是它的极端意识。尽管胡塞尔比克尔凯郭尔或舍斯托夫更积极一些，但他的方式从一开始就完全否定了理性的经典方法。他摒弃了希望，使得直觉与心灵面向诸多迅速繁衍的现象，而这些丰富的现象中就存在了某种非人性的东西。这些途径要么通往一切的科学，要么否定科学。这无异于在表明手段胜过目的。其关键在于"一种认知的态度"，而非慰藉。我再重申一遍：至少在开始时，他是这样的。

我们怎能感受不到以上这些思想之间的基本关系，怎能看不到他们的立场总围绕在那个特有而痛苦的时刻，一个希望被抛在一边的时刻呢？要么解释清楚一切，要么就不要向我做任何的解释。然而即使听到了这心灵的呐喊，理性也爱莫能助。这种坚持所激发的心智在探索寻觅，但只会发现种种对立矛盾以及诸多荒谬之处。我所不理解的就是荒谬。这个世界就充满着这些非理性的东西。这个世界本身就是一个庞大的非理性建构。它独有之意，我亦无法理解。只要有人能说一次，"我明白了"，那一切就会得救，但这些思想家们却争先恐后地宣称，没有一目了然的事实，一切皆混沌迷离，而人所有的只是他的神志清明以及清楚地认识到他已被层层墙壁围在正中的事实。

所有这些经验趋同并互为补充。心智在穷途末路之时必须做出判断并选取结论。这就是自杀和答复的所在。但是，我希望颠倒问询之次序，从智力的探险出发，然后回到日常行为上去。这里，心智所援引的经验诞生于我们不应离弃的荒漠。至少，了解到这些经验将至何方是至关重要的。就努力而言，人需径直地面对非理性，而在内心深处，人需要感到渴望幸福和理性。这种人类需求和世界非理性沉默之间的对峙就诞生了荒谬。这一点，我们切不可忘记。对于这个问题，我们也应紧追不放，因为一种生活的全部结果可能都取决于此。非理性因素、人类的追忆以及这二者碰撞中产生的荒谬——这些就是构成了这场话剧的三位主角，而这场话剧必定会以某种存在所擅长的逻辑而告终。

哲学意义的自杀

尽管有了以上的分析，荒谬之感仍然并非荒谬的定义。前者为后者打下了基础，仅此而已。除了在对宇宙做出判断的那一瞬间以外，荒谬之感便脱离了定义的规制。相应的，它有了进一步拓展的机会。它是活生生的感觉；换言之，它必会死亡，否则必会有所响动。因此我们聚到了一起，正是为了讨论这些论题。但同样的，这里让我在意的不是作品或作家的心智，不是他们进行总是在要求另一种形式和地位的评论。而让我真正感兴趣的是发现他们论断中的共同之处。也许，他们的心智从来没有这么大相径庭过。让我们感到完全相同的是他们精神之旅中所历经的风物。同样，尽管认知的区域不尽相同，终结旅途的呐喊却以同样的方式响起在他们身边。显然，我们刚刚回顾的思想家们遇到了相同的气氛。

要说那是一种致命的气氛，这无异于又是在玩弄文字游戏。不过，处在窒息的天空之下，每一个人都被迫做出选择，要么马上离开，要么继续留下。对我们来说，重要的是寻觅前一种情况中人们离开的方式以及后一种情况下人们继续留下的原因。这就是我如何做到在存在主义哲学的诸多结论中定义自杀问题并明晰其他我们可能感兴趣的问题的。

但首先我想绕过主题一下，说说题外话：迄今，我们设法从外围限定了荒谬，然后我们通过直接分析，一方面尽力解释荒谬的意义，另一方面又讨论其所涉及的种种结果，那么你可能会好奇这种方式所做出的定义的准度和效度如何。

如果我指控一个无辜之人犯了弥天大罪，如果我说一个道德高尚的人觊觎自己的妹妹，那么他会反驳说，这是荒谬的。他的义愤填膺有着滑稽的一面，不过也存在了本质的道理。道德高尚之人的反驳证明了我归咎于他的行为与他一生遵循的原则之间有着决定性的矛盾。"太荒谬了"不但意味着"这不可能"，而且蕴含了"前后矛盾"。如果我看见一个佩带宝剑的人攻击手持机枪的队伍，我肯定认为他的行为是荒谬的。我得出这种结论只是鉴于他的意图与遭遇现实之间的失衡以及我所注意到他的实力与他所目测目标之间的矛盾。同理，当荒谬与这些浅显的事实所促成的裁定相左时，我们就应当把这一判决视为荒谬不可靠的。同样是荒谬的论证，我们只有比较了这种推理的诸多结果和人们欲建立起来的逻辑事实后才能做出论证。在所有这些从简单之极到复杂之至的案例中，荒谬的程度与我用来做比较事物之间的差距是成正比的。世上有荒谬的婚姻、荒谬的挑战、荒谬的积怨、荒谬的沉默、荒谬的战争和和平。不管是以上何种事物，荒谬之感总是比较得出的结果。因此，我有理由说，荒谬之感并不是来源于对某个行为和印象的端详审视，它是从一个独立的事实与某种现实，从某种行为与超越这种行为的世界之间的比较中迸发出来的。荒谬的本质是离异。它不栖身于两个被比较的要素之中，它是诞生于这两种要素的对峙之中。

因此就这个独特的问题而言，从智力的层面上，我能说，荒谬既不存在于人（如果这样的隐喻有意义的话）也不存在于世，而是存在于二者之间。此时，荒谬是联系二者的唯一纽带。若让我指认事实，我知道人想做什么，知道世界为他提高了什么，而现在我敢说，我也知道什么东西联系了他们。无限深挖这个问题就会发现，单单一个必然就足以告慰那些探求奥秘的人了。他们只需从中获取一切的结果。

其最直接的结果就是方法准则。这古怪的三位一体于是就这样被公之于众了。诚然，它不算是一个惊人的大发现，但是它却与经验假设有相似之处，因为它无限简单而同时又无限复杂。它的第一大特征就是不可再分性。破坏了它的任一构成要件就破坏了它的整体结构。人类除了心智以外没有荒谬。因此，荒谬如万物一样会因消亡而结束。同样的，荒谬也不可能存在这世界之外的任何地方。正是根据这样的基础法则，我断定荒谬的概念是至关重要的，并且它立于吾人之诸真理的第一位。此先提及的方法准则就出现于此。如果我断定某物是真实的，我就应该维持它的存在。如果我试图解决一个难题，那我至少未必会凭借这种解决过程本身而避开了难题中的任一要件。对我来说，一个单独的假设就是荒谬。毕竟，我的调查首要且唯一的条件便是维护这一让我极为尴尬的东西，最终，我应尊重在此之中我所认同的本质。因此，我只是将它定义为一种对峙，一场无休止的争斗。

倘若把这种荒谬的逻辑贯彻至结论之中，那我必须承认，争斗暗含了缺失的希望（与失望毫无关系）、频繁的否定（与摒弃不可混淆）和意识的欲求不满（需与不成熟的躁动相区分）。一切摧毁、或用把戏或用暴力驱赶这些需要的东西，（首先便是赞同结束背离的状态），都会断送荒谬，贬低人们预先的态度。荒谬只因人们意见分歧才具有了意义。

＊　＊　＊

还存在这样一个显见且看似合乎道义的事实，即：一个人永远是自身既定真理的牺牲品。一旦他认同这些真理，除非付出一定代价，否则他将永无法脱身。一个已经意识到荒谬的人必将与荒谬为伍。一个缺失了希望也意识到这一点的人就不再属于未来。这是自然而然的事实。但这之所以在情理中是因为他努力想脱离由他创造出来的世界。我们此前一直所说的一切都因为这个悖论的存在才有意义。那些始于对理性主义批判的人们业已承认荒谬之气氛，因而，我们从这一点出发审视他们阐述结果的方式则将受益匪浅。

现在，若只论存在主义哲学，我看到它的所有思想都无一例外建议我逃跑。在人类封闭的宇宙中，这类古怪的推理从荒谬出发，穿过理性的废墟，把排挤它们的东西奉若神明并在他们一洗如贫的世界中找寻理性的希望。这种强迫的希望就是一切宗教的本质。我们有必要探讨一下。

我这里只是把一些舍斯托夫和克尔凯郭尔视之为珍宝的论题当作例证分析一下。事实上，雅斯贝尔斯所使用夸张的表现为这种态度提供了典型例证。其他问题将会随之变得更加清晰。雅斯贝尔斯并没有能力实现超验，也没有能力探索经验的深层含义或意识到自己的宇宙因为这一失败而动荡不安。他是否会前进或至少从失败中得出结论呢？他做出的贡献并无任何新意。他在经验中得到的只是自己无能的证明，却找不到机会推断出任何令人满意的原则。因而，就像他对自己所说的那样，在没有任何合理证明的情况下，他突然同时肯定了超验主义、经验的本质和生命的超人意义。他写道："失败难道没有在任何可能的解释和诠释之外否认缺失而指认超越的存在吗？"这种突然产生的存在通过人类盲目的自信行为解释一切。雅斯贝尔斯把它定义成"普遍与特殊之间不可思议的统一"。于是，荒谬就变成广泛意义上的神祗，而这种对理解的无能为力就变成了照亮一切的存在。任何逻辑都没法接受这种推理。我暂且把它称之为飞跃。看似矛盾但我们完全可以理解的是，雅斯贝尔斯以他无限的耐心极力去体会的超验是无法实现的，因为这种接近愈加短暂，这一定义就越空泛无物，而超验对他来讲就愈加真实；因为他也用莫大的激情去证明他的解释能力和世界经验的非理性之间的差距与超验的正比关系。这样看来，雅斯贝尔斯越痛苦地想去摧毁理性先入为主的看法，他就越将以更彻底的方式来解释着世界。这位羞辱思想的门徒希求在羞辱的尽头之后找到重生的深层次含义。

　　神秘的思想以此渐为我们熟知。如同任何的思想方法，这些思想也是合情合理的。不过，现在我正要开始说明的是，我是严肃对待某个问题的。我没有预先判断这种态度或它教化之力的普遍价值，我只打算思考一下：这种态度是否能够回答我所设定的条件，是否等同我所关注的争议。于是我回到了舍斯托夫这里。一个评论家曾引述了他的这样一段话，甚是让人玩味。

　　他说，"真正的出路只有一个，就在世人仅凭判断看不到出路的地方。若非如此，我们何以还需要上帝呢？我们皈依上帝，只是为了求得不可能的东西。至于那些可能的东西，人们业已得到了满足。"如果存在舍斯托夫哲学的话，我敢说，这段话就可概括他的全部内容。因为，在舍斯托夫激情飞扬的分析的结尾部分，他发现了一切存在的本质荒谬性，但他并没有说，"这就是荒谬"，而是说，"这就是上帝：我们必须依赖他，即使他并不存在于我们任

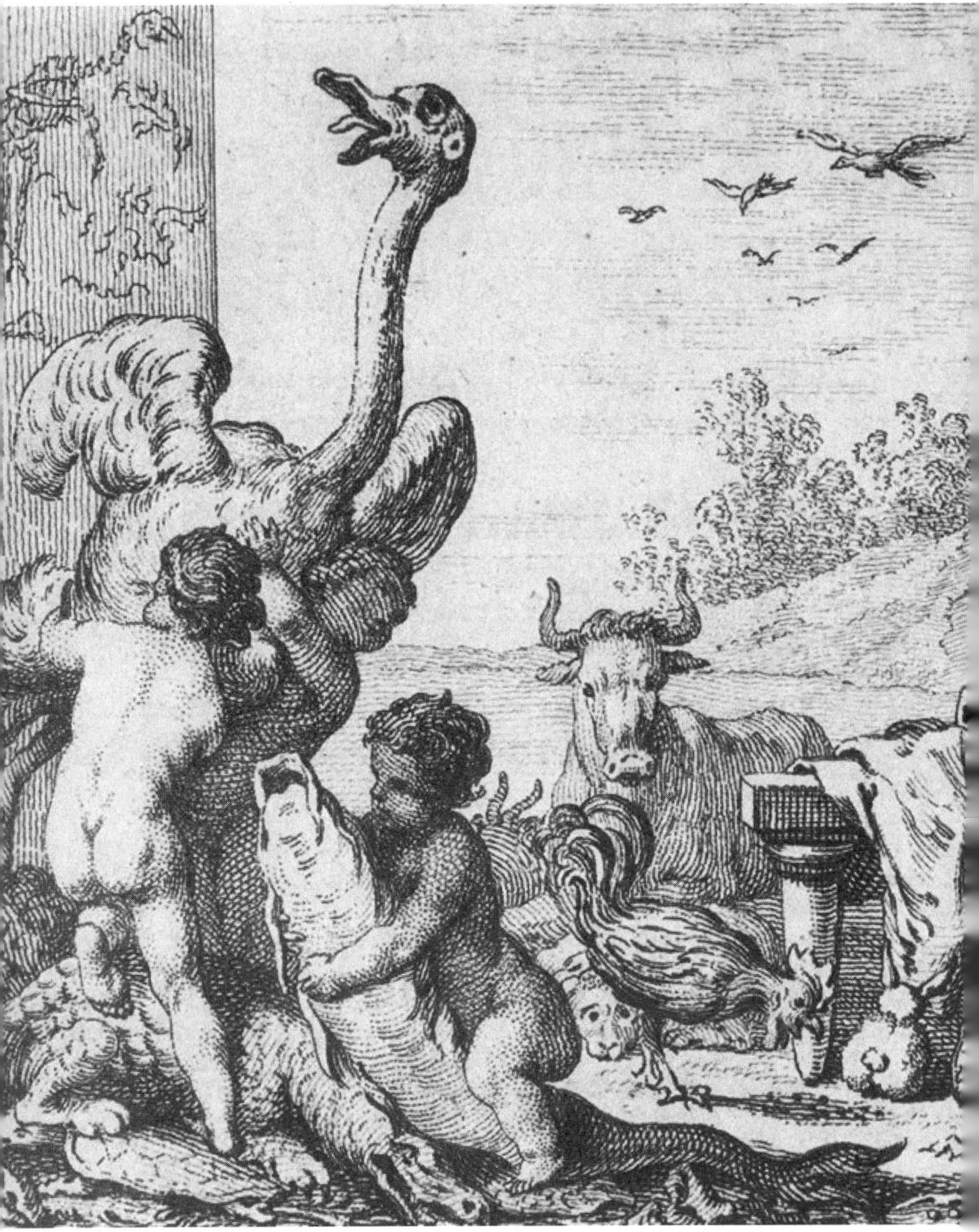

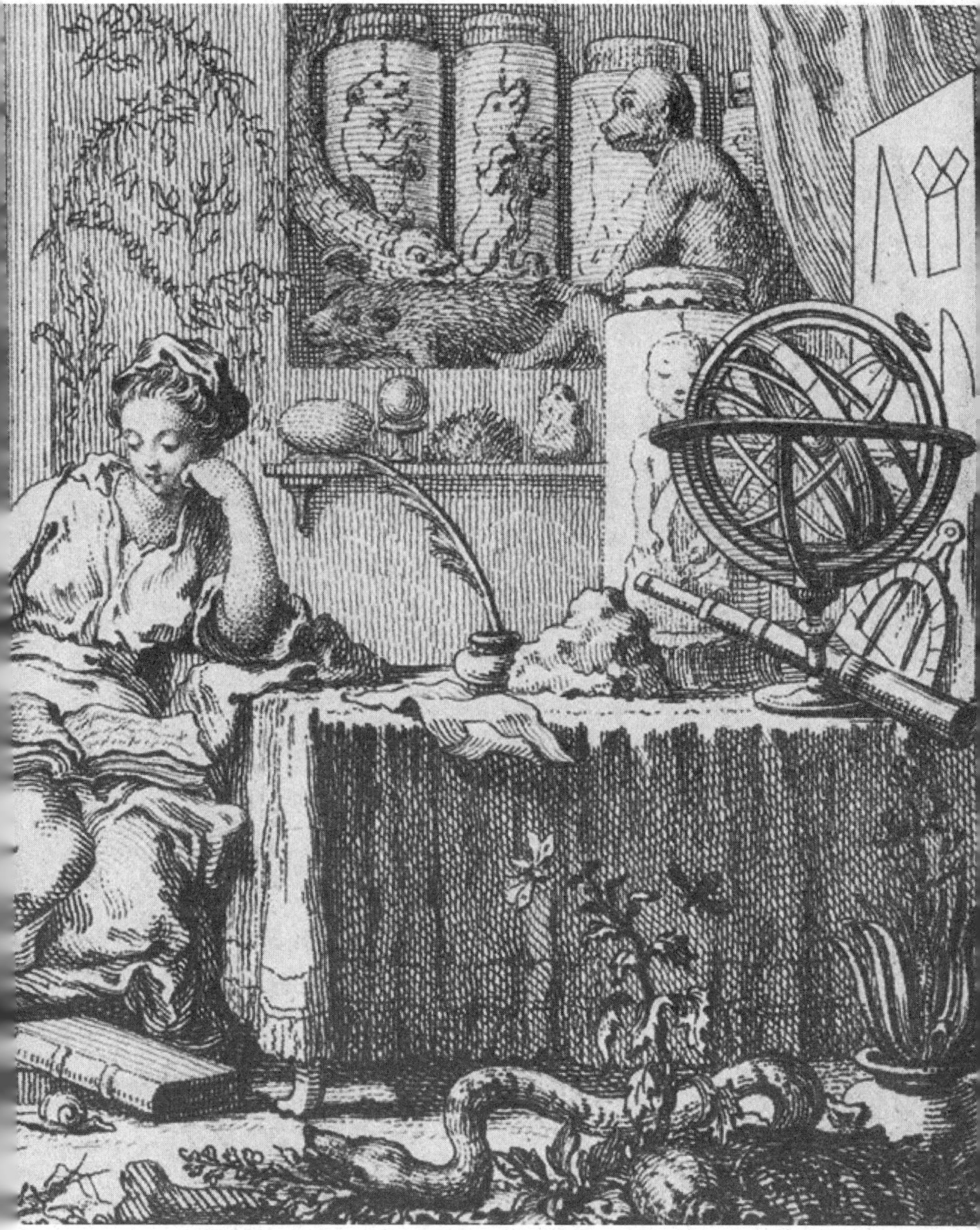

何理性范畴之中。"为了不至于产生理解上的混乱,这位俄国哲学家甚至暗示说,这个上帝可能是充满仇恨和憎恶,他既难以理解又满是矛盾;然而,他的面孔越发丑陋,他的能力就越发至高无上。上帝的伟大之处就在于他的含混不一,这一明证就是他的非人性。人类必须飞跃至上帝之处,并凭借这种飞跃,摆脱理性的种种幻念。于是对于舍斯托夫而言,接受荒谬的同时就意味着荒谬本身。意识到荒谬,就是接受荒谬,而舍斯托夫思想的整个逻辑都致力于揭示荒谬,并同时让与荒谬相关的极大希望迸发出来。我仍要重申:这种态度是正当合理的。我一直在这里坚持要单独思考某种问题以及其全部结果,但我不必详查某种思想或某一信仰行为所引发的情感。我有一生的时间去考察它。我知道,舍斯托夫的态度让理性主义者感到不快。但我还感到,道理站在了舍斯托夫的一边,而不是理性主义者的一边,而我只是想知道,他是否始终如一地听从荒谬的发号施令。

现在,如果承认荒谬是在希望的对立面上,那么我们会看到,舍斯托夫的存在主义思想预先假设并证明了荒谬的存在,但其目的只是为了驱逐它。思想的细微之处在于他运用了魔法师的感情把戏。在其他的文献中,舍斯托夫把他的荒谬与当下的道德和理性对立起来,称之为真理和救赎。因此,就本质而言,荒谬的定义中包含了舍斯托夫的默许。但如果承认这一概念的所有权力蕴含在它与我们本初希望背道而驰之中,如果人们感到荒谬的依存需要个人的否定,那么人们就会清楚地看到,为了到达不可思议却心满意足的永恒,它已经失去了自己真实的一面,失去了人的个性和相对性。如果荒谬存在,那它必存在于人的宇宙之中。从荒谬的概念转化成通往永恒跳板的那一瞬间开始,它就断绝了与人类清醒神智间的联系。于是,荒谬不再是人类确信否认它存在的明证,也避开了争斗。这样,荒谬与人融为一体,并在二者的交流之中导致了它的本质特征——对立、撕裂、离异——的消失。这种飞跃就是一种逃避。舍斯托夫喜好引用哈姆雷特的名言,"时间紊乱无序",并带着一种野蛮希望将其记录在案。这似乎是他独有的,因为哈姆雷特使用这句话不曾有过这层意思,莎士比亚也没有这么思考过。非理性的陶醉与狂喜使得清明的心智远离荒谬。对于舍斯托夫,理性一无是处,但那儿有某种超出理性之外的东西。对于一个荒谬的心智,理性也是一无是处的,不过那儿却不存在任何理性以外的东西。

这种飞跃至少能够对我们有所启发,让我们多思考一点荒谬的真实本质。我们知道,荒谬只有处于平衡状态的时候才有价值,并且更重要的是,它诞生于比较的过程之中,而不是比较的双方。舍斯托夫恰恰是把中心偏向其中的一方,从而打破了平衡。只有在我们能够理解并解释许多事情的范围内,我们才可以阐释求知的欲望和对绝对性的留恋。完全地否认理性是徒劳无益的。理性有它的秩序;在秩序内,它是有效的。严格意义上说,这一秩序就是人类的经验。这也就是我们为什么要弄清楚一切的原因。如果我们做不到,荒谬就诞生了,那它就恰恰诞生于有效却有限的理性与不断复苏的非理性之间的交合之处。现在,当舍斯托夫起身抨击黑格尔式的主张,如"太阳系的运动必须依照其永恒不变的法则,而这些法则就是太阳系的理性"的时候,当他激情四射企图颠覆斯宾诺莎的理性主义之时,事实上,他恰恰倾向于"所有理性皆虚荣"的结论。他正是通过一个自然却不合逻辑的反转,得出了非理性优于理性的结论。①但这个过渡却不明晰,因为极限的概念和层次的概念可能会对此有所影响。自然法则会一直有效,直到达到了某一极限。一旦超出了这一极限,它们就会反转从而产生荒谬。或者,这些法则处在描述的层次还可以自圆其说,但并不因此在解释的层次上就是正确的。

这里,一切都献给了非理性,而对明晰性的要求却消失了,因此荒谬就随着比较中一方的消亡而消亡了。另一方面,荒谬的人却没有随之而做出调整。他承认有斗争,并不完全藐视理性,却也承认非理性。因此,单单一眼扫过,他会再次拥抱所有的这些经验资料,在认知之前,不会轻易飞跃。他只是

---

① 原注:这恰好是针对并反对亚里士多德的论调。

知道，在那个充满警惕的意识之中希望已不复其位了。

列夫·舍斯托夫所能感知的东西或许在克尔凯郭尔那里显得更加突出。无可否认，我们很难清楚勾勒出这样一个捉摸不定作家的看法主张。不过纵然他的作品貌似反对，但透过那无数隐语、诡计和微笑，我们仍能够感觉到他在作品中的确预感到了真理的存在（这种预感同时又是一种领悟），而最终这一真理也在他的最后几部著作中迸发了出来：克尔凯郭尔也同样飞跃了。他的童年一直处于对基督教的恐惧中，而他最终回归了后者最为严酷的一面。对他而言，对立和悖论是宗教的准则。于是，这个曾导致人们对生活深层次意义绝望的准则现在又给予了生活以真实与明晰。基督教便是这流言蜚语，克尔凯郭尔想得到的也不过是伊格依纳爵·罗耀拉①所要求的，处于生活第三位的牺牲，即上帝最乐意看的牺牲："智力的牺牲"。②

这种"飞跃"的结果有些古怪，但不一定能让我们惊奇。克尔凯郭尔使荒谬成了另一世界的标准但却认为它是这个世界的经验残留。他说到，"宗教信徒在自己的失败中找到了成功。"

我并不好奇与这种态度有关的是何种激动人心的布道。我只是不得不去思考，荒谬的壮观场面与其本来的特征是否能够解释这种态度。我知道，这一点，它是做不到的。重新思考过荒谬的内涵之后，人们就会对启发克尔凯郭尔的方法产生更深的理解。克尔凯郭尔并没有保持住世界的非理性与荒谬的反抗式留恋之间平衡。他不尊重某种严格意义上来建构的荒谬之感的关系。虽然克尔凯郭尔肯定无法摆脱非理性，但他至少能从这无望的留恋中自我救赎。在他看来，这种无望的留恋看似贫乏又缺乏内涵。如果这一点，他判断正确的话，

---

① 译注：依纳爵·罗耀拉，天主教会创始人。
② 原注：人们可能会想我在此忽略了本质的问题，即信仰问题。但我并不打算详查克尔凯郭尔、舍斯托夫，甚至是后来胡塞尔的哲学（这需要在另一个不同的地方，采取一种不同的思想方法）；我只是借用了他们的论题并检验这些论断的结局是否符合既已存在的准则。这里说的只是一种迷恋而已。

那么他就不可能处在自我否定的位置上。如果他不高声扬起反叛的呐喊而是进行狂热的坚持，那他马上就会对荒谬和非理性视而不见，尽管至今为止这荒谬为他启明，这非理性使他从此以后奉之为唯一的必然。正如加里亚尼神父①对埃皮奈夫人所说的，重要的并不是治愈疾病，而是与它们共存。克尔凯郭尔想痊愈。治愈疾病是他几近癫狂的渴望，这一点贯穿了他的整部日记。他开动智慧，竭力思考如何逃避自相矛盾的人类境遇。自从他断断续续地发现命运的虚伪之后，他就更加孤注一掷，以至于当他谈起自己就犹如谈到对上帝的敬畏和虔诚一般，这些都无法给他以平和。因此，他通过差强人意的托词赋予非理性以表象，给予上帝以荒谬的种种属性：非正义，前后矛盾和难以理解。唯有他的智慧试图扼杀隐藏在人类内心深处的诸多要求。因为无法印证，所以一切皆可得证。

的确，克尔凯郭尔本人展示了他后来走的路。我不想在这里暗示什么，但是从他的作品中，我们怎能读不出他肢解荒谬却为了平衡几近刻意地肢解灵魂的踪迹呢？这也是《日志》的主基调。"我所缺乏的是同归属于人类命运的动物本性……但那么请给我一个身体。"他进一步写道，"哦！尤其在我青春年少之时，我应该在成人之前还没有失去，我甚至只拥有了六个月……说到底，我之所缺就是一个身体以及生存所需的身体条件。"然而在他处，同样是这个克尔凯郭尔，却在作品中融入了希望的呐喊，这一伟大呼喊横贯了多少世纪，激励了多少心灵，唯有荒谬的人对此毫无知觉。"但对基督徒来说，死亡自然不是一切的终结，它蕴含了无限的希望，远比生命赋予我们的多，即使生命中还四处洋溢着健康和活力。"通过丑化的和解依然是和解。我们能够看到，这或许可以让人们从其对立面即死亡那里获得希望。但是，即使同情使得人们倾向于这种态度，也应该这样说，倘若超出限度，那也证明不了什么。正如一句名言所说，那如果超出人的限度，因此，那就应该是超人。然而，这个

---

① 译注：加里亚尼神父，意大利外交家、作家。他与埃皮奈夫人互通过许多书信。

"因此"显得有点肤浅。这里不存在逻辑的必然,也没有经验的或然。我所能说的就是:事实上,这超出了我的限度。如果我没有从中得出否定,那至少我也不愿意在难于理解的基础上构建任何东西。我想知道,我是否能够与我之所知,并仅仅与它相生相伴。有人还告诉我,这里,智慧必须献出它的高傲,理性必须屈居人后。但是,我如果承认理性的有限,就不会因此否定它而承认它的相对强大。我只是要坚持一条中庸的道路,走在这条道路上,智慧依然清晰。如果那是它的骄傲,我则看不到什么充足的理由放弃它。克尔凯郭尔的观点是,失望并不是一种事实,而是一种心态:原罪态。就这一点而言,没有比他的观点更深邃的了,因为原罪疏远了上帝。荒谬,这种使神志清醒之人形而上学之态,并不通往上帝。①如果我犯了这样的弥天大错,即认为,荒谬就是无神的原罪,那么这个概念也许随之变得更加清晰。

我知道,荒谬建立在心智和世界的相互倾轧而不是相互拥抱之上,因此这就关系到如何生活在那种荒谬的状态之中的问题。我寻求那种状态下生活的准则,我的所获却忽略了它的本质,否定了这种恼人的两元对立中的一方,这要求我卑躬屈膝。在确认是我的境遇后,我想问问其中究竟有什么;我知道,它暗含了隐晦和无知;我确信,这种无知诠释了一切而这一黑暗却是我的光明。然而,这里却没有合乎我本意的回答,这撩人奔放的激情无法藏匿似是而非的悖论。因此人类必须掉转方向。出于警告,克尔凯郭尔可能高声大喊:"如果人类没有永恒的意识;如果万物的根本唯有一种能产生万物、狂野沸腾的原力,既庞大无比又微不足道,随着暗黑激情的飓风而上下摆动;如果那深不可测、欲壑难填的虚空就在万物之下;那人生除了悲观失望还能有什么?"这种呐喊不大可能阻止荒谬的人,寻觅真实而不是寻觅心仪之物。"人生是何物?",如果为了避开这个令人焦虑的问题,人们必须像驴儿一样,以幻念的玫瑰为食,那么荒谬的心智,比起强迫自己听令于虚假的摆布,则更喜欢无所

---

① 原注:我没有说"上帝不在其中",因为这将无异于仍是肯定这层意思。

畏惧，接受克尔凯郭尔的回答，就是"失望"。意志坚决的心智，在思考万物的同时亦会管理万物。

这一点上，我冒昧地将存在主义的态度称为哲学意义的自杀。但这里并不包含有任何判断。这只是一种指认思想的、自我否定并以此实现自我超越活动的便捷之法。就一切存在主义而言，否定就是上帝。精确一点，它们否定人类的理性，从而维护了神祇的存在。[①]然而，如同自戕，神祇也会随之而改变。飞跃有许多方式，但问题的本质是飞跃的开始。那些救赎的否定以及那些否认还未曾跃过客体的终极对立矛盾可能也会在某一宗教信仰的激励之下或从理性秩序的高度一跃而起。它们都号称通往永恒，但只有以荒谬为基础的跃起才能达到真正的飞跃。

还需要指出的是，本文的推理全然舍弃了我们这个启蒙世界中最为普遍的理想主义精神态度：这种态度基于一切皆理性的原则并旨在诠释世界。人们接受了这种世界必须清晰明了的观点之后就自然而然地产生了一种明确的世界观。这是合情合理的，然而它与我们这里展开的推理毫不相关。事实上，我们的目标是揭示心智所迈出的那一步，这一步始于一种认为世界没有意义的哲学并以找到自身的意义与深度而告终。它所迈出的每一步中，最令人感动的一步就是宗教本质；在非理性的主题下，这种本质才体现出来。然而最为矛盾却又意义重大的一步就是将理性归为一个由心智最初所想象出来却缺乏指导原则的世界。如果人们没有获取留恋的精神而妄想达到我们关切的结果则无论如何都是不现实的。

下面，我将主要考察因胡塞尔和现象学家们而广为流行的"意向性"学说。这个在前文中我也曾有所提到过。胡塞尔的方法从一开始就否定了理性的传统步骤。我要重申：思考不会统一表象，它也不会伪装在某一伟大理论之下使表象变得熟悉。思考就是重新学习如何观察、引导人的意识，给予每个映像

---

① 原注：我还须重申：这不是肯定上帝的存在而产生了问题，这是逻辑使然。

以优先的地位。换言之，现象学拒绝解释世界，它只是想描述真实的经验。它从一开始就认定没有真理，只有真实，并以这一论断确认了荒谬思想的存在。从夜晚的微风到放在我肩膀上的这只手，一切都是真实的。意识注意到了它，并照亮了它。意识不会产生它所认知的物体，它仅仅是关注这一物体，是一种关注的行为。它与瞬间聚焦在某一影像上的投影仪倒有几分相似，其目的是为了获取柏格森[①]式的影像。区别就是在于，意识中没有电影布景，只有一串连续却前后不一致的插图。在这盏神灯之中，所有的插画都享有特权。意识把其关注的对象暂时保留在经验中，并通过神奇的手法将它们孤立开。从此以后，它们便置于一切判断之上。这就是意识的特征——"意向性"，但是这个词非但不含有任何终结的概念，相反则有取自其"方向之感"，即：它的唯一价值在于它对位置的描述。

乍一看，这种方式没有任何与荒谬精神相抵之处。那种思想上显见的谦虚仅限于描述它拒绝解释的事物；那种意向原则冗长而烦琐，却出乎意料地导致了经验的大量聚集和世界的重生。这就是荒谬产生的步骤，至少乍看起来是这样的。因为在这种情况下，思想方法也和在别处一样，具有两面性：心理学的一面和形而上学的一面。[②]因此它具有两层的真实。如果意向性的主题仅仅宣称是阐述一种心理态度，穷尽现实而不解释现实的话，那么任何实际的物体都不能把其与荒谬精神分离。这一主题旨在历数它所不能超越的东西，它只是断言，不借助任何统一性原则，思想仍能够从描述和理解经验的诸遭方面中获取愉悦。此时，与诸遭方面都有联系的真实本质上是心理层面的。它只是验证了现实所能提供的"兴趣"。这是唤醒沉睡世界、使之恢复活力并将其展现给心智的一种方式。但是，如果有人试图拓展这一真实的理念或是赋予它一个理想的基奠，如果有人因此而宣称发现了每个认知对象的本质，那么人们就会

---

① 译注：柏格森，法国哲学家，倡导生命哲学。
② 原注：即使最为严格的认识论也隐含了形而上学，而且二者的关系极为密切，甚至许多当代思想家的形而上学只在于拥有了某种认识论。

恢复经验原有的深度。对于荒谬的心智来说，这是难以理解的。如今我们注意到，在意向性态度中这种思想摇摆于谦虚与自信之间。而和其他理论相比，现象学思想的光芒更加照亮了荒谬推理的本身。

这是因为胡塞尔也同样谈到了"超时间的本质"，意向性就揭露了这一本质，尽管这听起有点柏拉图的味道。所有的一切是通过所有的事情而不是一件事情得以阐释，我看得出其中的区别。诚然，这些观点或本质是意识在每次描述的终点的"实体化"，但它们还不能被认为是完美的模型。不过我们可以肯定的是，它们直接存在于每次感知的资料中。单一观点不再解释所有，但许许多多、数量无穷的本质赋予了无限多个客体以意义。世界不但在运动，而且仍有光芒照射。柏拉图唯实论虽然有些直观，但仍是唯实论。克尔凯郭尔被他的上帝所吞没；巴门尼德一心投入到"一"的思考。而思想也投身到了一种抽象的多神论中。这还并不是全部：幻想和虚构同样也属于"超时间的本质"。在这个观念杂糅的新世界中，半人马和较之谦逊的世俗之人将共同地协作。

对于荒谬之人，"世间一切皆有特权"，这种纯粹心理学的观点中既有真实也有痛苦。一切皆有特权等同于一切皆平等。但是，那种真实的形而上学一面却让他感到意义深远，以致通过某种原始的反应，他或许感到自己更接近柏拉图。实际上，人们已经教导他，任何想象的图像都预设了一个同等特权的本质。在这个没有等级的完美世界里，正规军队只由将领组成。诚然，超验已经不复存在了。但是思想突如其来的转折又把存于宇宙万物之中的碎片重新引入到了世界中，这些碎片把宇宙原有的深度再次还给了它。

这个主题的创造者曾小心求证过这个问题，而我现在也担心自己是不是在这个主题上走得太远。我仅仅读过胡塞尔这些论断。倘若接受他先前的求证，你会发现这些论断看似矛盾却逻辑严谨："真实的东西本身绝对真实；真实具有同一性，无论认知的主体是人类、魔鬼、天使还是神祇，真理都是与自身相一致的。"这句话是理性的胜利，后者可以因此而发扬光大。对此，我毫不否认。在荒谬的世界中，这种论断能够意味着什么呢？感知天使或神祇的存在与我无益。在这个由人、鬼、神组成的几何模型中，神圣理性认可了我的理性。对此，我仍觉得匪夷所思。在这里，我还是分辨出了某种飞跃。尽管这飞跃发生在了抽象的世界之中，但绝不意味着我会忘记我依旧挂念的事情。胡塞尔则走得更远，他大声疾呼："如果受到引力支配的诸物消失了，那万有引力定律不会因此而毁灭，它只是没有了适用性，但依然会存在。"我知道，我面对着一种形而上学式的慰藉。如果我想发现思想背离实证之路的那一刻，我就只得重读胡塞尔有关心智的内容并进行推理："如果我们通过冥思苦想能够清

楚地推断出心理过程的精确法则，我们就会发现它们就像自然科学的理论中的基本规律一样具有永恒性和不变性，因此，即使没有任何心理过程，它们也是合理存在的。"即使心智不存在，它的法则也会存在！于是，胡塞尔力图建立起一种理性的规则，而我却从心理学的真实中发现：他否定人类理性的融合之力，但却借助这权宜之计，飞跃进入了永恒的理性之中。

这样一来，胡塞尔"实体宇宙"的概念就让人不足惊讶了。如果有人告诉我说，不是所有一切的本质都是形式上的，有些是物质的，或者说，第一是逻辑客体，第二是科学客体，那我会认为这些都不过是定义的问题。我曾被告之，抽象仅是这个实体宇宙与其本体不一致的部分。然而，这种上文已有陈述的摇摆状态使我看到了这些条件假设的混乱，因为这有可能意味着我所关注的具体对象——这天空、这大衣反射的水光——都独自保留了实体之名，而我关注的却是如何把这威望从这个世界中剥离开来。这可能也意味着，这件大衣本身就无处不在，它有其特有且足够的本质，而相对的，这件大衣却隶属于这个有着诸多形式的世界。于是，我认识到：业已变化的仅仅是这种过程的顺序。这个世界已不再向更高的宇宙反映自我，而有着诸多形式的天堂却映照在世间的无数影像之中。对我来讲，这什么也没有改变。我发现，这里遇到的不是对实体的偏好，也不是人类境遇的意义，而是一种自由放纵的知性主义，它犹如脱缰的野马，不断产生了本身的实体。

羞辱的理性和欢欣鼓舞的理性背道而驰，但这两种方式却不约而同地引导思想走向自我否定的道路——这种显而易见的悖论，人们对此一定大为惊异。不过，这大可不必。从胡塞尔抽象的上帝到克尔凯郭尔光彩夺目的上帝，其间之距并不那么遥远。理性与非理性殊途同归，都是宣扬同样的东西。事实上道路的影响甚微，只要意志坚决则足矣。抽象主义哲学家和宗教哲学家皆始于同种混乱并在同种焦虑中相互支持，但关键在于解释不同。这里，留恋之思

041

远胜于知识之力。并且重要的是，一种认为世界没有意义的哲学和一种各自结论大相径庭的哲学深深地影响了我们当代思想。现实的极端理性化常常把这种思想分解成为合乎标准的理性碎片而现实的极端非理性化往往把它奉若神灵，于是这种思想便在这两者之间不断地摇摆。然而这种背离是表面的。这不过是调和的问题：在这两种情况中，飞跃足以担当此任。我们常常有着一种错误的认识，即：理性的概念是单向而为之的。事实上，无论这种概念使其抱负有多么缜密，它都和其他概念一样，并不因此而稳固。理性有着非常人性的一面但它也能够转向神明。自从普罗提诺①首先让理性与永恒之气氛达成和解以来，理性就学会从它诸多原则中视其为珍宝的部分即矛盾原则中转移开来，为的是能够让自身参与到最为陌生却又神妙无比的融合之中。②理性是思想的工具，而不是思想本身。一个人的思想首先就是他的留恋之思。

在理性具备了抚平普罗提诺式忧郁的能力的同时，它同样在永恒的熟悉场景下为现代人的苦痛提供了一种自我纾解之法。荒谬的心智则少有这种运气。就它看来，世界既不是如此理性，也不是如此非理性。它是毫无道理可言的，仅此而已。胡塞尔最终放飞了理性，至此，理性无疆无界。而相反，荒谬则为自身确立了种种局限，因为它对自身的苦痛无能为力。克尔凯郭尔仅凭一人之力便肯定某种单一的局限足以否认那种苦痛。但荒谬并没有因此而走得更远，因为对它来说，那种局限性仅仅针对的是理性的种种野心，而非理性的主题。正如存在主义者所设想的那样，理性变得混乱之后通过自我否定逃出生天。荒谬其实就是，清醒的理性注意到了它的种种局限。

正是在这条艰难道路的终点处，荒谬的人认识到他的真正动机。在比较

---

① 译注：普罗提诺，新柏拉图学派最著名的哲学家。
② 原注：A——那时，理性要么适应要么消亡，它适应了。在具有了逻辑之后，普罗提诺又使它具有了美学的思考。隐喻取代了三段论。

B——不过，这并不是普罗提诺对现象学的唯一贡献。亚历山大时代各个思想家奉若珍宝的观念之中就体现了整个这种态度：这里不但有人的观点，也有苏格拉底的观点。

内心之急需和世间所能提供的东西之后，他突然感觉到他应该掉转方向。胡塞尔的宇宙中，世界是清晰的，而人类心灵深处所抱有的渴求熟悉之感则变得毫无用处。在克尔凯郭尔的启示录中，倘若想要满足这种对清晰明了的欲求，它就首先必须被舍弃。原罪既不是知，也不是求知。（从这点讲，每个人都是无辜的）。的确，荒谬的人能感觉到，他的唯一原罪同时建构了他的罪恶和无辜。尽管他所被给予了一条出路，而这条出路使得过去所有的对立矛盾变成为争论游戏，但是荒谬之人却不是这样进行体验的。对立矛盾的真实必须被保存下来，因为它们没有得到满足，他也不想听从布道之言。

　　我的推理力求实事求是，有凭有据。这一凭据就是荒谬。它是心智欲求与失望之世这二者之间的离异，是对统一的留恋，是这支离破碎的宇宙，也是联系两者的矛盾。克尔凯郭尔抑制了我的留恋之思，而胡塞尔重新整合了这个宇宙。然而，这并不是我所期待的，因为这关系到人类与混沌的共存共思和人类应该接受还是拒绝的问题。我们没有必要去掩盖实证，也没有必要用否定其等式中某一条件的方法来抑制荒谬。当然，人们是否能够与此共生共存，抑或相反，由逻辑命令人类因之而亡，明晰这个问题是至关重要的。我对哲学性意义的自杀兴趣寥寥，但对纯粹的自杀则颇感兴趣。我只不过希望用其内在的情感净化它，了解它的逻辑与诚实。对于荒谬而言，在心智本身被揭露之前，任何其他的立场必然含有虚假的言辞和心智的回避。胡塞尔宣称，我们应顺从欲望，抛弃"在某种根深蒂固、为人所熟知却舒适逸的生存环境中生活思考的习惯"，但是，最后的飞跃在胡塞尔那里却将恢复永恒与安适。飞跃并不像克尔凯郭尔所说的那样代表着一种极端的危险。相反，危险存在于飞跃前一个短暂的瞬间。我们能够仍然站在那头晕目眩的巅峰——这就是诚实，其余的不过是遁词。我也知道，绝望是不会激发出像克尔凯郭尔笔下的那种和谐的。但是，如果绝望的态度在历史画卷种种冷漠的风物中占有一席之地的话，那么它就不会在某种使人熟知的紧急推理中再获得一席半位了。

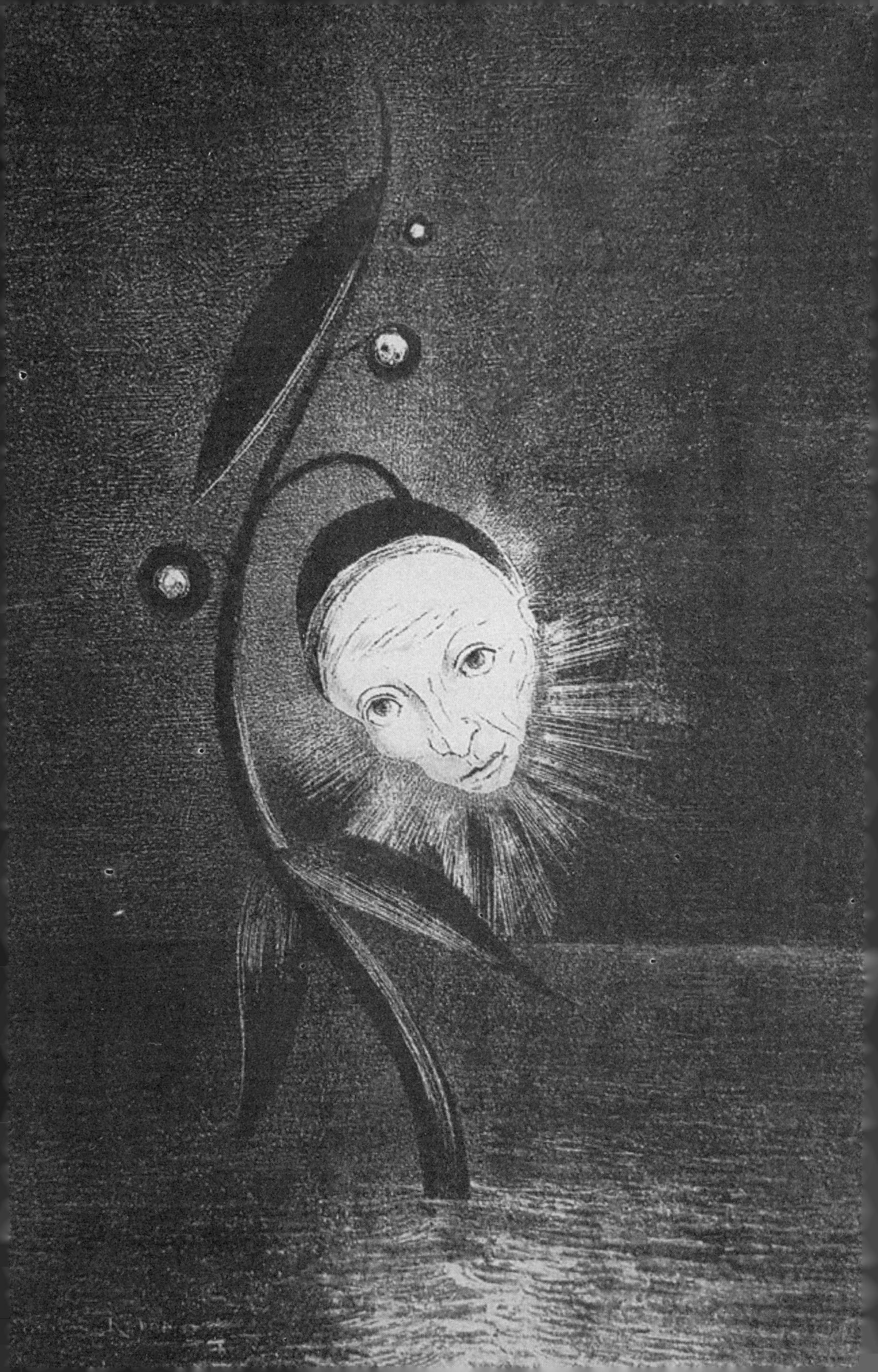

荒谬的自由

现在，主要的部分已经论证完毕了。我仍坚持我不能背弃的几点事实。我所知晓的事实、千真万确的事实、我不能否认以及丢弃的事实——这些都包括其中。除了对统一的欲求、对解决问题的渴望以及对清晰和连贯的需求之外，我能够完全否认我的所有一切，因为这一部分皆依靠含糊不清的留恋之思生活。我能够驳斥周围世界让我生气、让我狂喜的一切，但是唯独不能对抗这种混沌迷离、不期而遇的王权和源自混乱无序的神圣平衡。我不知道这个世界是否存在超越其本身的意义。但我知道我并不知悉，而且我也不可能马上了解到这层意义。对我来说，在吾之境遇之外的意义究竟意味着什么呢？我只能通过人类的术语来理解。我接触到的、反抗我的——这些就是我理解的东西。这两种必然——对绝对和统一的欲求和将世界归结成合情合理原则的不可能性——我也知道，但我不可能将这二者调和。若不欺骗，若不引入我所欠缺并且在吾之境遇下毫无意义的希望，我还能承认别的什么真理呢？

如果我是森林中的一棵树，万兽中的一只猫，那这种生活可能就具有了某种意义，抑或者说，这个问题不存在，因为我应当属于这个世界。我应该成为这个世界，而我现在正用我的整个意识以及我对熟悉性的坚持与之对立。正是这个可笑的理性让我反对天地万物。我不能轻轻一笔，便将其划去。因此，我必须维护我所相信为真的东西。那些看似显然的东西，即使与我相左，我也必须支持。那么究竟是什么东西建构这种纷争的基础，分裂了世界和我的心智，却又让我意识到它的存在呢？倘若我要因此维护它，我能凭借的就是一种始终如一、不断更新而又时时警惕的意识。这一点，我暂时必须要牢记在心。此刻，已然清晰可见却又是那样难以驯服的荒谬，已回归人的生活并找到了归宿。而同一时刻，心智也不再坚持，离开了清醒所支配的却业已干涸的贫瘠之路。此刻，这条路出现在了日常生活之中。它通往一个无名之"人"的世界，而人们从此以后必须以他的反抗和清醒才能进入这个世界之中。他们已经忘记了如何希望。现世的地狱最终成了他们的王国。一切问题又再次掀起了尖锐的锋芒。抽象的实证在形形色色如诗一般的意境面前退去了。精神的斗争实体化了，并在人的内心中找到了一块卑贱却又宏伟的立命之所。这些纷争没有一个会得到解决，但是所有纷争的外形却都被改变了。人会死吗？会借助飞跃逃脱吗？会以自己的限度重建思想和形式的大厦或是相反会继续为荒谬投下令人心碎却又美妙的赌注吗？让我们对此做出最后的努力，得出我们全部的结论来。然后，身体，爱情，创造，行动，人性的高贵将在这个癫狂的世界里重新取得它们的地位。最终，人们将在这里找到荒谬的美酒和冷漠的面包，他们以此孕育他们的伟大。

我们还是要坚持这种方法：这是个善始善终的问题。在荒谬之人行程的某一点上，有人鼓动了他。历史从来就不缺乏宗教、预言，甚至也不缺乏诸神。有人要求荒谬的人飞跃。但他所能给出的答复是，他并不完全理解，因为飞跃不是显而易见的行为。的确，他只想做自己完全理解的事情，其余的事情他不想参与，然而有人让他相信，这是傲慢，是一种原罪，虽然他并不理解原罪的概念；或许地狱快要来临，可是他却缺乏足够的想象以看到那个陌生的未来；他正在失去永恒的生命，但是据他所知，这似乎只是个无聊的想法。有人试图要让他承认他的罪过，但他却觉得自己是无辜的。老实说，他感到的只是他无可挽回的无辜。正是这无辜给了他行事的权利。因此，他要求自己只和他所知晓的东西一起生活，让自己适应这些东西，并不去接触那些不确定的东西。他又被告之，任何事情都不会是这样，但这至少是一种必然。他正是关注这种必然：他想知道人是否可以义无反顾地活着。

现在我可以谈谈自杀的概念了。我们感到解决之法似乎已经被完全给出了。在这一点上，问题被颠倒了。先前的问题是人生是否有意义，是否值得活下去。而现在，它的反面似乎变得明朗起来——生活若没有意义，人们则要更好地继续下去。经历一种体验，经受一种命运，其实就是全然地接受它的存在。现在得知命运之荒谬以后，没有人想经历那种命运，除非他不顾一切地设法在自我面前维持这种已然为意识所揭示的荒谬。否定他所经历的对立中任何一个条件的假设，即意味着逃避荒谬，放弃有意识的反抗则是回避问题。因此，个人的体验之中就增加了永恒变革的主题。生活就是让荒谬活着，而让荒谬活着，首先就是要注视它的存在。与欧里狄克相反，荒谬之死在于人们与之背离。为数不多、前后连贯的哲学立场之一就是反抗。反抗在人与自身的隐晦之间的长期对峙，是对一种不可实现的通透的不懈坚持。它每时每刻都要对世界发出挑战。正如危险为人类提供了唯一一个把握意识的绝佳机会一样，形而上学式的反抗拓展了意识的外沿，使之体验到了整个经验世界。反抗就是人类不断映入眼帘的自我展现。它不是远大的抱负志向，因为反抗之中没有希望的依存。那种反抗实际上不过是确信命运将会彻底地惨败因而我们不应顺从命运、与之为伍而已。

在这里，人们可以发现荒谬的经验究竟在哪一点上远离了自杀。人们可能认为自杀是源于反抗，但这种看法是错误的，因为自杀并不表明了反抗的逻辑后果。相反的，自杀是由于假定人类的默许先于反抗的行为。自杀与飞跃一样，是一种极致的认可。一切都宣告结束，人将回归于他原初的历史之中。他的未来，唯一而又可怕的未来——他将最终看清并且朝着它急奔而去。自杀以它固有的方式消解了荒谬，以同样的死亡方式吞噬了荒谬。我知道，为了求生，荒谬不会寻求自我的解决之法。它也在避免自杀，它会意识到死亡并同时拒绝死亡。荒谬就是在死刑犯临刑前的最后一念中，在其近乎晕眩倒地的端口竟然不顾一切地想到离他几米远的地方的一根鞋带上。事实上，自杀的对立面就是被判处死刑。

这种反抗赋予生命以价值。它贯穿生命的整幅长卷，是它将庄严和壮美复归于那个生命。明眼人都会看出，最壮丽的景象莫过于智慧与欲将超越的现实之间的角逐。人类维护自身尊严的场面是无与伦比的。任何非难都不起作用。这是心智强加于自身之上的原则,这源于虚无凭空产生的意志,这种面对面的争斗,都具有某种罕见与意外。倘若空乏某种现实、而恰巧这种现实的非人性建构了人的庄严和壮美,那么这种做法无异于空乏其人。于是,我认识到向我解释一切的种种理论学说为什么会同时成为促进我衰亡的原因。它们使我卸去我本应独立承担的生命之重负。在这个当口,我不认为某种充满怀疑的形而上学将与某种被摒弃的理念相交相融。

意识和反抗,这两种形式的否定与摒弃的理念背道而驰。在人的内心中存在着一切不可战胜且激情四溢的因素,这些因素会加速意识的运转和反抗的进行。在这一点上,人的内心和他自身的生活是相悖的,其关键是在于他不愿妥协且并非心甘情愿的死。自杀是自我否定。荒谬的人只能痛苦地穷尽一切并最终穷尽自己。荒谬则是他高度紧张的极致,他不断地通过个人的力量维持这种状态,因为他知道,在这日复一日的思考和反抗中,他证明了唯一的真实——对抗。这是第一个结果。

* * *

如果我坚持那个默认的立场,即用最新发现的概念推导其引发的种种结论(只是结论),我就会面对第二个悖论。为了忠于这一方法,我全然没有涉及形而上学的自由问题。人是否是自由的,这个问题我全然没有兴趣。我只能够体验自身的自由。在这一点,我没有普遍的概念,只是明确了一些认识。"我认为自由是什么"的问题没有意义,因为它只是以一种截然不同的方式把与上帝的关系问题联系在了一起。思考人是否自由的问题必然要思考人是否拥有一个主宰。这个问题独有的荒谬之处在于这么一个事实:这一概念在使得自由的问题成为可能的同时也带走了这一问题的全部意义。因为在上帝面前,自由的问题不亚于罪恶的问题。你必须知道这一选择:要么我们受到约束,全能的上帝对罪恶负责;要么我们是自由的并对此责任,而上帝却不是全能的。这一矛盾之敏感,是所有经院式的微妙都无法增减半分的。

这就是我为什么不会沉迷于赞美，甚至是定义某个超出我个人经验参考范围之外的概念的原因。因为一旦它脱离了这个范围，它就会迷惑我并失去了它的真实意义。我不能够理解一种高于我的存在会给我带来什么样的自由。我已失去了阶级之感。我所拥有的自由和一个罪犯或国家之中的每个个体所持有的概念一样。我所能了解的唯一自由就是思想和行动的自由。然而到了现在，如果荒谬让我失去了得到永久自由的一切机会，它则反过来会归还和放大我行动的自由。这种希望与未来的共同缺失意味着人进一步具有了随意支配行动的自由。

在遭遇荒谬之前，芸芸众生带着目标而生活，他们关注未来以及一个合理的解释（至于去解释什么，我们不去关注）。他们斟酌他们遇到的机遇，他们期望"某天"的到来，退休之日或子孙成人的那天。他们还相信，他们生活的一部分将会受到引导。诚然，即使一切事实都表明他与这个自由背道而驰，他们的所为仍旧仿佛他们是自由之身一般。然而，在意识到荒谬之后，一切都被颠覆了。"我是我行"，就好像一切都有了意义，（即使，我偶尔可能会说一切都没有意义）——一种随时可能死亡的荒谬之感以一种令人眩晕的方式给予这一切以一个谎言。考虑未来、确立个人目标、有所偏好——这些都预先假设了信仰自由的存在。尽管人有时会确信并没有感觉到这种自由，但在此时我却很清楚，这种高人一等的自由，这种独自就奠定了真理基础的自由是不存在的。在那里，死亡才是唯一的真实。死亡之后则是真相大白之时。为了使自己永恒于世，我甚至放弃了自由之身，只甘为一个奴隶，一个首先就对永恒变革丧失了希望的奴隶，一个首先就不知蔑视对方的奴隶。没有了变革，没有了轻蔑，有谁仍然是奴隶呢？不相信永恒，又有什么样的自由能够完全存在呢？

但是同时，荒谬的人会意识到，至此他已经和这个自由的假说绑在了一起，而且这都是基于他仍然还活着的幻念。从某种意义上说，这阻碍了他的行为。他曾在某种程度上想象过生活的目的,为了达成这一目的,他还让自己适应了种种要求,进而成了自由的奴隶。因此,除了我准备成为的一家之长(或者工程师、元首、邮局低级职员的角色)之外,我不会有其他的行为。我相信,我能选择成为这个而不是其他什么角色。相信我,我是下意识地这么想的。与此同时,周围众人的观念以及我对人类境遇的种种推定使我坚定了自己的假说,(其他的人居然那么相信他们是自由的,而这种欢愉情绪又那么具有传染力)。不管人们能够如何让自己远离这些道德或社会的推定,他们都将无法置身事外,多少都会受其影响。对于其中最好的推定(推定也分好坏),有的人甚至要一生坚守。于是荒谬的人认识到他并不是真正自由的。确切地说,我为自己竖起了栅栏以规范我的生活,因为我希望如此,因为我担心某种有关存在或创造方式的真实为我个人所有,因为我安排自己的生活以此证明我的生活是存在意义的。这么做,我像极了无数颇有心智却让我厌烦的官僚,而且我现在清楚地发现,这些官僚唯一的罪恶就是重视了人的自由。

在这一点上,荒谬让我豁然开朗。原来是不存在什么未来的。因此,这就成了我内在自由的原因。在此,我将举出两个例证做比。首先,神秘论者找到一种自我相与的自由。他们沉迷于他们的神祇,接受神的统治,从而获得了秘密的自由。在接受奴役的同时,他们重新复归了深层次的独立。只是,这种自由意味着什么呢?有人可能首先会说,他们是针对自身而感到的自由,这不比被解放的自由。同理,荒谬的人完全转向死亡(这里的死亡是作为最清醒的荒谬感而提出的)之时,他感到他从一切外在的事物中解脱了出来,但这种解脱之感不是源于那些凝结于内心之中的殷切关注。较之于普通准则,他品尝到了一种自由。至此,我们可以看到,存在主义哲学的初始之意就是保持着它们的全部价值。回归意识,逃离日常的睡梦,这些是荒谬的自由所踏出的开始几步。但是存在主义的布道却成为众矢之的,凭借着这种说教，精神的飞跃本质上逃避了意识。同理（这是我要进行的第二个用于做比较的例证），古代的奴隶是身不由己的，但是他们知道，这一自由在于自己不负有责任。①死亡，也有一双古罗马人一般的高贵之手，它既可将人碾成粉末，也能解放他们。

　　荒谬的人沉溺于这种深不见底的必然之中，从此感到为了增加并广泛认识这种快乐，他应该充分远离他的生活——这里就包含一种解放的原则。这种新生的独立感和一切行动的自由一样有着明确的时限。它并不能换来永恒，但是它可以用来取代自由的诸多幻念，一些随着死亡而消解的幻念。死刑犯所拥有的神圣的自由是站在那投过一线曙光的监狱大门之前的自由。这样虽然对纯粹的生命火焰有失偏颇，但是它带来的却是难以想象的回报——兼顾一切的公正。很明显，死亡和荒谬在此是唯一合理的自由原则：这些是人类内心就可以体验和遵从的。这就是我得出的第二个后果。荒谬的人于是乎，看到了一个燃烧却寒冷、透明而有限的宇宙，在此之中，一切皆不可能但一切皆已给出，而这个宇宙之外，只有崩坏与虚无。此后，荒谬的人决定接受这样的宇宙，并从中汲取力量，借此否定希望，并不屈不挠地证明一个无须慰藉的生活。

　　然而在这样一个宇宙中，生活究竟意味着什么呢？它暂时是对未来的漠视和穷尽既定一切的欲望，再无其他内容了。对生命意义的信仰总是包含一套等级分明的价值观、一种抉择以及我们的偏好。而按照我们的定义，对于荒谬的笃信则恰恰相反。我们需要进一步考察之。

　　人是否能够义无反顾地活着，这正是我感兴趣的问题。我并不希望超出本身的范畴。生活的这一层面已经给出，我是否能够与之相适呢？现在，

---

① 原注：这里我所关注的是事实的对比，而不是对顺从的赞美。荒谬的人恰恰是和解的人的反面。

面对这一特殊的忧虑，笃信荒谬无异于在经验获取时用数量代替质量。如果我能确信这种生活唯有荒谬的一面，如果我体会到它的整个均衡取决于我的意识反抗和与我所要与之斗争的黑暗间的对立，如果我认定自由只有涉及其有限的命运才有意义，那我就应该说，起作用的不是活得最好，而是活得最多。我不应当去思考这究竟是粗俗还是恶心、是高雅还是可悲。因此，种种价值判断已被一劳永逸地舍弃了，而我只青睐用事实判断。我只能从我所能看见的东西中得出结论，而不会为虚假的东西所迷惑。若说这样方式的生活不够荣耀，那真正合宜的规范则强制我成为不名誉之人。

追求更多。放之四海，这种生活准则没有任何意义。它需要一个明确的定义。它似乎起源于这样一个事实，即：数量的概念没有被充分挖掘，因为这一概念在人类的经验中占有重要的一席之地。一个人的道德准则与价值观等级除非通过他处于某一位置所积累经验的数量与多样性进行衡量，否则便没有意义。然而在大多数人身上，现代生活环境所强加于身的是相同数量的经验，因此他们得到的也是同样深邃的经验。诚然，我们也必须把个体即时的贡献以及一种"既定"的因素考虑进去，但我不能对此作出判断。这里，我要重申我的原则，即结论与眼下实证的统一。由此我发现，某种普适的道德准则具有它的个体性。这种个体性既不存在于道德诸遭原则的那种泛泛的重要性之中，也不蕴含在某种可以衡量的经验准则之中。说得有点过分一些，即：希腊人有着他们的享乐标准，就好像我们用一天八小时的工作准则要求自己一般。但是，许多处于悲惨之中的人已经使我们预见到，一个更加长久的经验改变了这价值观的排行。他们使我们猜测，即使是平日，冒险者单单凭借经验的数量就打破了所有记录（我特意使用了这种体育类的表达）并因此而赢得了自身的道德准则。①同时，我们还是要避开浪漫主义的色彩，自我回答一下这个问题：对一个下定决心准备以性命为赌注且严格遵守他认为是游戏规则的人来说，这种态度究竟意味着什么呢？

　　打破所有记录，这首先就是要频繁地面对这个世界。但若是没有对立矛盾，不玩弄语言游戏，这一切又如何能够做到呢？一方面，荒谬教导人们，所有的经验都无足轻重，而另一方面，它又催促人们获取极其大量的经验。那么，他们怎么能不像我前面提到的那些芸芸众生们一样，选择一种最有可能给我们提供素材的生活方式并由此引入人们在另一方面所宣称的放弃的价值观体系呢？

　　然而，正是这荒谬和与之对立的生活再一次教育了我们，因为这种错误认识就是，若经验的数量只取决于我们自己，那么它就取决于我们所处的生活环境。在这里，我们不得不稍稍简单地说说这个问题。对于两个岁数相当的

---

① 原注：数量有时构成质量。我若是能够相信科学理论最新研究报告，即：一切物质由若干能量源构成，那么它们或多或少的数量将决定它们或大或小的特性。十亿离子和一亿离子的差别不仅是数量上的，也是质量上的。在人类身上也能轻易地发现此类比较。

人来说，世界总是给予他们同样数量的经验。我们应该意识到他的存在，最大限度地感受他的生活、他的反抗和他的自由。这就是生活，最大限度地生活。在清醒支配之所，价值观体系就变得毫无用处。让我们说得再浅显一些。我们说，唯一的障碍，唯一无法好转的不足，均是由过早的死亡构成的。正是如此，在荒谬之人的眼中，任何深邃的思想、任何感情、任何激情以及任何牺牲都不能与一个长达四十年之久的意识生活或一个贯穿六十年的清晰等同起来（即使他希望如此）。①癫狂和死亡是不可救药的。人并无选择。荒谬与蕴含它的外部生活并不仰仗于人的意志，而是依赖于它的对立面——死亡。②措辞慎重一点，我们可以说，这完全是个运气问题。人只能屈从于此。二十年的生活与经验是无可替代的。

希腊人，这样一个谨慎的民族，也存在着奇怪的矛盾，他们宣称，早年夭折的人是诸神的宠儿。除非你愿意相信，进入诸神的荒唐世界将永远失去最纯洁的欢乐。除非你相信失去了这种感觉，这种对世间的感觉，否则他们的说法就不值一提。在一个时时思考的灵魂面前，现在和无数组成现在的连续体就形成了荒谬之人的理想状态。用"理想"一词修饰荒谬之人的状态听上去有些谬误，因为这不是他必须履行的使命，而仅仅是他推理出的第三个结果。荒谬的沉思始于非人性的某种痛苦的认识，在其游历的终点还是回到了人类反抗的激情燃烧之中。③

---

① 原注：同样的思考可以运用于与之完全不同的永恒虚无之上。它对现实无所增减。在虚无的心理体验中，考虑到两千年后将发生的情景，我们自身的虚无才真正获得意义。就它的一个层面而言，永恒的虚无正是由我们以外的未来生活叠加而组成的。

② 原注：意志在此只是一个代理人：它倾向于保持意识。它提供了某种生活的纪律，这一点值得我们的赞赏。

③ 原注：重要的是前后一致性。这里，人们始于对世界的承认和接受，但东方的思想教育我们，人们选择反对世界同样可以致力于逻辑的完善。这是合乎情理的，也为本文进行了规划，指出了它的局限。但严格地追寻否定世界的同时，人们（某些吠檀多学派的学者）往往得出了相似的结果，比如他们都无视著作等等。在一部相当重要的作品《选择》中，让·格勒尼埃以这种方式创建了一个名副其实的"漠视哲学"。

*　*　*

　　于是，我从荒谬之中推导出三个结果：我的反抗、我的自由和我的激情。仅凭借意识活动，我就把那张死亡的请帖转变成为生活的规则——并且我拒绝自杀。我当然知道，这些天日日响起却萦绕不去的沉闷之音。但，我只有一句话——这是必要的。尼采写道，"显然，天上地下首要之事就是完全服从，并且向着同一个方向服从：长久而言，这就会产出一些值得在人世间走上一遭、吃苦受难的回报，诸如美德、艺术、音乐、舞蹈、理性、心智等等——

一些改头换面的东西，一些精致的、疯狂的或是富有灵气的东西。"他阐明了一种确实与众不同的道德准则。他也指明荒谬之人的道路——忍受烈火的灼烧，这是最容易而同时又是最难以做到的。然而这对人类偶尔做出的自我判断是有所裨益的。他独立即可做到这一切。

阿兰[①]说："所谓祈祷，就是黑夜弥漫于思想之中"。

"但是，"神秘主义者和存在主义者回答说，"心智必须与黑夜相遇"。诚然，这个黑夜并不是紧闭的双眼，也不听命于人的意志——而是心智为了投身于此祈求上天引发的漆黑夜幕。如果心智必须与黑夜相遇，那就让它是清醒而失望的黑夜——极致的黑夜，成为心智的不眠之夜，这样，耀眼夺目的光明可能由此而初升，并用智慧的光芒勾勒出每一件物体。在这一刻，平衡之力与忘我的求知相遇。这甚至就无须去判断存在主义的飞跃了。它在人类态度的久远画卷上重新找回自己的地位。对旁观者而言，倘若他仍有意识，那这种飞跃就是荒谬的。只要飞跃自认解决了这个悖论，它便恢复了无缺的原貌。它由此激动了人心。也正是如此，一切又各归其位而荒谬的世界也在其灿烂辉煌与无穷变化中重生再现。

但是就此而结束我们的讨论是远远不够的。我们很难满足于一种看问题的方法。我们也很难化解矛盾，因为矛盾可能是所有精神力量中最微妙一种。之前的讨论仅仅确立了思考的方法，而从这一刻起，问题就是生活的方式了。

---

① 译注：阿兰，法国哲学家、评论家。

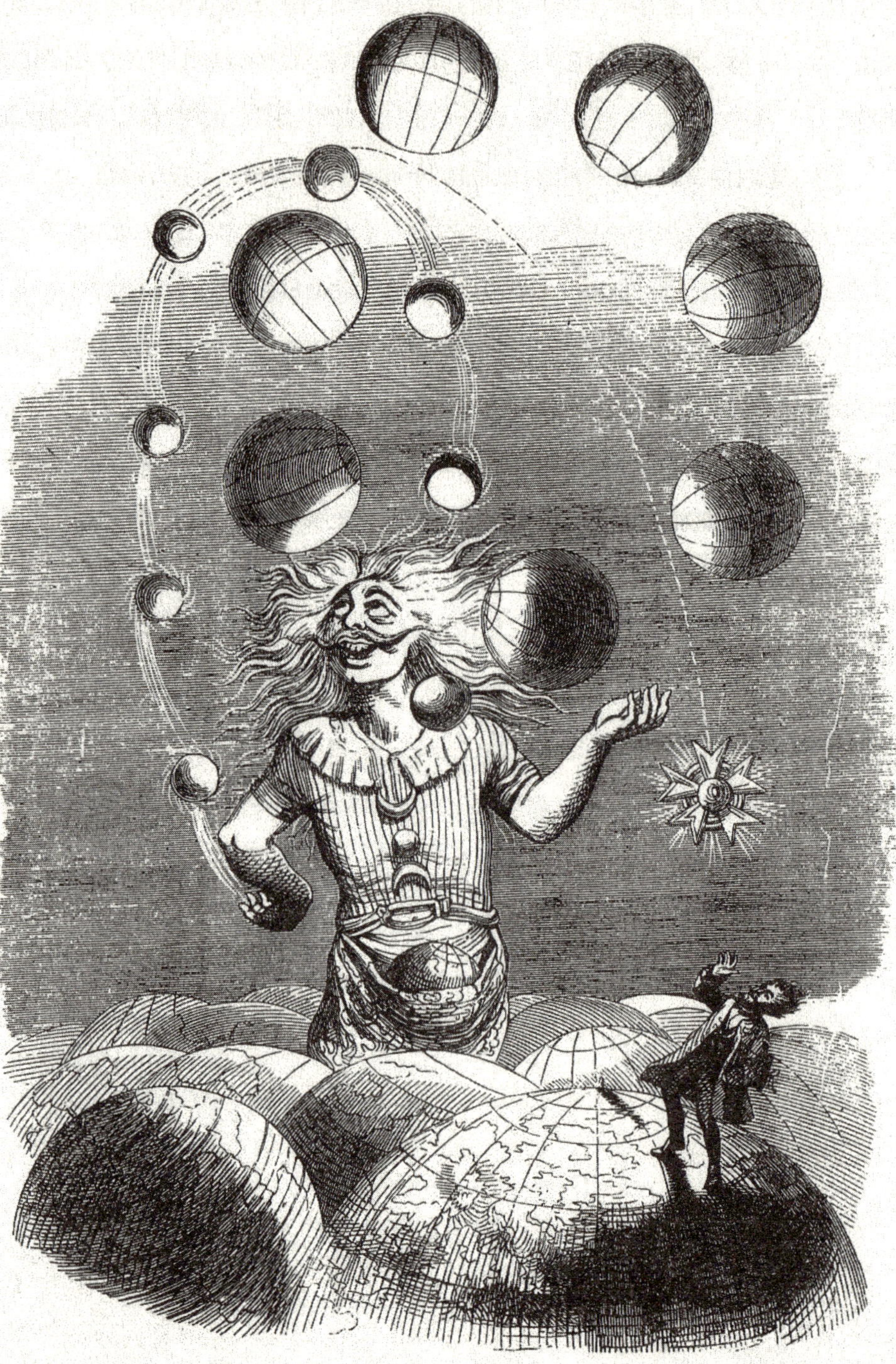

荒谬的人

倘若斯塔夫罗金①有信仰,那他并不认为自己具有信仰。倘若他没有信仰,他也不认为自己没有信仰。

——《群魔》

歌德说:"我的领域就是时间。"这确实是荒谬之言。那么,荒谬之人究竟是什么呢?荒谬的人是一个不否定永恒但亦不为之而劳的人。留恋之感并非与他遥遥相对,但他却偏好他的勇气和推理。前者教他义无反顾地生活并且教会他满足于现有之物;后者则让他知晓个人的极限所在。由于他明晰自由的有限和短暂,知晓反抗没有未来,并意识到人终有一死,他在自己寿命所辖的范围之内开始了冒险生活。这是他的领域。这是他的行为,他以此不受他自己判断之外任何其他声音的影响。对他来说,来世并不意味着更加伟大的生活。这会有些不公。这里,我甚至没有谈到被称之为子孙后代的那种小小的永恒。罗兰夫人②曾把自己寄托于这之上。这种轻率和莽撞倒是给她上了一课,后代之人乐于引用她的话,却忘记了对此做出评判。于是罗兰夫人对后人也冷淡漠然。

这里谈不上坚守道德准绳的问题。我曾经见过很多道貌岸然的虚伪之徒。我也注意到,平日里,诚实并不需要什么准则。荒谬的人只承认一个道德典范,一个与上帝密不可分的道德准则:被支配原则。然而,事实上他却生活在上帝之外。至于其他的道德(这里也包括非道德主义),荒谬的人只会在他们身上找到合理的解释,而他自己却不为任何东西辩护。这里,我将从他是无辜的这一原则入手。

这种无辜让人恐惧。伊万·卡拉玛佐夫③宣称,"一切都是允许的"。如果这不带有一丝粗俗的话,倒有了荒谬的味道。我不知道,自己是否已经

---

① 译注:斯塔夫罗金,小说《群魔》的主人公。
② 译注:罗兰夫人,法国大革命时期著名的政治家。吉伦特党领导人之一。
③ 译注:伊万·卡拉玛佐夫,小说《卡拉玛佐夫兄弟》的主人公。

充分地指出这已不再是信仰或愉悦的爆发而更是一种对事实痛苦承认的事。神赋予了生活以意义,这种信仰的吸引力远超出了行恶而不受惩罚的权力。抉择不难做出,但却因没有抉择的机会而产生了痛苦。荒谬不会解放个体;它只是紧紧地缠住他。它不会批准任何行为。"一切都是允许的",但这并不意味着没有禁区。荒谬仅仅使行为的种种结果具有了同等价值。它不推崇罪恶,因为那是幼稚的行为,但它却会悔恨自己的无力。同样的,如果种种经验之间没有差别,那出于责任的经验就变得最正当可行。于是出于一时兴致,每一个人都具有了德行。

要么鼓励要么废止行为的后果,一切道德体系皆基于此。混杂了荒谬之感的心智仅仅能够断定:对于结果,我们必须处之泰然。它随时准备付出代价。换言之,在荒谬的心智看来,有些人可能对此负有责任,但这不是

犯罪。心智充其量会同意以过去的经验为基础，来规范其未来的行为。时间将延长时间的存在，生活也将服务于生活。道德体系既因诸遭可能而受到限制，又因它们而得到发展。在这一领域内，除了人的清醒，其他的一切都看似不可预料。那么，从这种不合理的秩序中显现出了什么准则呢？据他所知，这看似有所收获的唯一真实不是形式上的：这种真实具有生命并在人们之中逐渐展现自我。在其推理的尽头，荒谬的心智不会像期待找到种种例证和人类生命的呼吸那样期待着道德准则的发现。一些随之而来的想象皆出于此类的阐释。它们用一种特别的态度和温情拓展了荒谬的推理。

有些例证不一定值得效仿（在荒谬的世界中，如果有可能，效仿得越少越好），这些例证并不因此而成为什么典范。我是否还有必要拓展这一观点呢？此外，请允许我这么说：除了天职的召唤以外，如果从卢梭的思想中得出人要爬行，从尼采的思想中得出人必须要虐待其母，那他必然是荒唐可笑的。一位现代作家写道，"有荒谬之感很重要，但不能因此成了傻子"。对即将要讨论的种种态度，我们仅去思考它们的对立面就可以获得它们的全部意义。如果思维意识相同，邮局的下等职员便不亚于一个皇帝。在这一点上，所有的经验是没有差别的。有些经验要么服务于人，要么危害于人。如果他有意识，它们则于他有益；否则，便无关紧要：一个人的种种失败并不隐含他对自身所处环境的判断，而应隐含他对自己的判断。

以下的论述，我只选择了那些旨在追求穷尽自我或我认为是自我穷尽的人。我的选择并没有别的含义。此刻，我只想谈谈一个诸种思想和生命皆缺失了的未来世界。其中，让人劳作和使他兴奋的一切都在利用希望，因此唯一不与欺骗的思想则是缺乏想象的思想。在荒谬的世界中，一种概念或生活的价值是与它的贫瘠程度成正比的。

唐璜主义

倘若认为爱就足矣，那么一切就太过简单了。人爱得越多，荒谬就越是强大。唐璜拈花惹草绝不是因为缺乏爱。以他为代表找寻整个爱情的神秘主义者是荒唐可笑的。然而，他的确是怀有同样的激情，每次都全身心地爱他的情人们。正是因为如此，他必须重复展现着他的天赋和那种深邃的感情追求。也是因为同样的原因，每个女人都希望给他前所未有的东西。然而，每一次她们都大错特错了，因为她们仅仅让他感到有重复的必要。其中有一位高声喊道："最终，我给了你爱情。"此时，他笑着说道，"最终？不，不过多了一次而已。"我们会对此感到惊讶吗？为什么爱得深就必须要爱得少呢？

那唐璜忧愁郁闷吗？这个不大可能。我会很少提到这个故事传说。那种放肆的笑声、那种征服者的傲慢、那种活泼和快乐的心境以及逢场作戏的爱好，一切都清晰欢快。每一个健朗的生命都倾向于自我繁殖。唐璜亦如此。再者，陷入忧郁之境有两种原因：要么他们并不知晓，要么他们有意而为之。唐璜知道但不希望这样。他使我们想到那些知其能力极限、从来不去超越的艺术家们。他们以精神为凭，在那偶尔的瞬间，他们享受到了主人才会拥有的妙不可言的安逸。知其局限的智慧，这的确是天赋所至。直至肉体死亡之时，唐璜仍不知忧郁为何物。知晓之时，他便放声大笑，使人原谅他的一切所为。他憧憬之时便是他忧郁之时。现在，借那妇人之口，他品尝到了他唯一一认知的苦涩和欣慰。苦涩？几乎没有：那必要的缺憾使得幸福有些可见。

如果想从唐璜身上找寻他饱读传道书的蛛丝马迹，那肯定错误。因为对他来说，只有期盼来世才是虚荣。既然他与上天赌以来生，这一点就不言而喻了。对欲求的渴望只有满足才可消解。这对软弱无能的人来说，这再正常不过了，而对于唐璜，这根本就不是问题。前者倒是与因笃信上帝而投身魔鬼的浮士德十分吻合。而至于唐璜，事情就简化了许多。莫利纳①的骗子对于来自地狱的威胁总是回答说:"你给了我太长的时间休息了!"死后则万事皆休,而对懂得如何生活之人,活的岁月极为漫长!浮士德渴求全世界的财富,这位不幸的人只是伸出了双手。当他无法取悦自己灵魂之时,这么做便等于是出卖灵魂。至于对欲求的满足,唐璜则相反,他一直坚持如此。如果他离开了某个女人,这绝对不是因为他对她不再有欲望,一个美丽的女人总是动人的,而是因为他欲求另一个。这两者的感觉不可同日而语。

唐璜明白,过着这种生活是称心如意的,失去这种生活则苦不堪言。这疯子倒是伟大的哲人。但在这个宇宙中,那些依仗希望而生的人们是不会欣欣向荣的,在这个宇宙中,善良让渡于慷慨,挚爱让位于阳刚的沉默,而相互交流则止步于孤独的勇气。所有人都匆匆忙忙地下结论说:"他是一个弱者,一个理想主义者,一个怪人。"而他只得屈就这一使他感到侮辱的虚名。

唐璜的言语以及他那句对任何女人都管用的话(或者早有预谋故意贬低他所欣赏之物的微笑)足以让人们感到义愤填膺。然而,相对于追求欢愉经验数量的人来说,欢愉的效力才是他唯一在意的事情。爱情的口令经受住了考验,使之复杂化又有何用?男人、女人,都不会在意口令,他们只是在意发出口令的人。口令是规则、是惯例也是礼貌。在口令被发出之后,最为重要的行为仍有待完成。唐璜已经为此准备就绪。那为什么他还是给自己留下一个道德问题呢?他不是米洛兹②笔下的玛纳拉,后者妄想成为圣徒,以此而受尽地狱之苦。地狱对他来说只是个被人挑拨的概念。对于神的愤怒,他只做了唯一的答复,这就是人的名誉。他对高级骑士说,"我有名誉,我履行诺言因为我是个骑士。"但让他成为一个非道德主义者也是个极大的错

---

① 译注:莫利纳,西班牙剧作家。在剧本《塞维利亚的骗子》中,他第一次把唐璜的形象搬上了舞台。
② 译注:米洛兹,法国作家。在剧本《米盖尔·玛纳拉》中,他塑造了一个孑然而痛苦的唐璜。

误。在这方面,他"像极了其他任何人",他有好恶的道德准则。我们只有不断地参照他通常所代表的人物才能充分地了解唐璜的形象:一个寻常的爱情骗子和一个性欲旺盛的男人。他是个寻常的爱情骗子。①但是不同的是,他是有意识的,这是他行为荒谬之所在。爱情骗子突然觉醒,但一切也不会因此而改变。诱惑是他人生的境遇。只有在小说中,人才能够改变他的境遇。然而同时,我们说,一切没有改变,变的只是她们的外形。唐璜在行动中悟出的就是数量准则。圣者则背道而驰,他们朝向的是质量准则。而不追求事物深层次意义的就是这荒谬的人。至于这些热情或充满奇迹的面孔,他密切注视着它们,存储着它们并且绝不在它们附近停留片刻。时间与他齐头并进。荒谬之人与时间共生共进。唐璜并不想"收集"女人。他只想穷尽这些女人,并且与她们穷尽生活的机遇。"收集"意味着从他的过去汲取生的力量。但是唐璜拒绝后悔,拒绝后悔这另一种形式的希望。他没有想要去观看她们的肖像。

那他是否因此就是自私的呢?以他的方式看来,大概如此。但是在此,还是有必要理解一下他的做派。

世上有两种人,一种为生而生,一种为爱而生。至少唐璜会这么说,但是他会从极有限的词汇中挑出几个进行表达。因为,我们这里所提到的爱情隐了永恒的幻念之中。正如所有的爱情专家教导我们的那样,没有永恒的爱情而只有被阻断的爱情。几乎没有哪种激情不包含斗争。在与死亡的最终对立中,这种爱情才能找到归宿。人们要么成为维特,要么就什么也不是。这里求死也有几种方法,其中一种就是选择完全的风险和自我的放弃。唐璜和其他人一样知道这种死法的动人心弦。然而,他也是少数几个知道爱情的要义不在于

---

① 原注:这是从完整意义上讲的,并把他的缺陷包含在内了。即使是一种健康的态度也应包含不足与缺点。

此的人。他还知道，那些通过伟大的爱情脱离固有生活方式的人们，生命是得到了丰富，但是这样却使得他们所爱的人日渐凋零。一位母亲或一个情感丰富的妻子，她们都必须有一个自我封闭的心灵。因为这颗心与世界相分离，它于是就具有了一种单独的情感、孤独存在的面孔，因为这一切都将被吞噬。一种截然不同的爱情影响了唐璜，这种爱就是解放的爱。它携之于身的是俗世的面孔，它的战栗源于它明白自己终有一死。唐璜已经选择了终将虚无的道路。

对他而言，这样他能看得更加通透。我们集合了与爱情相关的书籍和传说，参考了爱情的释义，将把我们与另一个生物绑在一起的东西称之为爱情。但是说到爱情，我的理解是把我和这样或那样的生物绑在一起的欲望、情感和智慧的混合体。这种结合对于另一个人来说，又有些不同。我没有权利把所有的爱情体验皆归于同一名下，因为这样人们就无须重复同样的行为了。这里，荒谬的人因为无法统一再次选择繁衍自我的爱情方式。于是，他发现了一种新

的至少可以解放自身也同样解放他亲近之人的方式。高尚的爱情荡然无存，唯有一种短暂特殊的爱情留存了下来。正是这些所有的死亡和重生聚拢在一起，编织了唐璜生命中锦簇的花环。这是唐璜奉献和活跃的方式。他是否是人们常说的自私呢？我要把这个问题留给你们作答。

此刻，我想到了所有那些坚持唐璜有罪的顽固分子。他们坚持，唐璜不但来生有罪，今生也必须受到惩罚。我也想到了那些关于唐璜垂暮之年的故事、传说甚至是笑话。但是，无论如何，唐璜依然如故。对一个勤于思考的人来说，老年以及它所代表的征兆没有什么值得大惊小怪的。的确，只要他不去刻意隐藏这份恐惧，老年唐璜依旧在思考。在雅典，人们就曾为老年人建了一座神庙，人们还带着孩子经常去参拜。至于唐璜，嘲笑他的人越多，他的形象就越是分明。因此他拒绝了浪漫主义者给予他的形象。没有人想去嘲笑这个痛不欲生、可怜又可鄙的唐璜。人们可怜他。那上天会救赎他吗？然而事实并非如此。唐璜隐约窥探到的奇妙宇宙中竟也包括奚落和讥笑。他认为责罚是正常的，因为这个就是游戏规则。他赋予自己浪漫的生活方式，而这是不应受到惩罚的。

这就是他的罪恶。我们很容易理解为什么那些上帝的臣民要呼唤上天对他施加惩罚。他已经获得一种无须幻想的知识，这种知识否认上帝之臣民所宣扬的一切。爱情与占有、征服与穷尽——这就是他所认知的方式。（上帝之民们所喜爱的《圣经》中，"认知"也有肉体行为之意。）唐璜是他们的最大敌人，因为他无视他们的存在。据一位编写编年史的史官所述，真正的"花心郎"死于方济各修会修士的暗杀，后者认为"结束唐璜的放纵无度和亵渎神灵之罪，唐璜的出生就使得他免于惩罚"。他们于是对外宣称神击倒了他。无人能够证明故事古怪结局的真实性。也同样无人能够反驳它。然而，我们无须考虑它是否可信，对于大多数人来说，至少这个结局是可以接受的。这里，我仅仅想挑出"出生"一词,并借题发挥一下:正是活着这一事实证明了他的无辜。他只单单从死亡中得到了罪过。他的罪过现在也已成传奇。

那位高级骑士的石像代表了什么呢?那个冰冷的雕像是为了惩罚敢于思考充满热血和勇气的人建造。永恒的理想、秩序、普遍道德的力量以及一个发怒的上帝所具有的陌生的威严皆浓缩在这石像上。那个没有灵魂的庞然大物仅是象征了唐璜永远否定的那些力量。那位高级骑士的使命也就如此而已。霹雳闪电可以回到人造的天上,它们被召唤出来的地方。真正的悲剧离它们还很遥远。不,唐璜并非死于一只石手之下。我更倾向于相信那是传奇故事的虚张声势,那个健康的唐璜在疯狂地嘲笑着某个不存在的神祇。不过,首先我相信,唐璜在安娜处等待的那天晚上,骑士并没有出现,而午夜之后,这个亵渎神灵的人一定感觉到了那些认为有道理的人所感受到的可怕的痛苦。我甚至更愿意接受这样的描述:他最终隐居在一家修道院里。这并不是因为故事具有启发性的一面我们于是就认为这是可能的。他能够向上帝那里祈求得到什么样的庇护呢?但对于一个完全与荒谬为伍的生命,这代表了一个相当合乎逻辑的结果;对于一个转向及时行乐的存在,这又是一个残酷的结局。耽于声色在此以禁欲而告终。我们必须意识到,这可能是一个贫瘠生活的两个方面。一个为肉体所背叛的人仅是因为他不能适时而死,所以必须一边演完喜剧一边等待着生命的结束。然后,他将面见他并无爱慕之心的上帝,像侍奉生活一样去侍奉他,并跪倒在虚无面前,双臂朝上天挥舞,失去了往日的雄辩。他知道,那个上天是无止境的。这是多么可怕的景象啊!

我看到唐璜在一个西班牙修道院的一间小室里。那家修道院就隐藏在群山之巅。倘若他在沉思,那一定不是逝去之爱的重重影像,而或许是透过烈阳暴晒之下已经龟裂的墙角缝隙他所看到的西班牙平原,一片高贵而无魂的大陆。是的,在这一幕忧郁而光辉的景象之中,帷幕是该悄悄放下了。我们等待这最后结局的到来,虽然这不是我们所希望的。他的结局是可以忽略不计的。

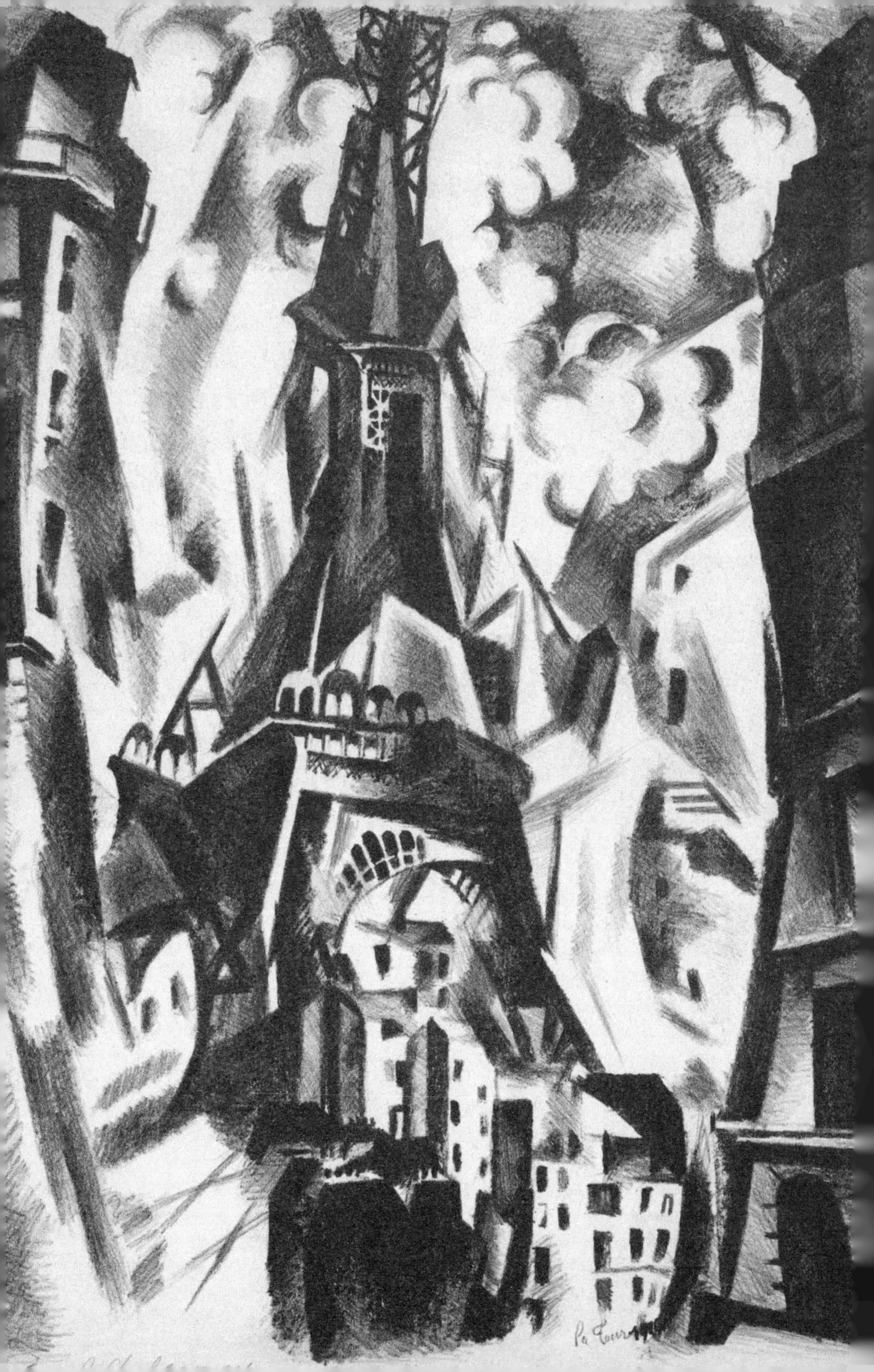
La Tour

戏剧

哈姆雷特说，"演戏是陷阱，我要从中捕捉国王的良心。"

"捕捉"一词用得恰如其分，因为良心来去匆匆，如影随形。几乎在被感知的那一刻，它飞快地扫过自己，然后你会发现良心已经振翅高飞了。芸芸众生不懂得驻足栈恋。相反，一切都催促他们前行。与此同时，没有比他自身对他更有吸引力的东西了，他的潜力尤为如此。于是他对戏剧表演产生了兴趣，因为后者向他展现了那么多不同样式的命运，他不必悲伤就能够体会到诗韵。这里，至少我们会发现一些没有思想的人，他们匆匆赶往这种或那种希望。荒谬之人始于众人结束之所。此处，心智不再欣赏戏剧而想身体力行，想深入这种种生活，感受它们的多姿。换言之，它想实践生活。我不是说一般的演员需遵循那种冲动，也不是说他们就是荒谬的人，而是说他们的命运即是荒谬的命运且它可能俘获吸引了一颗清晰的心灵。为了不对下面继续的论述产生误解，我们有必要先建立起这种观念。

演员的领域是转瞬即逝的。我们知道，在所有的名望之中，演员的名望犹如昙花一现。至少我们平日是这样说的，但是各种名望都是短暂的。从永恒闪耀的天狼星的角度来看，一万年后，歌德的所有著作将化为沙砾，他的名字也会被遗忘。或许，一群考古学家们会寻找我们这个时代存在的"证据"。这种观点总包含着一个教训。认真地思考一下，你就会发现这种观点把我们的烦恼和不安还原成了深邃且相互之间没有差别的崇高。它把我们的注意力引向了最为确定的东西，即当下发生的事物。在各种名望之中，欺骗性最少的就是当下存在的荣耀。

因此，演员选择了多重的名望，这种名望神圣且久经考验。一切都会消逝。从这一点出发，于是他得出了最佳的结论。一个演员要么成功，要么失败。一个作家，即使无人赏识，他仍有一丝希望，因为他认定他的作品将见证他的存在。一个演员即使在他的巅峰状态，也只是给我们留下了一张照片，而他的真实自我、动作、沉默以及爱情的喘息并不会流传下来。对他而言，不为人所知就不能演出，不能演出就是与他所赋予生气、因他所苏醒的万物共同死亡。

* * *

短暂的名望建立在稍纵即逝的创造之上，为什么我们会对此大为惊异呢？在演出的三个小时内，演员可以是伊阿古①、阿尔刻提斯②，也可以是菲德拉③或格莱切斯特④。在这短暂的时间里，五十见方的舞台上，他让这些人物生而又死。荒谬从来没有被描绘得如此深刻生动。这些辉煌灿烂的生命、这些特有而完整的命运在舞台上展现得淋漓尽致，还有什么富于启迪的事物浓缩在一起能像这样让我们浮想联翩呢？下了舞台，西吉斯蒙德⑤便不再有意义。两个小时之后，你会看见他在外吃晚餐。这可能就是所谓的人生如梦吧。继西吉斯蒙德之后，新的英雄将会登台。这位饱受未知命运折磨的英雄取代了那个怒吼着报仇的男人。就这样，演员不知经历了多少世纪，横跨过多少心智，模仿着他们的所能与所是。渐渐地，他与那个荒谬的个体，那个旅行者，有了许多共同之处。像后者一样，他穷尽某种事物，并不断运动着。他是时间的过客，而那些最好的演员则是灵魂不断追捧的过客。要是数量准则想找寻食粮，它就得在那陌生的舞台上寻觅。我们很难判断，演员会在什么样的程度上受益于这些角色。但这还不是最主要的。这仅仅是知晓他能够从多大程度上利用这些无可替代的生命找出自己的存在。演员经常将它们携带于身，它们也常常有点超出了它们所诞生的时空。它们常伴演员左右，后者已不再轻易地与他的过去相分离了。有时，演员拿起玻璃杯时，他会继续哈姆雷特举起酒杯的姿势。不，他与他所注入生命气息的角色之间的距离其实并没有那么大。他日复一日

---

① 译注：伊阿古，莎士比亚戏剧《奥赛罗》中的反派人物。
② 译注：阿尔刻提斯，莫里哀戏剧《恨世者》中的主人公。
③ 译注：菲德拉，拉辛戏剧《菲德拉》中的主人公。
④ 译注：葛罗斯特，莎士比亚戏剧《查理三世》中的人物。
⑤ 译注：西吉斯蒙德，卡尔德隆戏剧《人生如梦》中的主人公。

月复一月总是不厌其烦地论证这样一个真实：一个人想成为之所是与他现在之所是之间是没有疆域的。由于总是在意更好地表现，从某种程度上他展现了如何创造存在的表象。因为那是他的艺术——绝对的模仿、尽可能深入地将自己投射到不是他自己的生活之中。经过他的努力，他的天性得以淋漓尽致地表现：全身心地投入于表现虚无或是成为若干角色。在创造他角色的过程中，他越接近他的极限，他越需要他的天赋。今天，三个小时之后，他将带着他所扮演角色的假面死去。三个小时之内，他必须体验、诠释一个完整而特殊的生命。这就是所谓的为了找寻自我而失去自我。在这三个小时里，他穿行在一条没有出口的道路上，而对于观众席的看客，他们将用一生的时间走完这条不归路。

演员若是模仿即将消亡之物，他只需在表象上充实和完善自我。戏剧的传统是心灵的自我表现，它只通过手势和肢体进行交流——抑或通过声音，这既可以是心灵之声也可以是肢体之声。这种艺术的原则坚持一切皆可夸张，一切皆可用血肉表达。如果舞台上必须要有现实中的爱情、要有运用心灵的不可替代之声、或看似如同生活中的人们一样沉思的东西，那么我们的语言就是口令。这里，就连沉默也必须要让观众听到。爱情要高声，静止本身要壮观。身体则至高无上。"戏剧性"并非随意能为的，这个词受到了不公正的恶意贬损，其实它涵盖了一套完整的美学和道德伦理。暗示、转向和沉默，人的一生有一半是在这些事情上度过的。而这里，演员不请自来。他解除了束缚灵魂的咒符，最后让所有的激情粉墨登场。它们用不同的姿势说话；它们的存在离不开叫喊。于是演员便创造了他的种种角色以供展示。他或描绘或雕刻，并悄悄地溜进这些想象的形式之中，将自身的热血注入给了这些重重幻影。当然，我指的是那些伟大的戏剧，那种给予演员以机会将他的命运完全地实体化的巨作。以莎士比亚为例，在那冲动的戏剧中，身体的种种激情引导着舞蹈。它们诠释一切。没有它们，一切也随之垮塌。要不是那驱逐考狄利娅和痛斥埃德加①如同野兽般的狂暴举止，李尔王万万不会与癫狂订约赴会。从那时起，那悲剧便在癫狂的支配下一步步地展开。灵魂在缓慢而庄严的萨拉班德舞曲中交托给魔鬼。疯子至少有四个：一个出于交易，一个出于意愿，最后两个则由受折磨而成——四个紊乱的肉体，同一种境遇却有这四种无法言传的面目。

仅限于这人类肉体是不够的。这假面、这厚底靴、这还原并突出其本质特征的脸部化妆、这夸张而又简化的戏服——那个舞台世界仅仅是为了观众的视觉便把一切付诸表象。由于一种荒谬的奇迹，这肉体便带来了认知。除非我扮演伊阿古，否则我永远不会真正了解这个角色。听是不够的，我只是在看到他的一瞬间才抓住了他。演员因此就获得了荒谬角色那千篇一律、单调唯一的沉闷影子，并把这种既陌生又熟悉的影子从这个英雄带入到了那个英雄之中。在这里，伟大的戏剧作品也有助于基调的统一。②而这正是演员所矛盾的地方：同一个灵魂却也有那么多种多样的灵魂系于一身。然而正是这荒谬矛盾本身，正是那个想达成所有一切、历经所有一切的个体，也正是那个徒劳的尝试，组成了那毫无意义的坚持。那些总是自相矛盾的东西也进入了此身。此刻演员身体与心智交汇贯通，他的心智已厌倦了一次又一次的失败，转向到了它最忠实的同盟者一方。正如哈姆雷特所说，"能够把感情与理智调整得那么恰当，命运不能把它玩弄于股掌之间，那样的人是有福的。"

教会怎么会不去谴责演员的这种做法呢？它否定这种艺术中异端灵魂的无限增长、反对恣情享乐以及心智拒绝只经历一种生活从而尽情放纵的可耻想法。它谴责他们对现世的偏好以及普洛透斯③式的胜利，因为这些都与它所教授的教义相悖。永恒不是游戏。心智若愚蠢到接受喜剧而非永恒的话，它将不

---

① 译注：考狄利娅和埃德加均是莎士比亚《李尔王》里的人物。
② 原注：此刻我想到了莫里哀的阿尔刻提斯。一切都那么简单，那么明显，那么粗俗。阿尔刻提斯对菲林特。
③ 译注：普洛透斯，希腊神话中变化无穷的海神。

I.er Chant

                R
En lll euie
    ces g ch es ino s , es
    m te   out
    as sec nio   U
    e us vo trai
    to v. !))
                    DE
    nt i
    eo enr...
    pgo   ur oi ?

PS   os!

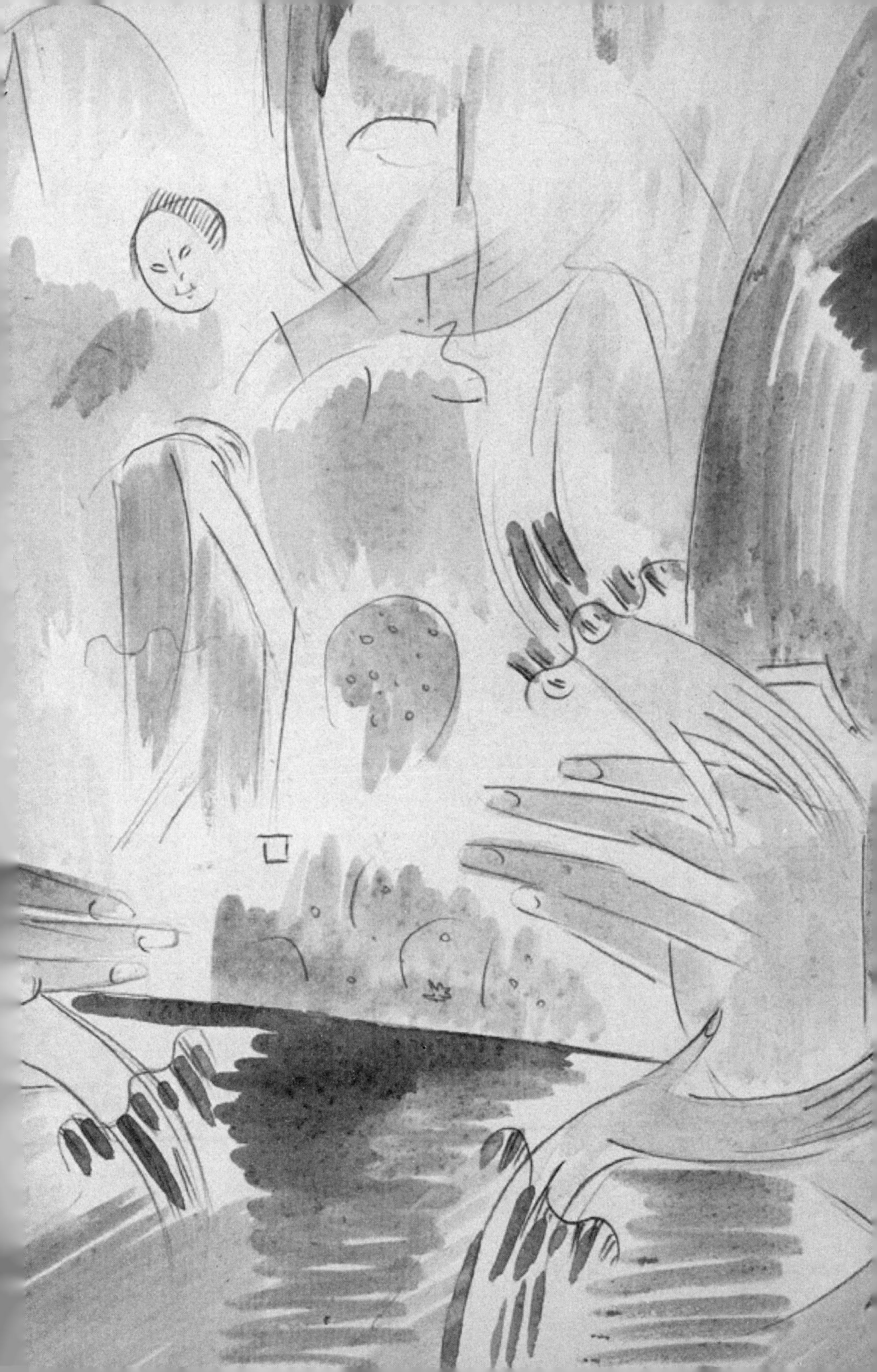

会被救赎。"处处"和"永远"之间是没有妥协可言的。正因为如此,那个十分恶毒的职业将导致不可估量的精神冲突。尼采说,"重要的不是永恒的生命而是永远的生气。"事实上,所有的戏剧皆出于此。塞利蒙德与艾莱安瑟的对立,是整个主题本性发挥到极致之时的荒谬结果。这诗篇本身,这"糟糕的诗行",无论怎么强调,都不像是角色性格中的单调乏味。

阿德莉娜·勒库弗勒①临终之时希望忏悔、聆听圣言,但她拒绝发誓放弃她的职业。因此,她失去忏悔的优遇。这难道不是她在上帝面前维护她全神以注的激情的明证吗?那个女人在死亡的当口,包含着热泪,拒绝放弃她视为艺术的东西,极力去证明她在舞台聚光灯外从未达到的伟大。这是她扮演过的最佳角色,这也是一个最难扮演的角色。上天与可笑的忠诚之间的抉择,要么忠

---

① 译注:阿德莉娜·勒库弗勒,法国著名女演员。

于自我，放弃永恒，要么笃信上帝——这是个久远的悲剧，每一个人都必须扮演好自己的角色。

这个时代的演员们知道自己已无法聆听圣谕。选择这份职业无异于选择了地狱。教会把他们当作它最坏的敌人。一些搞文学的人颇为不忿："什么？拒绝给莫里哀做最后的弥散！"但是这确实如此，尤其是对一个死在舞台上的人，一个还没有卸装、刚刚结束了一个消散生命的演员，更是如此。对此，人们支援这位天才，祈求上帝宽恕一切。但是天才却无动于衷，因为天才拒绝宽恕。

此时，演员知晓等待他的惩罚是什么。然而，比起生活本身为他所预留的终极惩罚，这些模糊的威胁又具有什么意义呢？这是他预先感到并全盘接受的。对演员，也对荒谬的人来说，过早的死去才是无可弥补的。什么都抵偿不了他所接触的那一张张面孔和所跨越的世纪。但无论如何，人总是要死的。因为毫无疑问演员无处不在，而时间仍旧会拂面掠过，在他身上留下印迹。

稍加想象一下，你就会感到一个演员的命运意味着什么。他会适时地装扮并表演他的各种角色。同样地，他也会及时地学会掌控它们。他所经历的各种生活越多，他便对他们越疏远。这样，他必须为世界而死在舞台上的时机也成熟了。他看得一清二楚。他所经历的一切与他相互对峙。他感到这种遭遇有种令人伤心而又无法替代的东西。他知道了，现在死去了。有些养老院就是专门为年老的演员而设的。

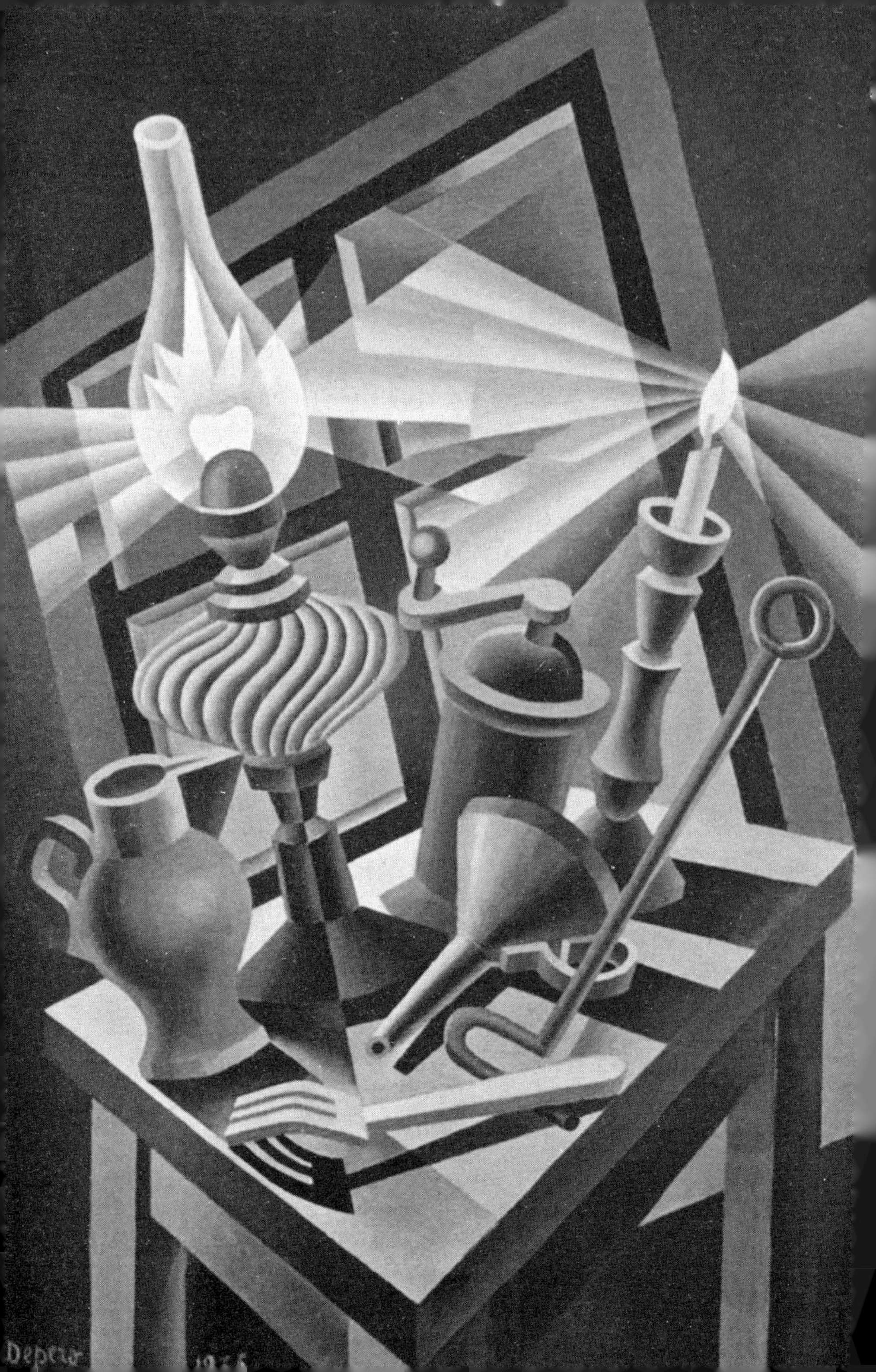

征服

"不，"征服者说，"不要因为我喜欢行动就以为我已经忘记了如何思考。相反地，我能够完全定义山我所笃信的东西。因为，我坚信它的存在，我确信我能清楚地看见它。你会常听人说：'我太了解这个了，已经到了无法表达的地步。'你要当心这些人。因为，他们无法清楚地表达这是由于他们不懂，或者是由于他们太懒了，他们的思考只停留在了事物的表面。"

我的意见不多。生命结束的时候，人们会注意到他们花了那么多年才明白了一个真理。如果这个真理是显而易见的，那它就足以指导一个存在。至于我，我决定要就他们的个体说说自己的看法。人们提到这个问题一定会直言不讳，如果需要的话，还会带有一丝轻蔑之情。

人之所以为人，更在于他所隐忍不发的东西而不是他所高声喧哗的事情。许多事情我会保守秘密。但是我坚信，所有这些对个体有所判断的人较之我们，判断的经验都稍有欠缺。智慧，这激动人心的智慧，可能已经预见到它值得注意的事物。但是这个满目疮痍、血淋淋的年代仅用事实就让我目不暇接。古老的民族、近代直至我们机械化时代的民族，都可能要掂量一下社会道德与个人道德，试图找出究竟是哪个应该服从哪个。这之所以可能，首先是因为在人的内心深处总存在着某种逆反心态，而这种心态总顽固地认为人类被创造出来，要么侍奉他人，要么被他人所侍奉；其次是因为无论是社会还是个人都还没有彰显自己的全部能力。

我看到，许多明理之人对在弗朗德勒战役的腥风血雨之中诞生的荷兰作家的作品大为惊叹，他们也对在恐怖的三十年战争中长大成人的西里西亚神秘主义者的祈祷颇为惊奇。在他们惊讶的眼神中，永恒的价值观总能在世俗的动乱中幸存下来。一切都在进步，但现在的画家就失去了这种宁静。即使他们本质上有一颗造物的心——我指的是一颗封闭的心——这也是毫无用处的；对于每一个人，包括那些圣人，他们的身体也会被动员起来。这一点我可能深有体会。战壕中每一次失败的冲锋，描绘、隐喻、祷告每每被践踏于铁骑之下，永恒就将因此而落败一个回合。既然意识到我无法独立于时间而存在，那么我决定就和时间融为一体。这是为什么我尊重个体的原因，它能让我深深地感到荒诞和屈辱。既然知道这里没有胜利的事业，那么我就喜欢去探索那些失落的事业：这些事业需要一个未曾被污染过的并且能够公平地看待它的失败和暂时胜利的灵魂。对任何一个感到与世界的命运紧密相连的人而言，文明的冲突有种让他苦恼的东西。我已经产生了那种苦恼的东西，但我仍想参与其中。在历史和永恒之间，我选择历史，因为我喜欢必然之物。至少，我相信历史是可靠的。我怎么敢否认这种压倒我的力量呢？

人们必须在思考和行动之间做出选择，这一刻总会到来。这就是所谓的长大成人。这种痛苦十分可怕。但是，对于一个高傲的灵魂而言，妥协是不存在的。要么上帝，要么时间，要么十字架，要么宝剑。这个世界有一层更高的意义，这层意义已经超越了它的烦恼。这个世界只有这些烦恼，再无其他真实可言。人们必须与时间共存亡，或逃避世界、追寻更高远的生活。我知道人们可以笃信永恒并以此为妥协而立于世界之上。这被称作为接受。但我厌恶这个术语，要么获得一切，要么一切都不要。如果我选择了行动，你们不要以为，思考对于我来说就成了一个陌生的国度。不过它无法给予我一切并已经丧失了永恒。留恋也好，苦涩也好，我不想将此二者归于我的账上。我只想与时间为盟。我只是想将这看得明明白白。我告诉你们，明天你们就要应征入伍了。对于你我，这都是一种解放。个体不能做什么，但是个体却可以达成一切。在那种没有外界干涉的完美状态下，你们理解我为什么在颂扬他的同时又在打压他。世界将他碾成了碎片，而我要解放他。我向他提供他的所有权利。

征服者们知道行为本身毫无用处。而有用的行为只有一个，即重塑人与世界的行为。我永远也无法改造人们，但是必须做到"似乎如此"。因为斗争之路让我通向血肉之躯。即使它被羞辱过，但血肉仍然是我唯一的必然，我只能依赖它。这是为什么我站在斗争一边的原因。就像我说的那样,时代将其赋予在这里。而迄今,征服者的伟大都只限于地缘。伟大的衡量标准是攻城略地。但如今这个词语的意义已经改变,不再表示胜利的将军了,而这就存在了一个为什么这样的原因。伟大已经转变了阵营。现在它隐在反抗与无望的牺牲之中。当然,这绝不是说偏好失败。我们渴望胜利,但是胜利只有一种,那就是永恒的胜利,也是我从未得到过的胜利。这也是我一路上尽管跌跌撞撞也要紧紧把握的原因。革命就是与诸神对抗。它始于巴门尼德的革命,他堪称当代征服者的第一人。革命就是将人的欲求与他的命运对立起来,满足穷人的要求只是托词。然而我只能在历史语境中抓住那种精神。正是在此之中,我与它相通。但不要认为我以之为乐:相对于本质矛盾的对立,我坚持人的对立矛盾。我将我的清醒置于了对它的否定之中。我称赞那些即将被压垮的人,我的自由、我的反抗以及我的激情也就在那紧张的态势与这份清醒和过分的重复中融为了一体。

是的,人就是他自己的目的。他是他的唯一终点。如果他想有所作为,那么他的生活就此会写下一笔。现在我太了解这一点了。征服者有时会提到战胜与超越,但那往往是指"超越自己"。你们也很清楚那意味着什么。曾几何时,每一个人都曾有过与神平起平坐的感觉,至少历史有过这样的表述。但这源于这样的一个事实:在灵感忽闪之中,他突然感到人类心智的壮美并对此大为惊诧。征服者仅仅是那些充分认识到自己的实力足以使自己不断生活在那高点、感受那种壮美的人。这是个算术问题,也是一个或多或少的问题。征服者能够让自己多一些站到高处的机会,但是他们的机会不会比那些有这种想法的人多。这是为什么他们从来不离开人间的熔炉,沉醉于革命之魂的慰藉之中的原因。

在那里他们发现造物被分解而不完全,但是他们也遇到了唯一仰慕的价值,即人与他的沉默。这既是他们的窘困也是他们的财富所在。对他们来说，人类的种种关系之趣是他们唯一的奢侈。人们如何不能明白在这脆弱的宇宙中万物皆有人性，但只有人才会具有某种更为鲜明的意义呢？在人们之中，紧绷的面孔、受到威胁的友爱、强烈而忠贞的友谊——这些才是真正的财富，这只是因为它们的短暂有限。在它们之中，心智最能够感受到它的强大和缺陷，也就是说，它最为有效。这时一些人会想到天才，但天才一词太过简单，我更想说是智慧。应该说，那时它相当壮观宏伟，能够照亮并支配整个沙漠。也知道它的义务所在，并将其一一加以阐释清楚。它将与这肉身一同消亡。知道了这一点便也建构了它的自由。

我们并非没有看见一切教会都反对我们的事实。一颗欢欣鼓舞的心避开了永恒，一切的教会，无论它们是神圣的还是政治的，都宣称拥有永恒。幸福和勇气，报应或正义，这些都是它们的次要目的。它们带来了一种信条，而每一个人都必须服从于它。但是我却对这些观点或永恒之念不抱有任何兴趣。在我的领域内，诸遭真实皆可以用手触摸。我与他们已融为一体。这就是为什么你们不能以我为依靠的原因："征服者之物没有永存之说，甚至他的信条也是如此。"

在这以后，万物的终点仍是死亡。我们还知道，死亡结束一切。这是为什么那些遍布欧洲大陆的坟墓丑陋无比并让我们中的一些人心神不宁的原因。人们只会美化他们所爱，而死亡让我们反感并消磨我们的耐心。死亡同样有待我们去征服。因瘟疫而成了空城的帕多瓦[①]在被威尼斯人团团围住之后，最后一个卡拉拉人[②]，这个被困于其中的囚徒，一边尖叫一边跑遍了空无一人的宫殿的各个大厅，他召唤魔鬼，请求让他速死。这是一种超越死亡的方法。同样这也表明了西方人勇敢的性格。它使得那些死亡受到尊崇的地方变得丑陋。在叛逆者的宇宙中，死亡颂扬不公，它是终极的放纵。

[①] 译注：帕多瓦，一座古老的意大利北部城市。
[②] 译注：卡拉拉，意大利的名门之一。

其他人如若不妥协他们便会选择永恒并指责世界的这种幻象。他们的坟墓在无数的鲜花和鸟儿的飞翔中绽放笑容。这些非常适合征服者,因为这清楚地描绘了他所拒绝的生活。相反,他已经选择了与黑黑的铁栅栏或忙忙碌碌的田野为伴。上帝之民中出类拔萃的家伙有时想到那些与死亡的影像一起生活的心智就不由地会产生怜悯,但他们同时也会有一丝胆战。那些心智正是从死亡中汲取力量和书写为自己的辩护之词。我们的命运就站在我们面前,而我们也故意向它挑衅。这不是出于高傲之气,而是由于我们意识到了自己无力的境遇。我们有时也自怜自爱。这看似是我们所能够接受的唯一怜悯;这种感情你们几乎无法理解,对你们而言,这似乎缺乏阳刚之气。然而我们中最勇敢的人却能够感觉到它的存在。我们还是称那些清醒之人为具有男子气概的人,因为我们不需要那种独立于清醒之外的力量。

我还要重申,以上种种影像提出的不是道德典范,没有判断涉及其中:它们只是一些图样而已。它们仅仅代表了一种生活方式。情人、演员或冒险家都扮演了荒谬的角色,但如果愿意,圣人、公仆乃至共和国的总统,他们同样能够演好这个角色。只要知晓并不去刻意遮掩这就足够了。意大利的博物馆中,人们常常会发现一些油画用的小屏风,这是牧师放在死刑犯的面前遮挡他们前方的绞架用的。所有形式的飞跃都会朝着神圣或永恒之处飞奔而走并屈服于日常的幻觉或观点的幻想之中——所有这些小屏风就用于遮挡荒谬。然而,公仆是无可遮挡的,我打算谈谈他们。这里我选择了那些最极端的人。在这一层面上,荒谬赋予了他们一种王权。当然这些王子们是没有封邑可授的。但是他们优于其他人:他们知道所有的王室都是虚构之物。他们也知道,这正是他们的高贵所在。要是说起暗中尾随的不幸或幻灭的灰烬时,人们便会提到他们,尽管这毫无意义。被剥夺了希望并不等于是绝望。大地之焰足以媲美天堂的芬芳。在这里我们谁也不能对他们做出评判。他们奋斗不为活得更好,只为始终如一而努力。如果"智者"一词适用于依其之所有而不思其所无来过活之人的话，那么这些人就是智者。他们中的一人，这位心智上的征服者、认知领域的唐璜、智慧之中的演员对此便甚是了解：倘若你所珍视犹如小绵羊一般、臻入化境般的脉脉温顺之感，那天上地下便都没有你的特权；然而倘若你在最佳状态之时仍然犹如一只荒唐的长着羚角的绵羊，仅此而已——你就不会因虚荣而死，不会因扮作法官之态而引起非议。

无论如何，我们都应该为荒谬的推理多找一些由衷的例证。想象可以增加许多其他与时间和放逐密不可分的人。他们同样知道如何与一个没有未来没有弱点的宇宙和睦相处。然后这个荒谬无神的世界就会住满思想清晰、不再抱有希望的人。不过，最为荒谬的角色还没有登场，它就是这造物之人。

荒谬的创造

倘若没有哪种深邃的思想一成不变，为之灌输力量的话，那么所有那些在荒谬的稀薄空气中维持的生命都将无法继续。正是如此，它可能成了一种奇怪的忠诚之感。我们发现，那有思想意识的人们总是在最为愚蠢的战争之中履行自己使命而从来不去考虑他们是否在对立矛盾中。这是因为他们无须躲避任何东西。于是他们在忍受世界的荒谬之后就产生了一种形而上学的荣耀。征服或角色扮演游戏、多重的爱恋以及荒谬的反抗，这些都是人们在一场未战而先败的战役中为自己的尊严所表示的敬意。

这仅仅是一个是否忠实于战争规则的问题。这种想法可能足以维持一个心智的存在；它一直支持并且如今它仍在支持着整个文明。无人否定战争。人们要么死于战争，要么幸存下来。荒谬也是这样：这是个与之共呼吸、共存亡的问题，也是承认教训并重塑其血肉的问题。在这方面，荒谬无与伦比的快乐就是创造之娱。尼采说："艺术，唯有艺术。我们拥有了艺术，才不会为真实而死。"

在我正试图描绘并且强调的几个经验模型中，一个痛苦的消亡之处必然会出现另一种新的痛苦。现在孩子气式地追逐忘却之感、满足之态不会引起任何的共鸣。但那让人不断直面世界的紧张之感以及催促其接受一切的井然有序的种种谵妄，只会让他再度狂热。于是在这个宇宙中，艺术作品是让他保持清醒、确立种种冒险的唯一机会。创造是双重的生活。一个普鲁斯特式的对焦虑的探索以及对花朵、地毯、焦躁细致入微的描述，就意味着这种创造并无其他。与此同时，这种创造也不会比那演员、征服者和所有荒谬之人每日乐此不疲且持续不断而又无法感知的创造更具有深意。所有人都是用他们的双手去模仿、重复，从而重新创造属于他们的真实。我们最终总会看到自身真实的表象。对一个背离永恒的人来说，一切的存在只不过是遮掩在荒谬之下的一个庞大模仿。这个伟大的模仿就是创造。

这些人首先知道，然后努力探索、扩大并丰富这个他们刚刚上陆的瞬时之岛。但是他们必须知道,因为荒谬的探索与那个酝酿未来的激情并使之合理化的时间停顿是同时发生的。即使没有福音书的人也会有他们的橄榄山。而且在他们的山上,他们一定不会睡觉的。对荒谬的人来说,这不是解释和解决的问题,而是体验和描述的问题。一切都始于神志清醒的冷漠。

描述——这是一个荒谬思想的最后一个志向。同样地,产出了种种悖论的科学最终也不再会提问并且止步静观地描绘诸种现象中尚未改变的表象。心灵于是得知,当我们观察世界百态之时,愉悦我们的情感并非来自它内部深处而是来源于他们的千姿百态。解释是毫无用途的,但是情感却会保留下来。有了这种东西,宇宙连续不断的吸引力在数量上依然不可穷尽。在此我们便会理解到艺术作品的地位。

艺术作品标志着某种经验的死亡以及这种经验的增多。它不断重复着世界已经演响的、或单调或热情的主旋律:身体,寺庙三角门楣上的无尽的画像,它们要么样式各异,要么颜色斑斓;要么数量众多,要么肢体沉重。因此要是在创造者美妙而幼稚的世界中再次遇到本文的这些主题,就不再是一个一笔带过的问题。人们在那之中要是看到了一种把艺术作品当成是荒谬最后的安身立命之所的象征这就大错特错了。艺术作品本身就是一种荒谬的现象,我们只是对它所描述的内容感兴趣。它无法为理智上的痛苦提供逃避之法。相反,它是那种痛苦利用人的全部思想自我折射出的诸遭病状之一。不过它第一次让人的心智脱离了本体,并将心智与其他种种对立起来,这不是让它迷失自我而是向它清楚展现所有的人都曾踏上的迷途。荒谬推理之时,创造尾随着漠视与发现。它表明了荒谬的激情涌现之时,也指明了推理的停止之处。本文中创造的地位也是如是被证明的。

我们只要揭示创造者和思想家的一些共同之处便足以发现艺术作品中所有涉及荒谬的思想矛盾。的确,他们所做出的证明心智与之相关的一致结论与他们共同的矛盾并不完全一样。思想和创造之间也是这样。无须我多言，一样的痛苦促使人们采取了这两种态度。它们一开始就碰到了一起，但是在这所有以荒谬为起点的思想之中，我看到，只有极少数人坚持了这两种态度。因此从它们的偏移和不忠之中，我能够十分轻易地辨别出属于荒谬的东西。同样地，我必须要问一下：一件荒谬的艺术作品是可能存在的吗？

* * *

艺术和哲学的对立古已有之，过分地坚持这种对立的随意性是不可能的。倘若你坚持以一种极其有限的方式理解这种对立，那么你的方法肯定有误。倘若你仅仅认为这两种学科各自有着其独特的风貌，那这种理解可能有道理，但其内容却是含混不清的。唯一可以接受的理解就是，这对立是一个被密封在自身系统之内的哲学家和一个被置身于其作品面前的艺术家之间所产生的矛盾。这适用于某种我们这里认为是次要的艺术或哲学形式。那种认为艺术超脱于创造者之外的观点非但有点过时，而且是不正确的。人们指出，与艺术家相仿，没有哪位哲学家建立起了几种哲学体系。这确实也是有些道理，因为从来没有任何艺术家从不同的角度表达过一种以上的事物。艺术转瞬即逝的完美以及其时时更新的必要性 ——仅从一种先入为主的观点上出发，这两者无疑都是准确无误的。因为，艺术作品同样是一种建构，而且每一个人都知道那些伟大的创造者们有多么的单调无趣。出于和思想家同样的原因，艺术家在作品中投入了自我并成就了自我。这种潜移默化的作用提出了美学中最重要的问题。为此，对任何确信心智具有单一目的性的人来说，没有任何东西会比这些基于方法和目标的特征更加无用的了。事实上，这些学科的分类都是为了便于人们的理解和出于热爱而建立设置的。它们相互联系，就连它们产生的焦躁之感都是相同的。

我们有必要在一开始就提到这一点。为了让荒谬的艺术作品成为可能，思想必须将它最清醒的形式赋在作品之中。与此同时，除了作为支配作品的智慧存在以外，它就一定不能是显而易见的。这种悖论可以用荒谬来解释。智慧否认实体的理想化，而艺术作品就诞生于此。艺术创造标志着肉体的胜利。正是清醒的思想激发了它，但是思想又是在这种行为之中否定自己。它不会屈服于认知的诱惑：虽然有人将这种认知称为获取某种更深层次的意义，但是它知道这是不合情理的。艺术作品体现的是智慧的表演，但它只是间接地证明了这一点。荒谬的作品需要艺术家认识到这些局限性并且要求一种只表现自我的存在实体而不是其他的艺术的存在。艺术作品不是结局，也不是生活的意义，更不是它的补充。创造和非创造都改变不了什么。荒谬的创造者不会以他的作品为荣。有时他甚至可能拒绝接受自己的作品。就像是兰波①，有一个阿比西尼亚②就足够了。

与此同时，我们可以发现一种美学的规则。真实的艺术作品总是以人为衡量标准的。它本质上是那种说得"较少"的作品。艺术家的总体经验和反映经验的作品之间有种确定的关系，如《威廉·迈斯特》③和歌德的老成之间是有一定联系的。如果作品企图在叙述文学的花边纸上展现整个经验，那这种关系就是有害的。但是如果这作品旨在揭示一部分的经验，那这种关系就是有益的。这时，它就犹如是钻石的一个侧面，内在的光晕凝聚其中，有着无限的光辉。在第一种情况下，作品承载过重，永恒矫作虚荣。而在后一种情况下，作品由于其所暗含的整个经验而变得富有成效，因为人们可以猜到这些经验是无比丰富的。对荒谬的艺术家而言，他的问题在于如何获得这种超越世故的处世之道。最后，在这种气候下的伟大艺术家首先是一个伟大的生者，因为人生活在这种境遇之下，他既需要大量地体验生活也需要进行大量的思考。于是这作品就象征着智慧的表演。而荒谬之作就成了思想放弃名望并且顺从于命运的例

---

① 译注：兰波，法国诗人，古典诗歌的代表。
② 译注：阿比西尼亚，即现在的埃塞俄比亚。这里暗指兰波之死。
③ 译注：《威廉·迈斯特》，歌德的一部小说。

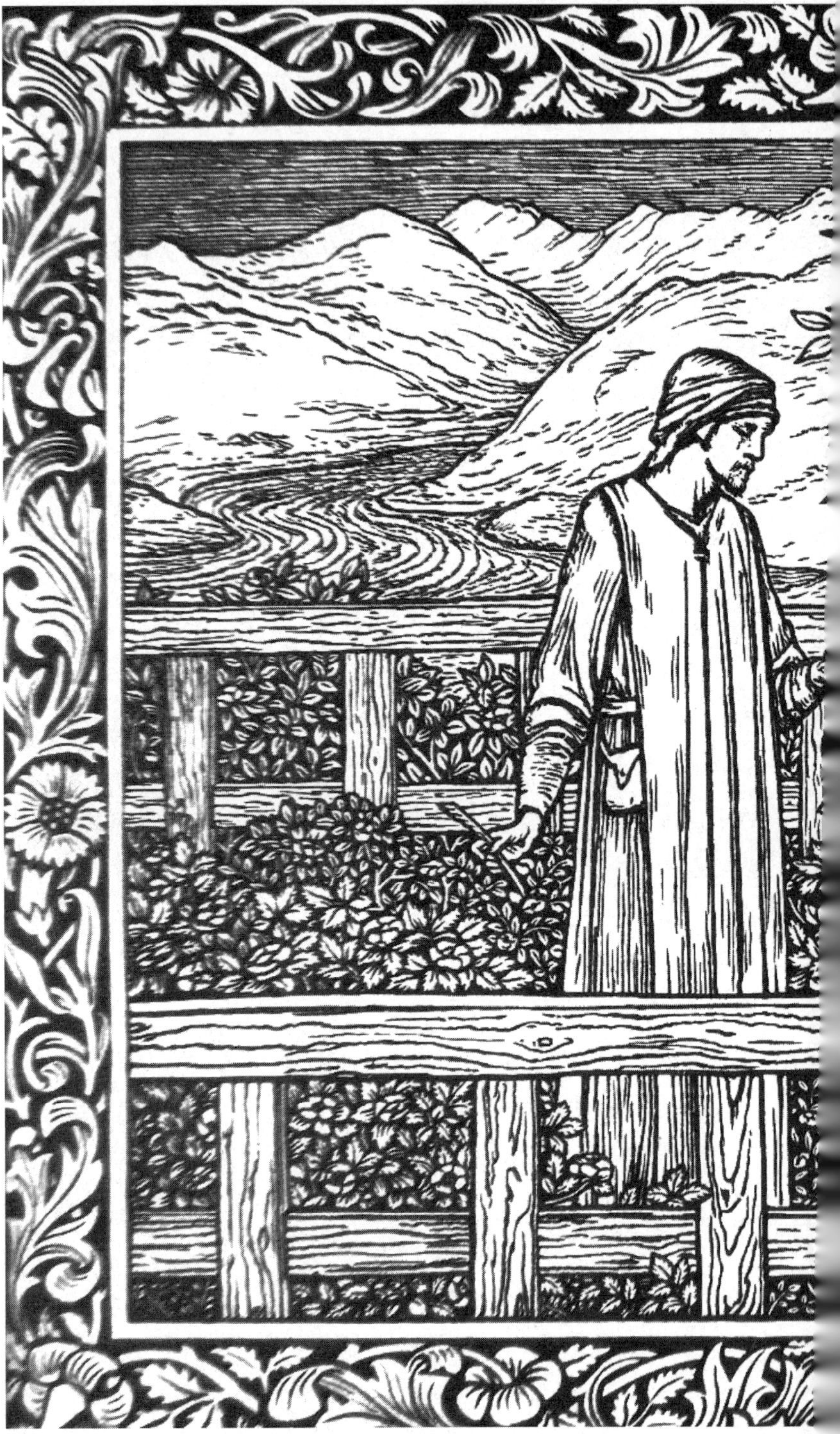

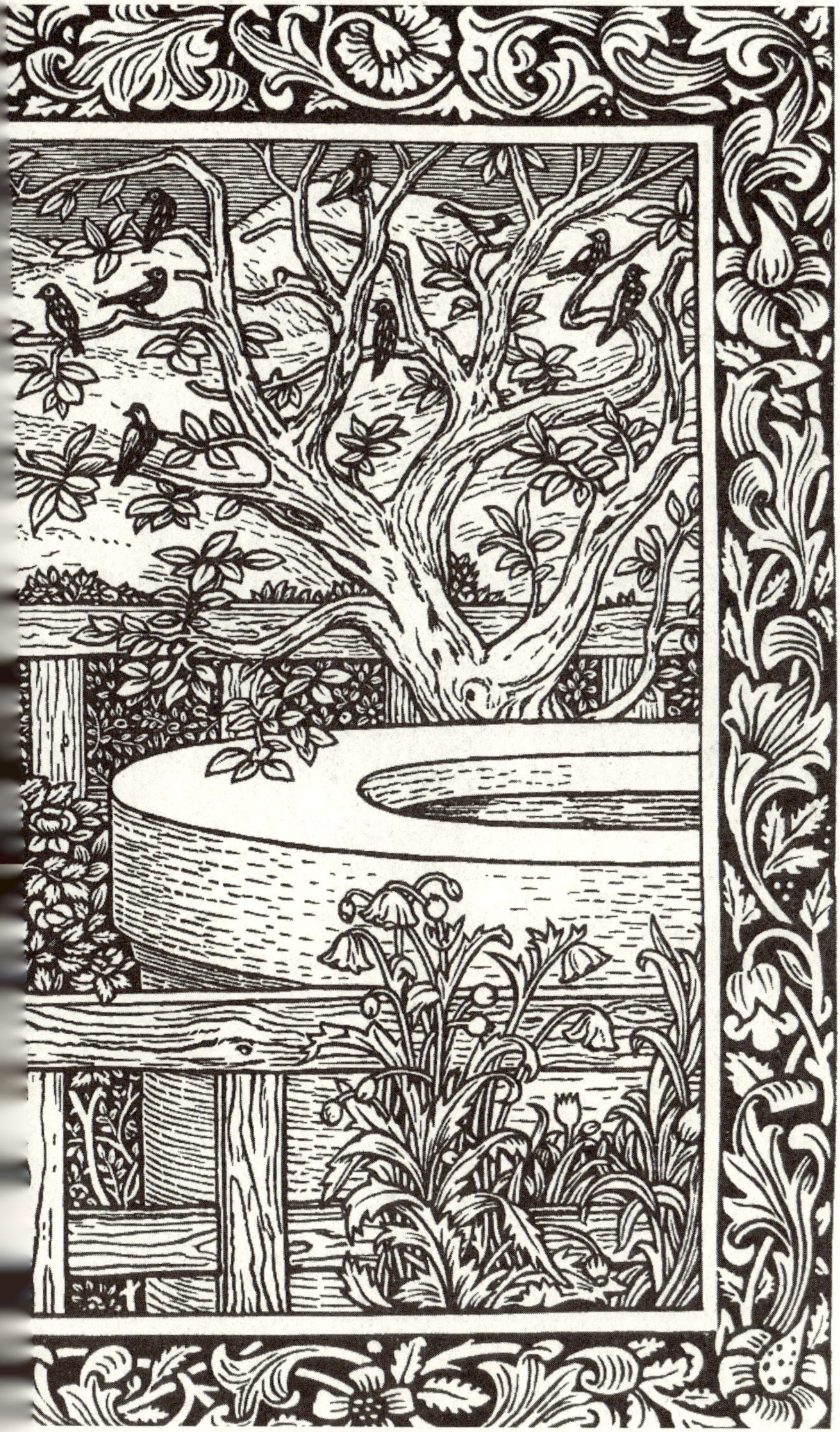

证,因为它不比智慧,后者精心制作出了表象并且用种种影像掩盖了那些毫无道理可言的东西。如果世界是清晰的,艺术则不会存在。

这里,我没有谈及形式艺术或颜色艺术,因为在此之中,描述便独自以它无比的谦逊独占鳌头。①表达始于思想终止之处。那些两眼无光的年轻人雕像挤满了寺庙和博物馆之中——他们的哲学是用姿势表达的。对于一个荒谬的人来说,这种哲学比所有的图书馆更有所受益。此外,音乐也是如此。如果任何艺术都失去了教益,那它就成了音乐的艺术。它非常接近数学,你无法从中借用它们的无效性。心智根据原先制定好并且分寸拿捏到位的法则和自己玩起了游戏。这游戏是在我们这个铿锵有力的区域内展开,而它的共鸣之声相互交汇在了这个区域之外的一个非人的宇宙中。这种感觉纯净无比。这些例证很容易就能找到。荒谬之人把这些和谐之律和这些形式皆归于其所有。

我还想在这里谈到一种作品。在这一作品中,解释的诱惑最为强烈,幻念不断地自我显现,并且下结论几乎是不可避免的。我指的是小说的创作。我打算探讨的就是在一过程中荒谬是否能够维持它自己的存在。

* * *

思考首先就是创造一个世界(或是明晰一个世界,其意相同)。它从人和经验的基本分歧出发,利用留恋的伤感,企图以理性架构宇宙或因类比而明晰宇宙,并在这宇宙中为人与经验这二者找到共同的基础,给两者一个机会以弥补两者之间难以忍受的背离。哲学家,即使是康德这样的哲学家,都是创造者。他有属于他自己的角色,代表象征以及秘密的行为。他还拥有着故事的结局。相反地,小说之所以超过诗歌和散文就是因为它不受表象的影响,而彰显了艺术知性化的伟大过程。这里我们不要有所误解;我说的"伟大"之前应该再加上一个"最"字。文学形式的丰富内涵和重要性常常是由它所包含糟粕来

---

① 原注:人们很惊讶地发现,最为聪颖明达的绘画是那种极力将现实还原成本质元素的绘画;它最终留于世界的只是它的颜色,给人带来视觉的愉悦。(莱热尤其如此。)

衡量的。水平低下的小说无论多少，都一定不会让我们忘却那些优秀小说的价值。与这些小说同在的当然就是它们的宇宙。小说有它的逻辑、推理、直感和假设。它也有对明晰程度的要求。①

以上我所提到的经典对立在这种特殊的条件下是很难自圆其说的。但要是在此时分离哲学与它的作者，对立就会出现了。现在，当思想不再追求普适的真理时，当它最为出众的历史业已成为它的悔恨史之时，我们知道，如果体系在此刻具有了价值，它与它的作者必然不可分离。《伦理学》②，就其诸多面貌中一面而言，只不过是一种漫长而详尽的个人忏悔。抽象的思考最终将回归并依附于肉体。同样，身体和诸多激情的虚构活动多多少少会按照某种世界观的要求进行编排。作者已不再是讲"故事"，而是在开创属于自己的宇宙。伟大的小说家都是带有哲学家的风采——也就是说，他们和论文作家相对立。巴尔扎克、萨德、麦尔维尔、司汤达、陀思妥耶夫斯基、普鲁斯特、马尔罗、卡夫卡以及许多其他的作家都是如此。

但是，事实上，这些作家的写作偏好印象，而不是推理论述。这种偏好揭示了他们所有人一种共同的思想，即他们相信，任何解释原则都是无用的，而可感知的表象中承载了教化的信息。他们认为，艺术作品既是终点也是起点。它是一种常常无法言传的哲学结果，是这种哲学的例证和完满。但它又只是在这种哲学的暗示之下完成的。它最终维护了一个古老主题变体的合理性：只有少许思想远离了生活，而大多的思想则与生活达成了和解。思想不能净化现实，那必会止于模仿。这里探讨的小说就是那种既相对又无法穷尽的认知工具，它与爱情的认知具有一定的相似性。对于爱情，小说的创作最初为此惊

---

① 原注：如果你停下来思考一下，这使为什么有些小说糟糕透顶的问题迎刃而解了。几乎所有人都认为自己善于思考。在某种程度上说，无论结果好坏，他们的确在思考。相反，很少有人能够把自己想象成精通言语的诗人或艺术家。但从思想胜过形式的那一刻起，暴徒们就大举入侵了小说的世界。

② 译注：《伦理学》，斯宾诺莎的著作。

叹，进而对此进行了卓有成效的反思。

这些是我在一开始所看到的魅力。我也同样在那些有着屈辱思想的王子身上看到了这些东西，于是我便能够在后来见证他们的自戕。

诚然，我所感兴趣的是了解和描述那种引导他们回到共同的幻想之路的力量。在这里，我将使用同样的推理方法，它将有助于我以下的论述。事实上，因为我们已经采用了这种方面，论述也会就此而缩短，我们只需要用一个特殊的例子便能加以总结。我想知道，在义无反顾地接受了生活之后，人们是否会同意去义无反顾地工作和创造。而且，我还想知道通往这些自由的捷径又在何处。我想将我的宇宙用那些我无法否定的真实从它的种种幻影之中解放出来，那些血与肉的真实，将充满这个宇宙。我能够选择创造的态度而不是另一种态度来进行荒谬的创造，但一个荒谬的态度如果依然如此就一定会使人感到自身缺乏理性。艺术作品也是这样。如果荒谬的种种指令我们不去理睬，如果作品没有阐释背离与反抗，如果它完全迎合幻念并激起种种希望，那么它就不是非理性的，我也无法超然以视之。我的生活或许能够发掘出自身的价值，但是这已无关痛痒。它将不再是那种超脱与激情的尝试，它也结束了人生的壮美与徒劳。

在解释的诱惑最为强烈的那种创造之中，人们能够战胜这种诱惑吗？小说的世界之中，对真实世界的意识极为敏锐，而我能够依然忠实于荒谬不去迎合评判的欲望吗？在最后一次的努力中，我们需要思考那么多的问题。但这些问题意味着什么呢？想必大家都已经清楚了。这些都是意识的最后顾虑，它害怕偏好最终的幻念会让它放弃最初那个难以对付的教训。一个意识到荒谬存在的人会把坚持创造的原因看成是他可能采取的态度之一，并且这一坚持也使得他见识了所有这一切的生活方式。征服者或演员，创造者或唐璜，他们可能忘记了：倘若没有意识到其癫狂的一面，他们的生活实践将无法进行下去。人很快就会适应生活。他想赚钱以求得幸福，于是他将所有努力和生命的精华部分都投入了赚钱的活动中，而把幸福抛之脑后，他所采取的手段是服务于他的目的。同样地，那个征服者的全部努力转移到了他的雄心壮志上，但这只是一种通往更为伟大生活的生活。唐璜也进而屈服于命运，并对这只因反抗才有价值、才显高贵的存在心满意足。对前者来说，这就是意识；对后者来说，这便是反抗。在这两种状况下，荒谬却已消失不见了。人的内心深处有了太多执着的希望。那些极度贫乏之人最终往往接受了幻念。那种渴望内心平和的需要促成了他们的赞同。这种赞同和存在主义的赞同，二者极其相似。因而，我们也就有了光明之神和泥塑之雕的分别。因而，找寻到通向表现人各种面貌的中间道路变得至关重要。

至此，我们讨论了源于荒谬的紧迫需要的种种失败。这些失败也让我们充分认识到了荒谬的紧迫需要究竟为何物。如果我们想了解这一切，那只需注意：小说的创作能够产生出与哲学同样的含糊不清。因此，我可以选择一部囊括指向一切荒谬意识、具有明晰起点和氛围的著作加以说明。这部著作的种种结局将对我们有所启迪。如果书中不尊重这荒谬，那么我们应该知道是幻念作为权宜之计溜了进来。那时，只需一个特别的例子、一个主题或是创作者的某种忠诚就足以说明这一点了。这还涉及分析的问题，而这种相同的分析我们已经花了很大力气做过了。

我将考察陀思妥耶夫斯基所钟爱的一个主题。我也可以去研究其他的作品。[①]但是在这部作品中，陀思妥耶夫斯基以他高贵的品质和丰富的情感直接探讨了我们之前已经分析过的存在主义哲学思想。这种并行式的分析有助于达成我的目的。

[①] 原注：例如马尔罗的作品。不过那势必会涉及社会问题。事实上，社会问题也是荒谬思想不可回避的问题（尽管后者可以提出几种截然不同的解决方法）。所以这里，我只选用了陀思妥耶夫斯基的作品。

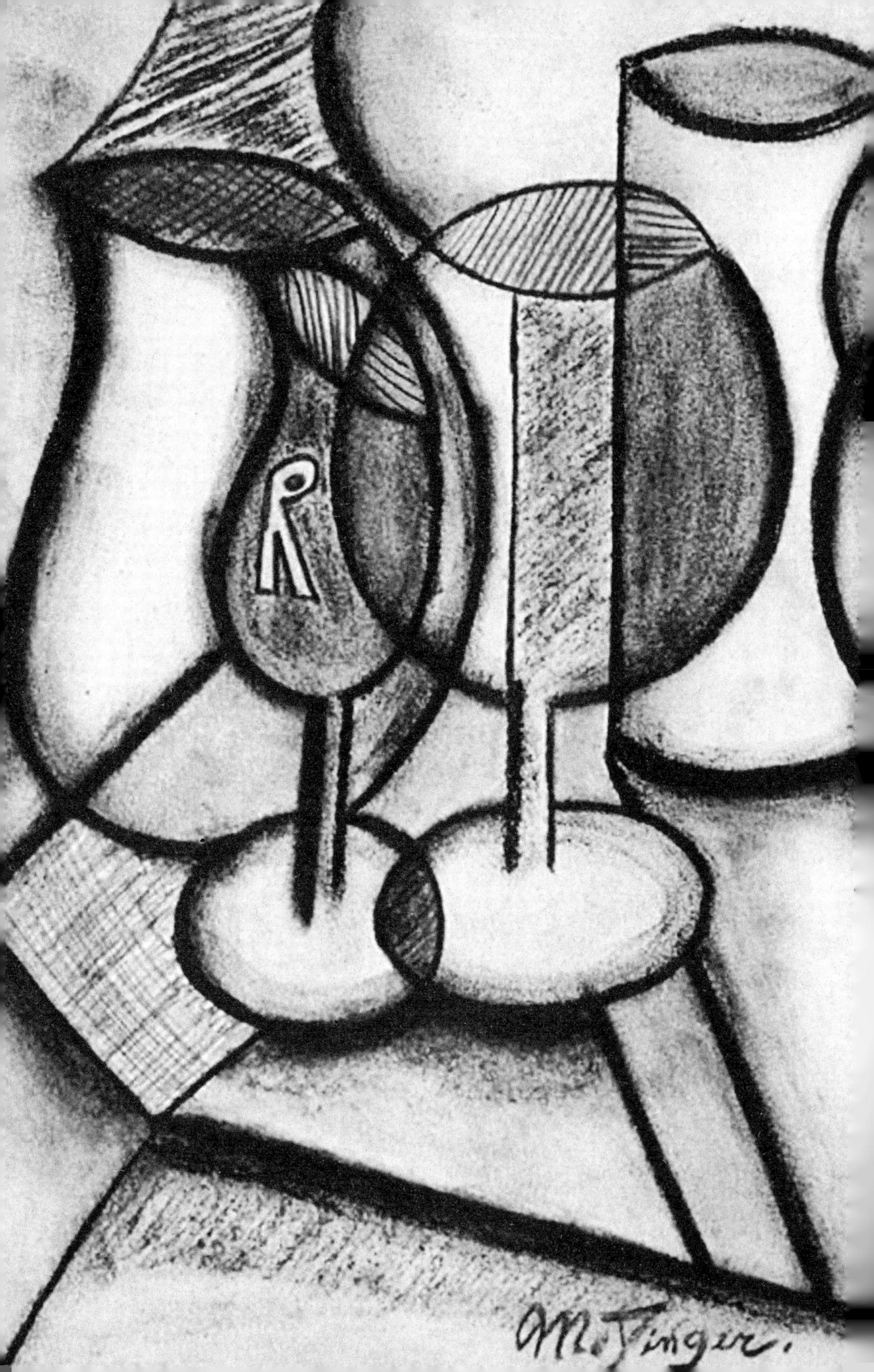
M. Finger.

基里洛夫

陀思妥耶夫斯基作品中的所有主人公都曾质疑过自己生活的意义。这样看来，他们具有了现代人的气息：不畏惧嘲笑。现代人的情感和传统的情感的区别就在于：后者喜欢道德问题和前者在意形而上学的问题。在陀思妥耶夫斯基的小说中，问题的提出紧迫而强烈，这样一来，所提出的解决方案只会非常的极端。存在要么只是幻觉，要么就是永恒。如果陀思妥耶夫斯基止于此，他就是个哲学家。然而，他却阐明了这种智力活动对人们生活造成的种种后果。从这一点上看，他是一个艺术家。在这些后果中，最终的后果在他的《作家日记》中被称为逻辑的自杀，这引起了他的特别注意。果然，在1876年12月出版的那几册①中，他构想出了"逻辑的自杀推理"。因为作家坚信，对没有笃信永恒的人来说，人之存在是彻头彻尾的荒谬，于是这个绝望的人得出了以下的结论：

"我曾提出了幸福的种种问题，而有人以我的意识为媒介给我的回答却是：我唯有与万物和谐相处才会幸福，因为这样的话我不用思考而且也永不会处于需要思考的位置。既然是这样，那么显而易见的是……"

"既然存在着这种联系，既然最终我既是被告又是原告，既担当犯人又担当法官；既然我认为自然导演的这出喜剧是愚蠢透顶；既然我认为同意让我去表演这出戏是对我的侮辱……"

"毋庸置疑，我同时具有了这被告和原告、犯人和法官的双重身份，于是我要审判自然。它粗鲁冒失，让我存在，让我受苦——我判处它与我一起灭亡。"

这种立场还带有了一丝幽默。他之所以自戕是因为他在形而上学的层面上被激怒了。从某种意义上说，他是在伺机报复。这是他证明谁也"得不到他"的方式。然而，众所周知，同样的主题出现在了《群魔》的主人公基里洛夫身上，他同样支持逻辑的自杀——不过这个角色具有更加广泛的概括性。在小说中，工程师基里洛夫宣称，他想夺取自己的生命因为这是他

---

① 译注：《作家日记》陆续发表于1873—1881年间。

的"想法"。很明显,对于"想法"这个词,我们的理解应从它的本义去入手。正是为了一种想法、一种思想,基里洛夫决意寻死。这是最高级别的自杀。随着小说的发展、场景的更替,基里洛夫的假面逐渐被揭开,那种驱使着他的致命思想也呈现在我们面前。这位工程师事实上沿袭了《日记》[①]的推理。他感觉到上帝是重要的,他必须存在。但是他知道他不存在也不能存在。他大声高呼,"为什么你没有意识到这种推理足以让人自杀呢?"对他来说,这种态度同样包含一些荒谬的结果。冷漠使他同意别人利用它的自杀,即使这会有益于他所鄙视的事业。"昨天晚上,我已下定决心,此事我无所谓。"最终,他带着一种交织着反抗与自由的复杂心态准备他的自杀。"我应当自杀,既因为我不愿顺从命运,也为了肯定我崭新而可怕的自由。"这不再是复仇的问题,而是反抗的问题。基里洛夫因此成了一个荒谬的角色——然而在本质上,他又有所保留:他杀死了自己。但他解释了这一矛盾,同时他又以同样的方式揭示了荒谬最为纯粹的秘密。事实上他给致命的逻辑一种不同寻常的野心,而这种野心也反过来全面诠释了这个角色:他想自杀成为神明。

这种推理传统而明晰:如果上帝不存在,基里洛夫就是神明;如果上帝不存在,基里洛夫必须自杀;因此基里洛夫必须自杀而成为神明。这种逻辑是荒谬的,不过却是需要的。然而有意思的是,赋予那种神秘以意义就会招致他的死亡。这等于说是澄清了一个仍然相当晦涩的前提假设:"如果上帝不存在,我就是神。"我们需要注意到,四处卖弄这种疯狂信仰之人确实是这个世界上的人。这一点很关键。他每天早晨会坚持健身以保持健康。他会因为沙托夫与妻子重逢而激动不已。[②]人们将会在他死后发现一张纸,他想在这纸上画一个向"他们"伸舌头的鬼脸。[③]他天真幼稚却容易暴躁,为人热情、做事有

---

① 译注:以下《日记》均指《作家日记》。
②③ 译注:《群魔》中故事情节。

条不紊却又非常敏感。他有超人的逻辑和执着却又有着作为人的种种不幸。正是他才能平静地谈论他的上帝。他没有疯，要不然，就是陀思妥耶夫斯基疯了。因而，并不是妄自尊大的幻觉让他激情四射。而是若人们只是从字面意义去理解基里洛夫这个人物的话，那一定贻笑大方。

　　了解基里洛夫本人有助于我们深入理解这个问题。在回复斯塔夫罗金问题的时候，他就已经说得很清楚，他说的不是一个神人。我们可能认为这出于区分他和基督的考虑。但事实是，他是为了将基督融入自身之中。基里洛夫在那一刻是在幻想：耶稣死后并非去了天堂，然后耶稣发现自己所受到的酷刑折磨是毫无意义的。于是这位工程师说道，"自然法则让耶稣生活在谎言之中，耶稣也是为了一个谎言而死的。"只有在这一层面上，耶稣的确体现了整个人类的悲剧。他是一个完人，因为他实现了最为荒谬的环境。他不是神人，而是人神。我们每一个人都可能会像他一样受苦受难——因而在某种程度上，我们就是他，人神。

　　由此可见，这里所说的神明完全是人间的神明。基里洛夫说，"我花了三年的时间寻找我的神格，我发现了它。我的神格就是独立。"现在人们便可以发现基里洛夫的假设颇具深意："如果上帝不存在，那我就是神明。"成神仅仅是为了在这地上能自由自在地生活，而不是去侍奉更高的主宰。当然，这首要的就是从那痛苦的独立之中得出所有的结论。如果上帝存在，一切皆取决于他，我们不能违背他的意愿。如果他不存在，一切将由我们而定。对于基里洛夫和尼采，杀死上帝是成神之路；这是福音书上所倡导的在世间获得的永生之法。①但是假设这种形而上学的罪恶足以实现人的个人价值，那么为什么还要加上自杀呢？为什么自寻短见，为什么在已获自由的情况下还要离开这个世界呢？这是矛盾的。基里洛夫很清楚地意识到了这一点，因此他补充说："如

---

　　① 原注："斯塔夫罗金：'你相信另一个世界中存在永恒的生活吗？'基里洛夫：'不，但我相信永恒的生活存在于这个世界中。'"

果你感到这一点,你就是沙皇,那你绝不会自杀,你的生活亦将大富大贵。"然而,总的来说,人们是无法感受到"这一点"。他们犹如在普罗米修斯时代一样依赖着盲目的希望来愉悦自己。①因此出于对人性的爱,基里洛夫必须自戕。作为先行者,他必须向他的兄弟们展现一条高贵而艰难的道路,这是教化之殇。于是基里洛夫牺牲了自己。但倘若他因此被钉在了十字架上,他便无法受到欺骗。他始终是个人神,因为他坚信无望的死亡,心中充满了福音式的忧郁。他说:"我不幸福是因为我有义务坚守我的自由。"

一旦人们最终因他的死而清醒,那么这个世界上将到处是沙皇,人类的荣光也会遍及四周。基里洛夫自戕的枪声将是这最后革命的信号。因此,并不是绝望催生了他的死亡,而是出于对邻人的爱致使他走上了绝路。他倒在血泊中,结束他无以言表的精神之旅之时,基里洛夫说出了一句与人类苦难同样古老的话:"一切皆善。"

这样看来,在陀思妥耶夫斯基的作品中,自杀的确是一个荒谬的主题。在继续我们的论证之前,我们只需注意基里洛夫又幻化过其他人物,这些人物再次使得荒谬的主题运转起来。斯塔夫罗金和伊万·卡拉玛佐夫在实际生活中检验荒谬的种种真实。基里洛夫之死解放了他们。他们试图成为沙皇。众所周知,斯塔夫罗金过着一种"讽喻"的生活。他引起了周围之人的仇恨。然而,理解这个角色的关键却是在于那封告别信:"我怎么也恨不起来。"他在冷漠中成了沙皇。伊万同样也是这样,因为他拒绝向心智至高无上的王权低头。对那些犹如兄弟一般却用自己的生命证明信仰必须要卑躬屈膝的人,他可能回答他们说,这种境遇是丢脸的。他的警言是:"一切皆是允许的。"这句话带着一丝恰到好处的忧郁。当然,和尼采这位最负盛名的刺杀上帝之人一样,他终于癫狂。但是这是值得一试的冒险。面对这些悲剧性的结局,荒谬的心智出于

---

① 原注:"人们创造了上帝,只是为了不自杀。这就是迄今以来一般史的全部内容。"

本质的冲动，必然会提出这样的问题："这证明了什么呢？"

* * *

于是这些小说像《日记》一样，均提出了荒谬的问题。它们建立了通往死亡的逻辑，展现了兴奋、"可怕的"自由以及沙皇具有人性的荣耀。一切皆善，一切皆是允许的，没有任何能够引起仇恨的东西——这就是荒谬的判断。不过，对我们来说，小说中那些冰与火的人物看似是如此的熟悉。陀思妥耶夫斯基的创造是多么神奇啊！这个在他们心中轰鸣的冷漠世界充满着激情，而在我们眼中，它看似也并不那么可怕，而且我们也在这个世界中找到平日的焦躁。大概没有哪个作家能够达到陀思妥耶夫斯基的境界，能够赋予这个荒谬世界如此亲切而又令人痛苦的魅力。

那么他的结论是什么呢？书中有两段话表现了这个形而上学的大逆转，以致作家披露了其他的发现。逻辑的自杀，这一推理引起了许多评论家的不满，因此陀思妥耶夫斯基在《日记》随后出版的章节中详述了他的立场并以此总结道："如果信仰永生对人的存在是如此之必要（达到了倘若没有，人就会自杀的地步），那就因此成了人性的常态。既然如此，人类灵魂的永生是毫无

疑问存在的。"之后，在他的最后一部小说的终章部分，即与上帝激烈的抗争结束之时，一些孩童问阿廖沙①："卡拉玛佐夫，宗教说我们会死而复生，我们还会再次相见，这是真的吗？"阿廖沙回答道："当然，我们还会再重逢。我们将快乐地告诉对方过去发生的一切。"

于是，基里洛夫、斯塔夫罗金和伊万失败了。《卡拉玛佐夫兄弟》回应了《群魔》。它也的确是结论之作。阿廖沙的情况并不像梅什金公爵②那样含混不清。后者是个病人，他总是带着微笑，生活在永远的现实之中，他对一切都漠不关心，这种幸福的状态可能就是这位公爵所说的永生。反过来，阿廖沙明确说到了："我们一定会再见。"这便不再是一个自杀或癫狂的问题了。对任何确信不朽、迷恋欢愉的人来说，这又有什么用处呢？人们将用自己的神性交换幸福。"我们将快乐地告诉对方过去发生的一切。"这样，基里洛夫的手枪又在俄罗斯的某处响起，但是这个世界继续怀揣着种种盲目的希望而不为所动。人们没有理解"这一点"。

因此小说中，向我们讲话的不是一个荒谬的小说家，而是一个存在主义小说家。这里，飞跃也是令人感动的，它将高贵赋予了艺术，这个对它有所启发的事业。它赋予了一种激动人心的默许，一种充满了疑虑、不确定和炽热的激情。谈到《卡拉马佐夫兄弟》，陀思妥耶夫斯基写道："整部小说探求的主要问题是我毕生无论有意还是无意都会为之痛苦的问题，即上帝的存在。"很难相信一部小说就足以将这一生的苦难转化成了愉悦的必然。一位评论家③就曾正确地指出，陀思妥耶夫斯基是在伊万一边的——陀思妥耶夫斯基足足花了三个月的时间才完成了书中表示肯定伊万做法的章节，然而那些他称之为"渎神"之语却在他的精神亢奋之中用了三周的时间就写成了。他笔下的人物没有

---

① 译注：阿廖沙，卡拉玛佐夫兄弟之一。
② 译注：梅什金公爵，陀思妥耶夫斯基的小说《白痴》的主人公。
③ 原注：鲍里斯·德·施莱泽。

一个不是肉中带着这根刺，不去刺激它，也就没有一个人不是在情感和永生中寻求解决之法。①无论如何，我们都得带着这个疑虑继续我们的讨论。这部作品中的明暗对比的反差比白昼之光还来的强烈，因此我们能够抓住人对希望的反抗和斗争。创作者在创作终了之时，选择走向了书中人物的对立一面。这种矛盾让我们对此有所区别：这部小说不是一部荒谬的作品，而是一部提出荒谬问题的著作。

　　陀思妥耶夫斯基的回答是屈辱，即斯塔夫罗金的"羞耻"；而一部荒谬作品不会对此予以回答。这就是二者的最大区别。在结论部分，我们要特别注意：那部小说中与荒谬背道而驰的不是信仰基督的角色人物，而是它对未来生活的宣扬。人们可能既是基督教徒也同时是荒谬之人。而且世上也有许多基督教徒并不相信未来生活。至于一部艺术作品，我们能够勾勒出荒谬分析的方向，而从它开篇的寥寥数笔中我们甚至已然能感知到这一导向。这一导向会导致"福音书的荒谬性"的问题。它使得一个反响各异的观点重新浮出水面：信念不会妨害轻信。相反，人们很容易就会发现，《群魔》一书的作者虽是轻车熟路，但结果却走向了一种截然不同的道路。创作者之于他的人物，陀思妥耶夫斯基之于基里洛夫，我们可以一言以蔽之：存在是虚幻的，也是永恒的。

---

　　① 原注：纪德对此有着奇特而又入木三分的评语：陀思妥耶夫斯基作品中几乎所有的人物都是有着多配偶的。

瞬间的创造

在这一点上，我感觉到，人们无法永远避开希望，那些想摆脱希望的人会不断地为它所困扰。这就是迄今我在这些作品中所发现的有趣之处。至少在创造的王国内，我能够列出一些真正的荒谬作品。①但万事必有一个开始。这次我们探讨的对象是某种忠诚。教会之所以对异端分子格外的严酷，只是因为它认为没有一个敌人会比自小就走上歧路的人更加难以对付。然而，比起一切的祷告，大胆的诺斯替教②之历史和摩尼教③潮流的持续对正统教义的建构贡献更大。稍微比较一下就会发现荒谬也是如此。人们探索那些偏离荒谬的种种小径却从而认清了荒谬的道路。当荒谬的推理趋于结论之时，荒谬的逻辑决定了立场，此时，希望将以一种最为动容的外表重新复归。这不再是无关紧要的了，因为这展现了荒谬苦修的困境。它首先就指明了永远保持警惕的重要，而这又再次肯定了本文总纲。

但是如果现在列出荒谬作品还为之尚早的话，人们至少可以得出结论，即：存在一种创造的态度而这一态度将成就荒谬的存在。而艺术创作从来没有如此顺畅地为一种否定的思想所侍奉。它隐晦而屈辱的过程对于理解一部伟大的作品就像黑之于白一样绝对必要。进行无目的的劳动和创造、用泥土进行雕刻、知晓他的创造没有未来、意识到他的作品本质上不比那些历经多少世纪的建筑物更加重要、发现他的劳动一日即被毁去——这些就是带着荒谬思想烙印的不可捉摸的智慧。一边是否定，一边是放大，同时进行这两种任务便是摆在荒谬创造者面前的路。他必须赋予虚无以颜色。

这导致了艺术作品一种特殊概念的产生。长久以来，创造者的作品一直被看成是一系列孤立的证言。于是人们把艺术家和作家混为一谈。一种深邃的思想在不断地成长；它汲取了某种生活的经验，具有了它的形态；一个人以其独一无二的创造在它连续不断、样式繁多的各个层面中得到巩固加强，从而形

---

① 原注：如麦尔维尔的《白鲸》。
② 译注：诺斯替教，盛行于公元一至三世纪的早期基督教派。
③ 译注：摩尼教，公元三世纪由波斯人摩尼所创建的宗教。

成了他的各种作品。它们一个接一个,相互补充,相互更正或校正对方,甚至也会相互对立。如果有什么会让创造结束的话,那不会是艺术家盲目呼喊的胜利和幻象:"我什么都说过了。"而是创造者之死,他的故去将会永远合上他的经验和智慧之书。

对读者来说,这种努力,这种超人的意识并不一定是显而易见的。人类的创造是没有口令可言的。意志创造了奇迹,但我们至少可以说没有秘密就没有真正的创造。确切一点,一系列的作品只是相同思想的一系列无限接近的衍生品。只不过是把它们并置在一起,因而人们可能会想到另一类的创造者。他们的作品可能看似相互缺乏联系,甚至相互矛盾、对立。

但是,一旦把它们放在一起,整体而观之,那么它们就会恢复天然序列。比如,它们会从死亡那里获取自己的终极意义。它们也会从作者的生命之中获得无比灿烂的光辉。在死亡的一瞬间,作家的一系列作品只不过是一系列失败的集合。然而,如果所有这一切失败发出同样的余音,那么创造者就能够设法重现出他本身境遇的镜像,使得天空中回荡着他所拥有的那些没有结果的秘密。

这里,支配的强大是不容忽视的,但人的智慧足以超越其上。这仅仅清晰地表现了创造自发的一面。在其他地方,我已经摆出了这样的事实,即人类唯有保持意识的意愿,而再无其他目的。但倘若人们不加以自我约束,光有这种意愿也是万无可能的。在所有主张耐心和清醒的学派中,创造是最有实效的。尽管这有些难以置信,但创造却也是人类至高尊严的见证:锲而不舍地反抗人的境遇、没有结果却依然坚持不懈地追求。它要求每日努力、自我克制、对真实的界限精准地估计、理解创造的衡量标准和力量。它成了一种苦修。一切"无为"而动都只是为了重复和标记时间。伟大的艺术作品的重要性与其说是在其本身之中,不如说是在它要求人所经历的苦难之中。这一苦难亦是一种机会,他可以以此战胜它自身的幻象并且稍稍接近他裸露的真实。

这里，我们不要犯了美学上的错误。我所要求的不是耐心地询问或无休止地阐述一个没有结果的论点。如果此前我已经表述得非常明白的话，那么事情恰恰相反。论点式小说，即以证明为目的的小说，是所有小说中最可恨的一种，它经常是由一个自鸣得意的思想所激发而展开的。在小说中，人们展现他们确信拥有的真理。但这些真理是某一个人所发起的观念，而这些观念与思想是截然相反的。这些创造者是哲学家，他们为自己而感到可耻。而我所提到或想象的创造者则相反，他们是清晰明了的思想家。在思想回归自身的那一刻，他们把自己作品的意象高高竖起，从而象征了一种有限却终有一死又带有反抗意识的思想。

这些作品或许证明了某种事物的存在，但是这些证据，与其说是小说家为这个平凡的世界所找，不如说是他们为了他们自己而寻求得到的。其本质就是这些小说家必须在实体的世界中胜出从而建构了他们的伟大。这种完全肉体上的胜利通过一种思想已为他们准备妥当。正是在这种思想中，抽象的力量受到羞辱。小说家完全获得这种胜利的同时，肉体让创造闪耀出荒谬的光芒。于是这些嬉笑怒骂的哲学家创造出了激情四射的作品。

任何放弃统一的思想都会颂扬多样性。多样性也是艺术的发源之所。唯一要解放心智的思想就是那能够独立存在、明晰自己的局限并觉悟到终点即将到来的思想。没有哪种学说能够诱惑它。它等待着作品和生命都瓜熟蒂落的一天。超然于这种思想,作品将再次让永远摆脱了希望的灵魂不再低声耳语。或者,如果创造者厌倦了他的行为打算掉头而走的话,那作品便会沉默不言。这二者是等同的。

因此,我要向荒谬的创造索要我曾向思想要求过的东西——反抗、自由和多样性。创造随之便会彰显出它的徒劳无功。在日常不懈的努力中,智慧和激情相互交织并相互取悦对方,而荒谬的人将会从中发现一种构成他种种力量的规律。于是这种必要的勤奋、不屈不挠的意志和清醒的意识酷似征服者的态度。同样,创造也使命运具有了形体。对所有这些角色而言,他们所在的作品界定了他们的存在;反之他们也至少规定了这些作品。戏剧演员教育我们:存在与表象之间是没有边界的。

我必须重申:以上的一切都不具有真正的意义。在这通往自由的路上,我们仍有亟待提升之处。这些相关的人,创造者也好征服者也好,他们的最终努力是设法从自己的事业中解放自己——承认这工作,不管是征服、爱情还是创造,它们可能都不存在结束任何个体生命彻底徒劳的努力。的确,这给了他们更多的自由来实现这一工作,犹如意识到生活的荒谬会使得他们无所节制地纵声于生活一样。

剩下要讨论的就是命运了。它的唯一归宿必然是死亡。在这唯一致命的死亡之外,一切快乐或幸福都是自由。世界乃存而人是其唯一的主宰。束缚着他的是另一世界的幻象。他的思想止于否定而最终活跃在意象之中。思想的嬉戏当然是在神话之中,不过这些神话的深刻之处便在于人类的苦难。像思想一样,它们不可穷尽。寓言神话不是嬉戏和盲目的产物,它们具有人的面貌、姿势和情节。这其中概括了一种难以理解的智慧和一种转瞬即逝的激情。

113

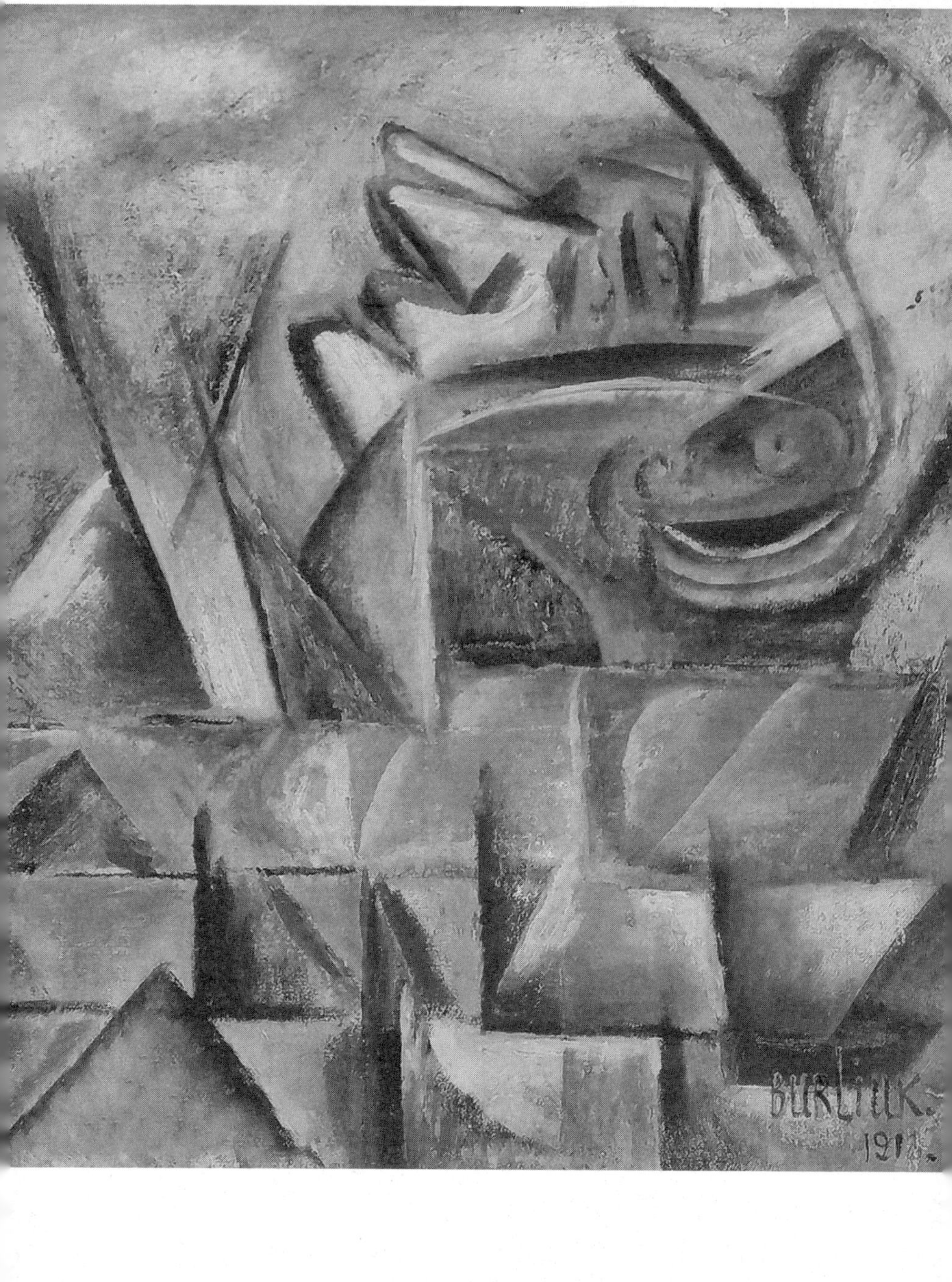
BURLIUK.

西西弗斯遭受了天谴

西西弗斯遭受了天谴，诸神命他日夜无休地推滚巨石上山。到了山顶之时，巨石会因自身的承重而滚下来。出于某种缘由，他们认为，没有比徒劳无功和毫无指望的劳役更为可怕的刑罚了。

依荷马之言，那西西弗斯乃世上最聪颖明达之人。然而，另一种传说却称，他干的是拦路抢劫的营生。我倒是觉得这两种说法并无矛盾之处。至于他为何被打入阴曹地府做起那无望的苦役，却众说纷纭。首先，有人指责说，他对待诸神略显轻浮并偷走了他们的秘密。河神伊索普斯之女伊琴娜为朱庇特①所掳。作为父亲，伊索普斯对此极为震惊，乃向西西弗斯诉苦。西西弗斯知道这桩诱拐案的原委，便以河神向科林斯的城塞给水为交换，表示愿意说出真相。他喜欢水的恩典，远胜过天上的雷霆。但因为他泄露了天机，所以被打入了地府受苦。荷马也告诉我们，西西弗斯曾一度给死神套上了镣铐。冥王普路托不甘地府黄泉的一片荒凉寂静，于是派遣战争之神，把死神从他征服者的手中救了出来。

也有人说，西西弗斯在行将就木之际，轻率地想出一个法子考验妻子的爱情。他命令她不得将他的遗体下葬，而是将它扔到广场的中央。西西弗斯在地府醒来，对这有违人间情爱的顺从十分恼怒，于是他征得了普路托的同意，重返人间来惩罚他的妻子。但是当他重拾这地上的景色，领略过阳光与河水，轻抚了石头的温暖和大海的波涛，便不愿再回到那阴森可怖的地方。冥王的召唤、愤怒和警告，他一概置之脑后。面对着蜿蜒的海湾、闪烁的海洋和微笑的大地，他又活了好些年。诸神于是下达了律令。神的使者赫尔墨斯被遣来，他一把抓住了这个轻率之人的衣领，把他从乐不思蜀的境界中硬生生地拖了出来。在回到阴间之时，那里已为他备好了一块巨石。

你已经明白了，西西弗斯便是这荒谬的英雄。确实如此，无论是从他的激情还是他所受到的苦刑来说，他就是一个荒谬的人物。对诸神的嘲弄、对

---

① 译注：朱庇特，希腊神话中的主神。

死亡的愤恨以及对生命的激情,这些为他赢得了无以言表的刑罚。这刑罚使他耗尽全力而无所得。这是热爱尘世而必须付出的代价。至于地狱里的西西弗斯,我们无从得知。神话是专为想象量身定做的,后者进行润色并将生命的气息赋予了前者。在这个神话中,我们只是看到了一个人用尽全身力气推起巨石,一次又一次地沿着斜坡把它滚上山顶;我们看见了他扭曲的脸、紧贴巨石的面颊,肩膀一力承受着这沾满泥土的庞然大物;也看见了他的双脚深陷入泥泞中,双臂展开重新开始推动巨石以及那双泥泞的手支撑了全身的安危,直至以缥缈的空间和无底的时间才能量度的尽头。经过漫长的辛苦,目的达到了。然后,西西弗斯眼睁睁地看那巨石以迅雷之速滚下山去。但他则必须将这块巨石重新推向山顶。于是他再度朝着山下走去。

　　正是西西弗斯这山巅驻足回首的片刻使我对他萌生了兴趣。一张如此紧贴巨石的面孔,本身已化为僵石!我看到那人托着沉重但规律的步子走下山去,走向那永无止境的苦难。那喘息的一刻,如同他的苦难一般确凿、永复,那一刻也正是他恢复意识的一刻。每每离开山顶,逐渐深入诸神的居所之时,他便超越了命运。他比那被撼动的巨石还要坚强。

　　如果说这个神话具有悲剧色彩,那是因为它的主人公是有意识的。倘若他每跨出一步都有成功的希望支撑，那么他的苦刑还算什么呢？今日的工人毕生都在劳作，每日进行同样的工作。就荒谬而言，他们的命运与西西弗斯相差无几。只在偶尔当它成为有意识的劳作的时候，悲剧才浮现出来。西西弗斯，诸神脚下的无产者，无权无势却桀骜不驯，他完全清楚自己的悲惨境遇：在他下山之时，他便进行如此的思考。清明构成了他的痛苦，同时也给他加上了胜利的冠冕。轻蔑，一切命运无不在它脚下臣服。

* * *

下山时，他若偶尔悲伤，那他也必有愉快之时。这不是言过其实。我再度幻想西西弗斯回到千钧巨石之处，他的悲伤也将再次开始。当尘世的景象与记忆紧紧相缚之时，在幸福的召唤频频相催之机，忧郁之感便从人的心灵深处油然升起：这就是巨石的胜利，这就是巨石的本身。无尽的悲痛沉重得难以负担。这就是我们的受难夜。[①]然而，一旦我们认识到这一点，沉重的真实便破碎无存。因此，俄狄浦斯在一开始便不知不觉地顺从了命运。但是从他知道的那一刻起，他的悲剧开始了。与此同时，在失明和绝望的那一刻，他意识到联系他与世间唯一的纽带就是一个女孩冰冷的手。于是他道出一句惊人之语："纵然历经如许磨难，盖吾之垂暮与灵魂之尊崇，吾必有所得：一切皆善。"因此，索福克勒斯的俄狄浦斯，和陀思妥耶夫斯基的基里洛夫一样，为走向荒谬的胜利指出了诀窍。先贤的智慧与现代的英雄主义不谋而合。

人们不免要付诸笔墨，写一本幸福指南，之后便可悟出荒谬的精髓。"什么！以这么狭窄的方式——？"然而，这里唯有一个世界。幸福与荒谬是同一块土地的双生子，他们形影不离。若说幸福必然来自荒谬的发现，那可能有误。荒谬之感亦有可能来源于幸福。"我的结论是一切皆善。"俄狄浦斯如是说。这一说法圣洁凛然。它回荡在人狂野而狭窄的宇宙之中。它教训我

---

① 译注：客西马尼之夜，客西马尼，福音书中所说的耶稣受难之处，位于橄榄山下。耶稣在此做最后的祷告后，于次日被犹大出卖。这里采取的是意译。

们道,一切都不曾,也从来不会穷尽。它将那个带来不满和无谓苦难的神祇逐出了凡间。它把命运变成了人的事务,这也必须由人类自己来决定。

西西弗斯的一切无声的喜悦均包容于此。他的命运属于自己,那巨石也为他所有。同样的,当荒谬之人思索自身的痛苦之时,一切的偶像形同泥塑。当宇宙间突然恢复了往日的宁静时,世间无数诧异的细语便纷然而起。下意识的秘密呼唤、来自八方面孔的邀请,这些就是胜利必然的逆转和代价。有光必有影,我们必须认识夜晚。荒谬的人对此必会首肯,他必努力,夙夜匪懈。倘若个人的命运存在,那就不会有更高一等的命运。即使有,那也只有一种他认为是不可避免且可鄙可憎的命运。至于其他的一切,他知道自己才是一生的主宰。在他回首人生旅程之时,在那曼妙的一刻,西西弗斯则回到巨石旁,在那微小的枢轴上,他思考着那一串毫不联系的行为,这些行为由他产生,却构成了他的命运。这些命运的细流在他记忆的审视之下汇集而成,不久也因他的死亡而缄默。于是,他相信,人事百般,其原委皆源于人,一个盲人渴见天明,虽然尽知长夜漫漫,他仍坚持不懈。那巨石似乎也在轰轰作响。

就让西西弗斯留在山脚下吧。一个人总会再次发现他的重荷。但西西弗斯教会我们以更高的忠诚否定诸神,举起重石。他下结论说,一切皆善。对他而言,这没有主宰的宇宙既不贫瘠,也不徒劳。那石头的每一个原子,夜色朦胧的山峦上的每一片砾岩,它们本身便是一个世界。推石上山的挣扎本身已足以让人心底充实。我们应该认为西西弗斯是快乐的。

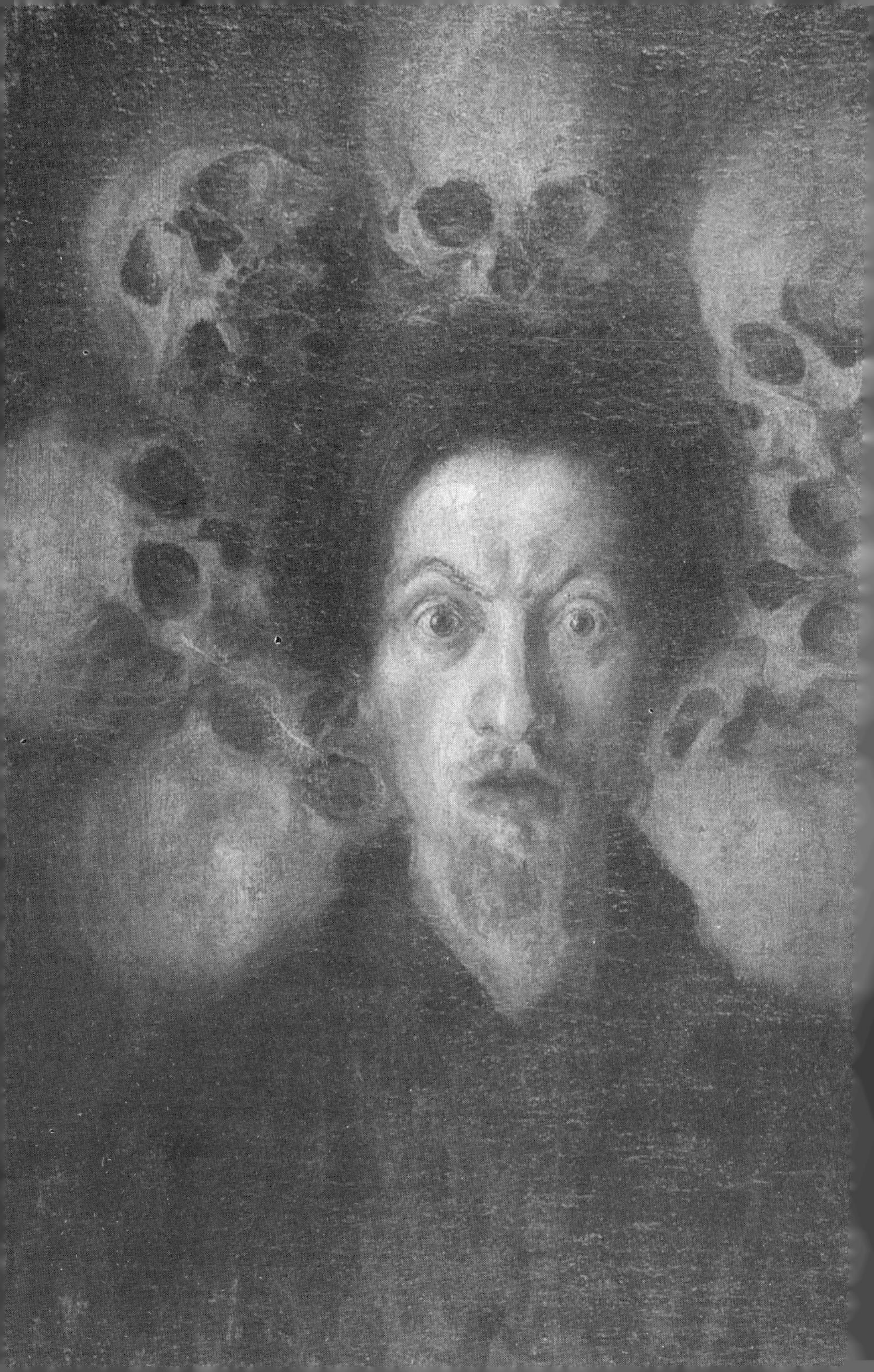

附录：卡夫卡作品中的希望与荒谬

卡夫卡的整个艺术作品需读者反复诵读。他的作品，或有结尾，或无结尾，但都包含了某些缘由。但这些缘由并不是以明晰的语言写在书中的，读者需要从另一个视角重读故事方可体会这些看似不合理的东西。有时同样的文本还可能有两种不同的阐释进而要求读者阅读再三，这正是作者想看到的。然而如果有人竭力咀嚼卡夫卡作品中的种种细微之处，那就走上了歧途。象征总是泛泛而言，无论它的字面翻译多么精确，艺术家也只能还原出它的轨迹而已：逐字逐句的释义是不存在的。最难理解的莫过于一部象征作品。一个象征往往超越了使用者，并且在事实上，使用者会在无意识中表达更多内容。在这一点上，要抓住象征意义，最确定无疑的办法就是不要去触发意象，不要带着先入为主的态度阅读作品，更不要试图寻找文中隐藏的暗流。卡夫卡的作品尤为如此，因此我们不如欣然接受他的种种规则，由外而内地走近他的戏剧，由表及里地理解他的小说。

对于较为随意的读者而言，这些戏剧小说，乍一看，似乎描述了种种令人不安的游历，那些浑身战栗却不知疲倦的人物随着故事的发展试图求解一些作品中尚无明确阐述的问题。在《审判》中，约瑟夫·K获了罪，但却不知罪名如何。毋庸置疑，他希望为自己辩护但却不知从何说起。律师们也觉得他的案子棘手难办。在此期间，他没有漏过任何一次去爱、吃饭或是读报纸的机会。然后他便站在了被告席上，而法庭光线昏暗不明。他一点也不理解。他只是推测他被认定了有罪，但几乎想不起具体的罪名。他也时常在怀疑，并带着这种疑惑继续生活。一些天以后，两位衣冠楚楚的绅士找到了他并很有礼貌地邀请他一起散步。他们殷勤地把他带往了一个废弃的郊外，抓住他的脑袋往石头上磕去，最后还撕开了他的喉咙。临死之时，这位有罪的人只是说了一句，"像狗一样。"

你会发现，这很难称得上是故事中的象征，象征最显见的特征恰恰就是自然性。但是，自然性是一个让人难以理解的范畴。有些作品，故事情节读者看似很自然。当然也有些作品（确切地说，是极少的作品），故事中的人物认为发生在他身上的事情是极为自然的。一个古怪而又显而易见的对立矛盾就是，故事人物的经历越异乎寻常，这个故事的自然性就越容易为我们所发现。它与我们所感到的离异成正比，而这种离异是一个人对生活的陌生和与他真率接受这种生活之间的矛盾。似乎，这种自然性是卡夫卡式的。准确地说，有人十分清楚地认识到了《审判》的意义。我确信有人提到过人类境遇的意象。但这种概念既简单又复杂。确切地说，对卡夫卡来言，这本小说别具深意。从某种程度上来看，K是那个一直在喋喋不休的人，而即使他倾诉的对象甚至是我们的读者。他活着，犯了罪。在小说的前几页，他就了解到了这一点。在这个世界中他也一直在追寻这一点。然而一旦他力求适应，他就丝毫不惊奇自己能够做到。对于自己缺乏惊奇之感，K从来也没有表现过足够的诧异。正是通过这种矛盾，我们捕捉到了这部荒谬作品最初的种种迹象。心智投射在实体世界中的是它的精神悲剧。它之所以可以做到这一点，是因为一个永恒的悖论，后者赋予了色彩表达虚无的能力，给予了日常行为转化不灭壮志的力量。

同样，或许《城堡》一书就是某种信仰的实践产物，但它首先是一个灵魂追求它的优雅而走过的历史，也是一个人向世界万物追问他们高贵的秘密，是一个向女性们诘问沉睡在她们心中诸神的记录。当然《变形记》进而代表了清醒的某种准则所具有的恐怖意象。当人意识到自己可以轻易变成野兽时，他所产生的这种难以预料的错愕和震惊也成就了这本书。在这种本质的模糊之下就隐藏了卡夫卡的秘密。在自然和超然之间、个人与宇宙之间、悲剧与每日之间以及荒谬与逻辑之间，人在其中的犹豫和摇摆贯穿于这部作品，这就回应和赋予了《变形记》以意义。为了理解这部荒谬的作品，我们必须一一历数这些似是而非的悖论，强化其中的对立矛盾。

诚然，象征具备了两个层面并形成了两个由观念和情感组成的世界以及一本联系双方的字典，虽然这本字典纷繁复杂、不便查找。觉悟到这两个世界对峙的存在就相当于走上了揭开他们秘密关系的道路。在卡夫卡的书中，这两个世界，一方就是平日的生活，而另一方就是超自然的焦狂。[①]在这里，我们又看见了尼采之语的无休止重现："伟大的问题总是出现在街上。"

人类的境遇彰显了一种本质的荒谬和与之难以共处的高贵（所有的文学都是如此）。它们不期而遇，我们则认为它们自然而然地发生。我要再次强调：这二者也隐含在了我们精神上的放纵和肉体上瞬间愉悦之间的荒唐背离之中。这荒谬之事就在于身体必须过度地超越灵魂。任何想表征这种荒谬的人都必须给予荒谬以生命，让它历经一系列相似的对比。于是卡夫卡用平日诠释悲剧，用逻辑比照了荒谬。

一个演员灌注在悲剧角色的力气越多，他就越是谨慎小心，尽量不去夸大。如果他的举止得体，那么他所激发出的恐惧就会让观众有所失态。在这一方面，希腊悲剧富于教训。在希腊的悲剧作品中，命运总是伪装在逻辑和自然性之中并自我感觉良好。我们预先就得知了俄狄浦斯的命运。他将犯下杀人和乱伦之罪，这在冥冥之中就已经注定了。而戏剧则努力展现了其内在的逻辑架构，即它是如何一步一步引诱主人公走上灾难之路的。它若仅仅是告诉我们他的命运异乎寻常，这也不吓人，因为我们知道故事是不合常理的。但如果在每日生活、社会城邦以及熟悉的情感框架中表现出了故事的必然，那么这种恐惧就值得我们顶礼膜拜了。在反抗命运的斗争之中，人们会被震撼并高呼："那是不可能的。"但绝望的一丝必然就深藏在"那里"。

这就是希腊悲剧的全部精髓，至少也反映了它诸遭面貌的其中一种。因为，它还存在另一种与之相反的风貌。这种风貌会帮助我们更好地认识卡夫卡。人的内心中还有一种讨厌的倾向，即把所有压倒命运的东西标识为命运。

[①] 原注：值得一提的是，卡夫卡的作品亦可以从社会的角度予以合理的剖析（如《审判》）。甚至我们可能都没有必要刻意去选择文本。这两种分析皆可行。正如我们所看到的，从荒谬的角度上讲，反抗人类也是针对了上帝：伟大的革命总是形而上的。

幸福同样是莫名的，因为它是不可避免的。然而现代人无法意识到这一点，于是便对幸福大加赞赏。反过来，希腊悲剧中那些高贵的命运和那些传说故事中的宠儿是他们无以复加的焦点。如尤利西斯。无论环境有多么的险恶，他总能化险为夷，但只是归返伊萨卡岛①不是那么一帆风顺。

我们都必须牢记，每一个故事都是逻辑推理、日常生活与悲剧的秘密合谋。这是为什么《变形记》的主人公萨穆沙只是一个行脚商人的原因，为什么在他的奇异之旅中让他惶惶不安的是他老板对他的愤怒而不是变化成虫。他长出了许多小腿和触角，他的脊椎高高拱起，肚子上浮现了白色的斑点——我不敢说这不让我感到诧异，因为这样的话就冲淡艺术渲染——所以这只是让他"稍稍有些烦恼"。卡夫卡的艺术作品在此与其他小说有了区别。他的核心之作《城堡》中，对每日的生活观察细致入微，让人眼前一亮，但这本怪异的小说却没有给出任何结论。故事一切又周而复始，回到了起点。这本小说本质上展现了灵魂追求其高洁尊贵之气的历程。将问题转化为行动，构造特殊与一般的巧合，这些小把戏也出现在了每位大家之作中。《审判》的主人公或许曾被称为施密特或弗兰兹·卡夫卡，但现在他是约瑟夫·K。他只是个普通的欧洲人。他和大家别无二致。但是他也是实体的K，是这个肉体等式的未知数x。

同理，如果卡夫卡要想表现荒谬，他就会利用前后一致性。你一定知道疯子在浴桶里钓鱼的故事：一个精通心理治疗的医生曾问他，"是否鱼儿在咬钩"，结果却得到了一句刺耳的回答："当然不会了，你这个笨蛋，这是浴桶！"这故事有点巴洛克式②的风格。但是在这个故事中你可以清楚地发现荒谬的渲染与过度逻辑之间的联系。卡夫卡的世界是一个难以表述的真实宇宙，在此之中，人可以享受到明知无所得却依然在浴桶边垂钓的痛苦。

---

① 译注：伊萨卡岛，希腊西海岸附近爱奥尼亚海中的一个岛屿，为希腊神话中奥德修斯（又译尤利西斯）的故乡。

② 译注：巴洛克风格，17、18世纪欧洲盛行的一种建筑、音乐和艺术风格，以华丽的细节著称。

因此在这里，我认识到作品的荒谬体现在了它的创立原则上。比如就《审判》而言，我确实要承认这是一大成功之作，因为肉体胜出了。

书中不缺乏任何荒谬的元素，有无法表露的反抗（这显现在文字之中），有清醒的神志和无言的绝望（这表述在内容之中）。但更令人惊讶的是，小说中的人物均展示了各种自由的风尚，他们把这些风尚一直保持到了终极的死亡来临之时。

然而这个看似封闭的世界并不是滴水不漏的。卡夫卡正打算向这个停滞不前的宇宙中引入另类的希望。这一点上，《审判》和《城堡》的方向不尽相同但它们互为补充。这两本书，从一本到另一本之间，希望的转变几乎是察觉不到的，从而代表了人们在逃避领域上取得了巨大成功。从某种意义上说，《审判》提出了问题而《城堡》给予了解决。前者以一种半科幻的方式进行描述但未能给出结论。而后者则从一定程度上解释了前者。《审判》进行诊断，而《城堡》则设想了一种治疗方法，虽然它所提出的补救措施无法治愈前者的疾痛。它仅仅是将这种疾病送还给了正常的生活，从而帮助人们接受它的存在。从某种程度上说（我们可以想想克尔凯郭尔），它使得人们把这疾痛视为珍宝。土地测量员K想象不出此外还有什么焦虑能让他如此痛苦。他周围的人对这种虚无和无名的痛楚情有独钟，仿佛这里苦难是享有特权的人才有的。弗丽达对K说，"自从认识你以来，我感到多么需要你。没有你的日子，我非常的孤单。"这种难以描述的疗法把爱情当成了凌驾于我们之上的东西，并在平和的世界中让希望一跃而起，并使这种突如其来的"飞跃"改变了万物的原貌，于是这既成了存在主义革命的秘密，也成了《城堡》本身的核心所在。

就小说的建构而言，很少有比《城堡》更为严谨的小说了。K是以土地测量员的名义来到了村庄，准备丈量那个不知名的城堡。但是村庄和城堡之间并无沟通。在数百页的小说中，K不屈不挠追寻着他的方式，不断地向着目标前进。他被机关算尽,但依然微笑如常。他有些不安,但是保持着善意,并极力完成他人托付的责任。每一个章节既是一个新的挫折也是一个新的开始。小说的逻辑欠佳但写作手法却连贯一致。坚持不懈构成了作品的悲剧性。当K向城堡里打电话时,他听到的是疑惑且混杂的人声、模糊不清的笑声以及远处的挑逗声。这足以挑起了他的希望,就如同夏日天空中些许迹象或对夜空的种种憧憬给了我们生的理由一样。在这里,我们会发现卡夫卡特有的秘密忧郁。事实上,在普鲁斯特的作品或普罗提诺的风景画中也均有相同的发现——对失落天堂的留恋之情。"当巴纳巴斯今天早上告诉我他将去城堡的时候,"奥尔加说到。"我非常地沮丧:这可能是趟徒劳的旅行,可能又浪费了一天,可能希望又要落空。"

"可能"——在这一个词上,卡夫卡赌上了他的所有作品。然而奇迹并没有出现:追寻永恒的旅程依然一丝不苟地进行着。卡夫卡笔下这些人物为我们展示了一幅幅逼真的图画。如果我们失去了娱乐消遣①,完全被置于神明的羞辱之下,我们也会和它们别无二致。

在《城堡》中,屈服于每日的生活成了一种道德准则。K的最大心愿就是希望城堡能够接受他。由于无法独自完成这一心愿,他便极力迎合上层,努力成了村庄的一员并失去了陌生人的地位,这原本是他从每一个人身上感觉到的东西。他想得到的是一份工作、一间房和一个健康的寻常人所拥有的生活。他无法忍受自己的疯狂,他想变得理性起来。他想打破那个专门为他所施的咒语,不想成为村中的陌生看客。在这一点上,他和弗丽达的故事就显得意义非凡。这个女人认识城堡中的一位官员,因此如果他把她纳为情妇,那么这完全是因为她的过去。这使得我们想起了克尔凯郭尔对雷吉娜·奥尔森的秘密爱

---

① 原注:《城堡》中,帕斯卡式的"消遣娱乐"是由K的助手们所展现的。他们想让处于焦躁之中的K"娱乐"一下。如果弗丽达最终成了其中某个助手的情妇,那么这是因为她想过上每日真实的生活,与人共同分享痛苦。

恋。对某些人来说，耗尽他们生命的永恒之火足以灼伤那些他最亲近的人。这致命的错误就在于他们给了上帝一些不属于上帝的东西，而这个主题同样包含在了弗丽达的故事之中。但在卡夫卡看来，这似乎并非是一个错误，而是一种学说和一个"飞跃"：一切皆为上帝所有。

更为重要的是，这位土地测量员为了接近巴纳巴斯姐妹而与弗丽达分了手。这是因为，巴纳巴斯一家是村里唯一一个同时被城堡和村庄彻底抛弃的人家。大姐阿玛丽娅，回绝了城堡里一位官员的无礼求婚，随之便被一种不道德的诅咒缠身，失去了上帝的宠爱。因为人无法将人的尊严完全依托给上帝，所以这就意味着他与他的高贵优雅不相称。这里，你会发现一个存在主义哲学熟悉的主题，即真实与道德的对立。从这一点上看，事情远没有那么简单。因为，无论是弗丽达卡还是阿玛丽娅，这些卡夫卡笔下的主人公所追寻的道路正是那条从相信爱情到把荒谬奉若神灵的道路。于是卡夫卡的思想再次与克尔凯郭尔的交汇到了一起，所以作者把"巴纳巴斯的故事"置于了书的最后，这一点毫不奇怪。土地测量员最后一次的尝试就是想通过否定上帝的方式来发现上帝、从而取信于他。他没有通过我们概念中的美德和善行打动上帝，而是以发掘上帝空洞却鲜为人知的一面，如他的冷漠、偏袒、愤恨，以此来认识上帝。此时的他已被疯狂的希望支配，为了竭力进入那神性优雅的荒漠，他对自己不再忠诚如一，他放弃了道德、逻辑和知性。那个曾要求城堡接受他的陌生人在旅程的尽头反而离他的目标更加遥远了。[①]

"希望"一词用在这里并非荒诞不经。相反，卡夫卡把人的境遇描述得越富有悲剧色彩，希望也就变得越坚定、越具有侵略性。《审判》愈是真实荒谬，《城堡》的激情"飞跃"就愈是让我们动容、让我们感觉不可思议。然而，在

---

① 原注：考虑到卡夫卡在《城堡》中给我们留下了尚未完结的故事，这一点是不言自明的。但让人不解的是，这样做，作者在终章部分就破坏了小说的统一性。

这里我们又发现了存在主义思想悖论的纯粹体。例如，克尔凯郭尔对此曾有所表述："尘世间的希望必须湮灭；到那时，人们才会被真正的希望所救赎。"①在这里，这种观点又转化成了："人必须先写下《审判》再着手《城堡》。"

诚然，那些提到卡夫卡的人，他们中的绝大部分把他的作品定义为"人类走投无路时所发出的绝望呼喊"，但在这里我们重新审视这种看法。其实他的作品中存在无数的希望。据我所知，亨利·波尔多②的乐天派作品看起来独有一种沮丧。这是因为他的作品对万物皆无所区别，而马尔罗的思想则相反，一扫阴霾之气。但他们二人作品所争论的希望（或绝望）却不尽相同。我只是发现荒谬作品本身可能导致我极力避免的不忠。荒谬作品曾为人类无果遭遇的苍白再现，并明确颂扬了短暂之生命，而在这里它化身为摇篮，孕育了种种幻念。它对此的解释是它赋予了希望以形体。创造者无法将其置之度外，同时它也并非那个昔日的悲剧游戏。它使得卡夫卡的生命具有了意义。

奇怪的是，卡夫卡也好，克尔凯郭尔也好，甚至是舍斯托夫——简言之，这些旨在揭示荒谬之神和它诸遭影响的存在主义小说家和哲学家——与他们相关的灵感之作。从长远看，均不约而同地高呼希望的出现。

他们拥抱这位即将吞噬他们的神祇。正是他们的谦卑召唤了希望。因为，这一荒谬的存在让他们多少相信了超自然的现实。倘若这一生命之旅将通往上帝，那么这毕竟也是一种结局。而克尔凯郭尔、舍斯托夫和卡夫卡笔下的人物在他们各自的人生之旅中所展现出的不懈与坚持便是为那种必然的提升提供了担保。③

卡夫卡拒绝将道德、实证、美德和连贯托付于他的神，这么做只是为了

---

① 原注：心灵的纯粹。
② 译注：亨利·波尔多，法国作家，传统主义流派的代表人物之一，法兰西学院院士。
③ 译注：阿玛丽娅是《城堡》中唯一不抱希望的人物。她和土地测量员K形成了极为鲜明的对比。

使自己更好地投入到后者的怀抱之中。认识荒谬、接受荒谬，然后委身于它。我们知道，从委身的那一刻起，荒谬就不再是荒谬了。鉴于人类境遇的种种局限，又有何种希望比那允许人们逃出生天的希望来得伟大呢？正如我再次看到的那样，在这方面，存在主义思想宛如浩瀚的希望之海中的一叶孤舟（这和当今的观点恰恰相反）。在早期的宗教时代，正是这希望随着佳信的频传点燃了古之世界。然而，若以一切存在主义思想所独有的飞跃，以他的不懈与坚持，人在纵览已无遮掩的神性之后又怎么会看不到其中清醒的自我否定的标志呢？他仅仅把这称之为是人为了自我救赎的高傲而退出了王座。这种自我否定应该有所产出，但却改变不了人高傲的本性。在我看来，这仅是像一切高傲一样，认为清醒的道德价值是无效的，这种做法无法使之磨灭。因为真实，就其定义而言，同样是无结果的。所有的事实也是这样。在一个万物皆已给出却不加以解释的世界中，价值或形而上学的多产性只是个意义尽失的概念。

无论如何，你在这里都会发现卡夫卡的作品在何种传统思想中具有了一席之地。若是把从《审判》到《城堡》的这一转变看成是不可避免，这倒不失为英明之举。约瑟夫·K和土地测量员K不过是吸引卡夫卡的两个极点而已。①我应该模仿他的口气说，他的作品可能并非荒谬之作。但这不阻碍我们看到作品的高贵和普遍性。卡夫卡成功地表现了平日中众生从希望到悲伤，从绝望的智慧到刻意迷茫的过程。高贵和普遍性这二者也自此而生。他的作品具有普遍性（真正的荒谬之作并非如此），因为他的作品描绘了感情激动、令人动容的众生之相：他们逃避人性，从诸遭对立矛盾中获得信仰的理由，从内涵丰富的绝望中汲取希冀之光；他们带着恐惧高呼：生乃死的过渡。这就是普遍性，因为它的灵感来源于虔诚。正如笃信一切宗教一样，人们可以从中摆脱了

---

① 原注：就卡夫卡思想的这两个方面而言，比较一下在《南方杂志》（以及美国《党派评论》——英译者注）上发表的《在流放地》："毋庸置疑，（人是）有罪的"和小说《城堡》的片段（莫墨斯的报告）："土地测量员K的罪行难以成立。"

自身生命的重荷。即使我知道普遍的存在，即使我可能甚至对它顶礼膜拜，我也很清楚，我之所求并非普遍而是真实。二者或无法同时出现。

　　我若是说，真正无可救药的思想仅是碰巧被与之相反的准则所规制而悲剧作品可能只是一部描写人类放逐一切未来希望之后的快乐生活，那么以上这种特别的观点就更好理解了。生活越是激动人心，那失去这种生活的想法就越是荒谬。这也许就是我们在尼采作品里感到高傲和无望的秘密之所在。以此看来，尼采似乎是唯一从荒谬之神那里获取某种极端美学并加以演绎之人，因为他的最后之语充斥了他的无望，却又带着征服者的清醒并以此坚决否定了任何超自然的慰藉。

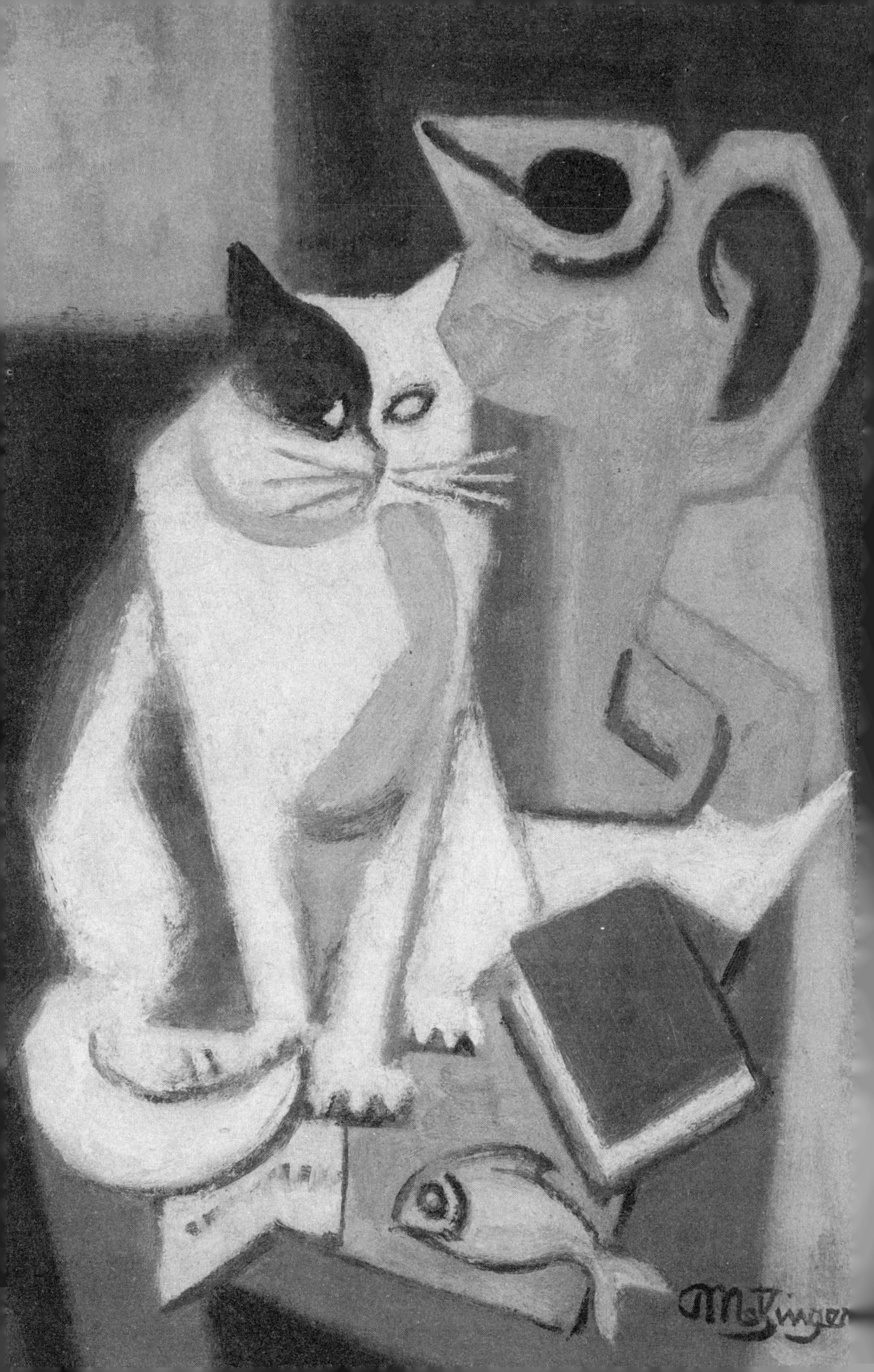

尽管如此，前文的论述足以说明卡夫卡在本文架构中的关键地位。在这里，他向我们展现了人类思想的局限之处。就其完全的字面意义而言，我们可以说，他作品的一切都是至关重要的。无论如何，它提出了这个荒谬的问题。若是把这些结论与我们起初的论述、把内容与形式、把《城堡》的隐含意义与使其成型的自然艺术以及K的激情高傲之旅和每日生活的场景放在一起加以比较的话，那么我们将意识到它可能的伟大之处。因为，如果对往日的留恋之思是人类的印记的话，那么或许还无人给过这些悔恨的幻影以血肉之身。而与此同时，我们将会感觉到荒谬作品所需要的那种独特的高贵，但在这里，我们可能也无法找寻到它的身影。如果艺术的本质是一般与特殊的结合，是一滴水珠落下的瞬间永恒与其光影之美的依恋，那么凭借他所展现出的这两个世界的距离来判断这位荒谬作家的伟大，这种方式将更加真实。他的秘密在于他能够捕捉到这两个世界极度不成比例之时所交汇的那一点。

老实说，心底纯净之人到处都会发现这种人性与非人性交汇的几何轨迹。如果说浮士德和堂吉诃德是艺术创作的杰出代表，那么这是因为他们用尘世的双手向我们指出了无限崇高之处。但总有一刻，心智将否认这双手所触及的真实。从那一刻起，这一创作就不再被看成是悲剧之作：人们仅仅会严肃地对待它。于是人们思考希望的存在。但这并不是他应该做的。他应该远离欺骗与谎言。因而我在小说结尾之处写明卡夫卡对整个宇宙发出强烈诉求之中发现的只有这么多。卡夫卡的裁定也是难以置信的：在这个丑陋而颠倒的世界，即使是籍籍无名的鼹鼠也应该勇敢地希望未来。①

---

① 原注：很明显，上述的内容便是对卡夫卡作品的阐释。但为了不失公允，我们还需补充一点：在种种其他的阐释之中，我们也完全可以从纯粹的美学角度分析这部作品。例如，B·格罗图森要比我们巧妙许多。他给《审判》写了一篇相当出色的序，而文中他仅仅阐述了他称之为无限憧憬之人种种痛苦的幻想。这本小说描述了一切却没有因此而加以肯定。这是命运或许也是小说的伟大之处。

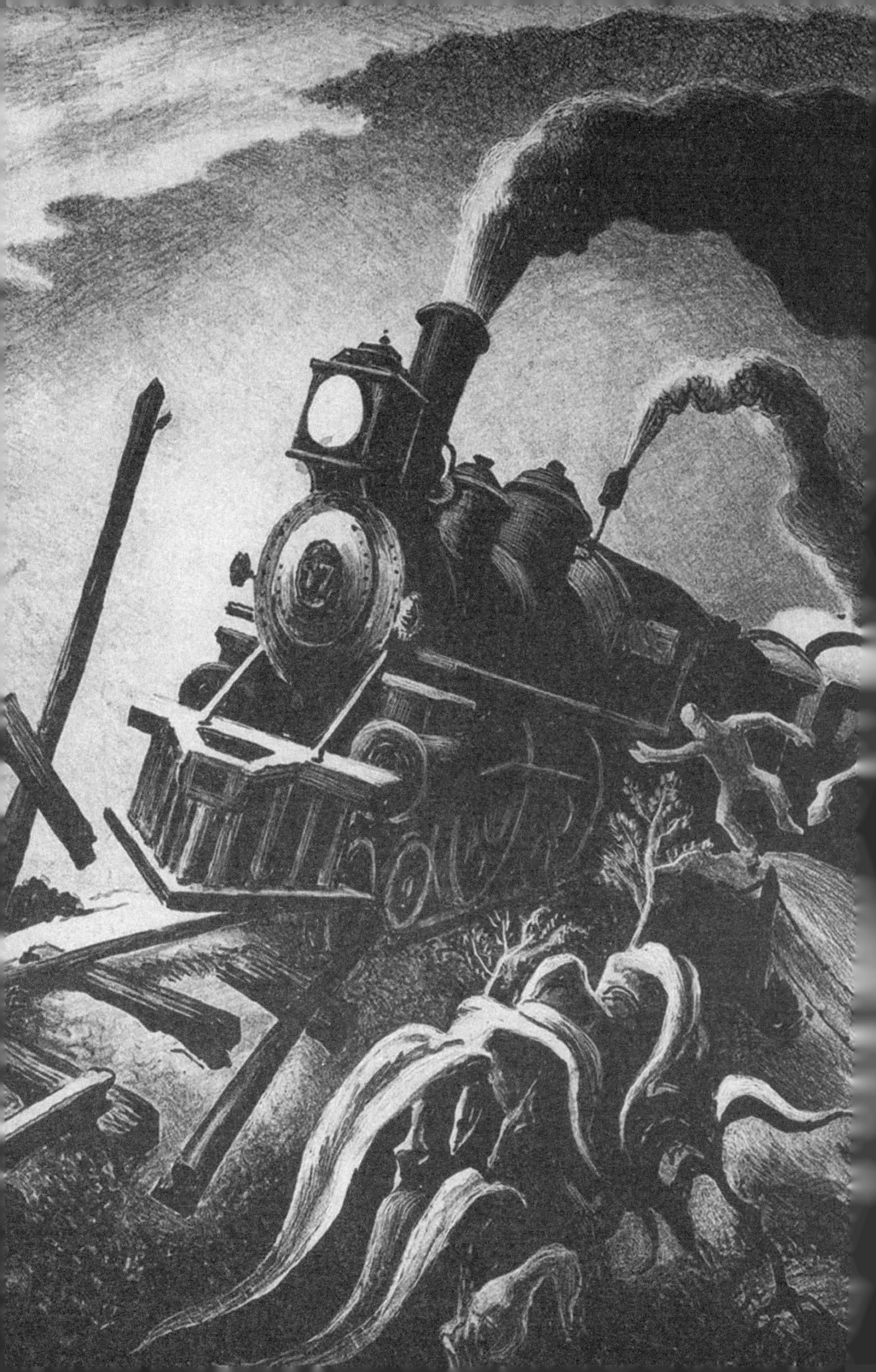

地狱中的普罗米修斯

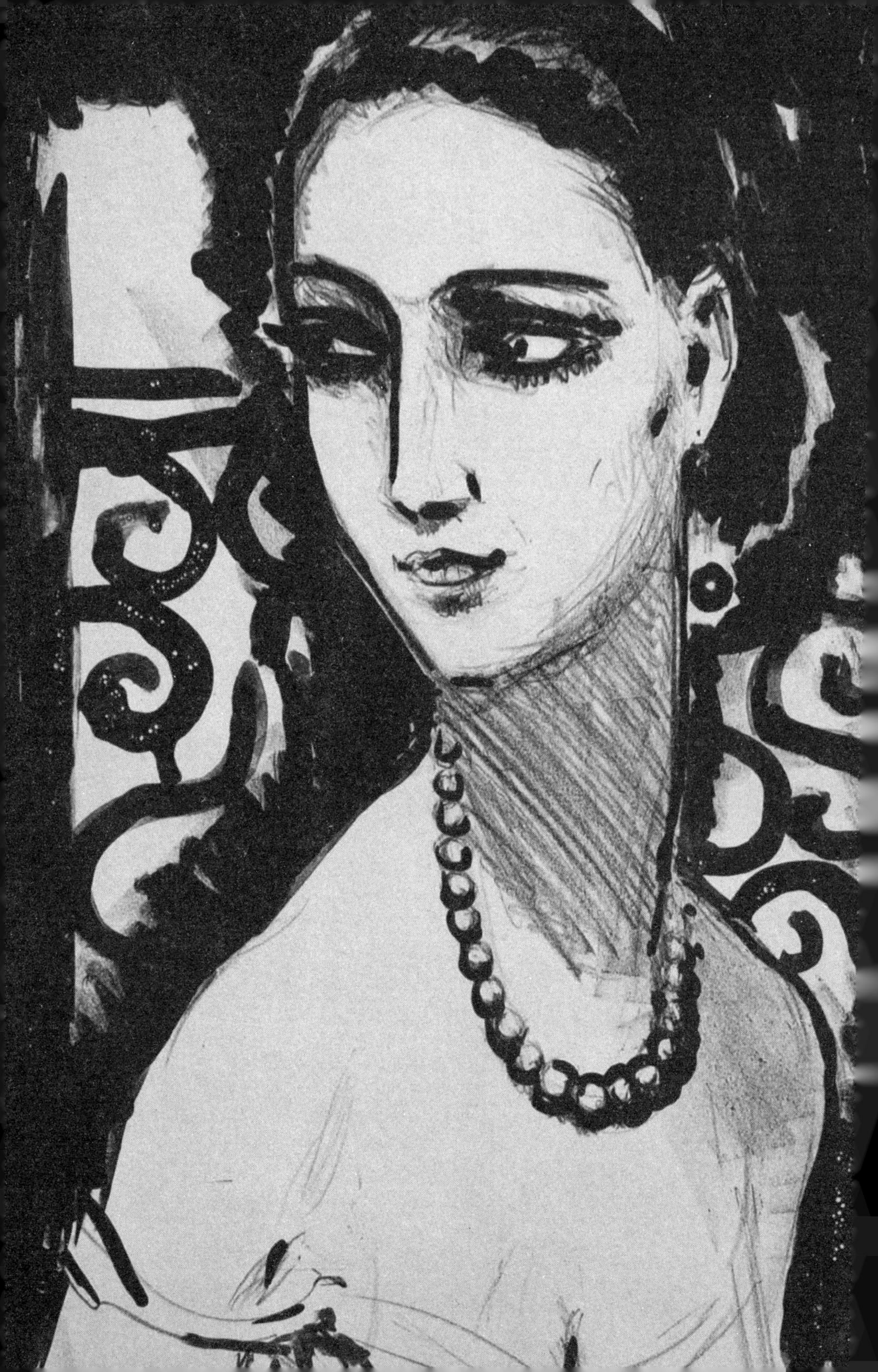

阿尔及尔之夏

致

雅克·欧尔贡[①]

我们对某个城市的挚爱往往是秘密的爱。有着古老城垣的市镇，如巴黎、布拉格，甚至佛罗伦萨这样，总是自固封畛，因此它们拥有的世界十分有限。但是阿尔及尔（连同其他被眷顾的城市，比如那些海滨城市）就像是人的嘴巴或伤口，面朝着苍穹。在阿尔及尔，寻常的事物更可爱：街道尽头的海洋、一抹阳光抑或是脚下澎湃的急流，还有城市一如既往散发出的无所顾忌的神秘芳香。人在巴黎会渴望天空和飞翔的翅膀。而在这里，至少他会快乐地许愿，了解自身的渴求，最终斟酌他的所有。

想了解自然赋予人的慷慨之丰，你可能不得不在阿尔及尔住上一阵。对任何渴求知识、自学自修或提升自我的人来说，这里空空如也，这个国家亦无课可授。这里没有遮掩，你一眼望去，便看个通透。阿尔及尔不介意你的一瞥，相反地，它会向你展现它的博大和广袤广阔。它的美会完全展现在你的眼前——在你了解到这一点的那一刻起，你就会沉迷于其中。这种愉悦不可救药，这种快乐压倒一切。想理解这种美，首先需要具备极具洞察力的灵魂——无须慰藉的心灵。它要求为人处事光明磊落且充满信仰。陌生的国度啊，给人带来的既有光彩也有苦楚！对出生于此且有些敏感的人来说，感官上的异常丰富与物质上的极度匮乏并存。这一点不奇怪，真理从来都会带有一丝苦涩。如果我喜爱这个国家又怜爱这个国家中低层的人民，这又有什么值得惊讶的呢？

正值青春年少的人们会发现这里的幸福生活和他们的美丽成正比。后来，渐渐地，生活开始下坡，变得难以捉摸起来。他们赌上了血肉，尽管知道必输无疑。在阿尔及尔，年轻富有活力的人们随时随地都能寻觅到庇护和快乐：沙滩、阳光、海边阳台的玩乐游戏、充满鲜花和新奇的体育场以及细

[①] 译注：雅克·欧尔贡，加缪的挚友。

长腿的姑娘。但是对那些青春不再的人们,这里遍地哀愁、无可眷恋。

其他地方,如意大利的梯田景园、欧洲的修道院或是普罗旺斯的群山侧影——所有这些地方,人们能够远离本我,在轻柔中解放自我。然而阿尔及尔一切的一切只有寂寞和年轻人的热血。老迈的歌德临死之时呼喊光明,历史皆为之一振。而在贝尔库和巴勃圣乌尔德①,老人们则坐在咖啡馆的深处,听着头发梳理整齐的年轻人高谈阔论。

阿尔及尔的夏天把人生的起点和终点展现给了我们。这几个月,城市里空无一人,但穷人依然,青天恒在。我们加入了前者的队伍中,和他们一起去了港湾,奔向男人们的珍宝——温和的海水和女人们古铜色的身躯。夜晚,餍足的人们铺开油布,点上油灯,他们毕生的布景便是如此。

在阿尔及尔,没有人说"去游泳吧",他们只会"尽情地畅游一番"。意思很明显:人们在港湾里游泳,在浮标的地方休息。如果有个可爱的女孩在浮标上晒太阳,任何一个正巧接近浮标的人都会向他的朋友喊道,"我告诉你们这里有只海鸥"。这些是健康的消遣活动。显而易见,这些活动构成了年轻人的理想,因为在冬季,这些年轻人中的大部分依然过着同样的生活——每日正午在阳光下脱去衣服,享受一份简单的午餐。这不是因为他们读过裸体主义者无聊的戒语,抑或是新教徒的肉体论(新教徒们对肉体有着一套理论,不过这种理论和他们的精神论一样索然无趣),而是因为他们只是"觉得在阳光下很舒服"。我们决不能低估这种风俗对我们的重要影响。两千年来,这是第一次裸露的身体出现了海滩上。两千年来,男人们一直力求给希腊式的傲慢和天真找回一丝体面,力求减少肉身的裸露而让着装复杂化。如今,尽管那段历史赫然在目,地中海的海滩上追逐的小伙子们依旧重复着得洛斯岛②上运动健儿的姿势。因此,生活在众多的肉身之中,又经历着个人身体的变化,人会

---

① 译注:贝尔库、巴勃圣乌尔德,均为阿尔及尔的城区。
② 译注:得洛斯岛,爱琴海中的希腊小岛,相传是阿波罗和阿尔忒弥斯的诞生地。

意识到身体有着属于它自己的内涵和生命,即使遭遇一些愚蠢的行径,也会形成独有的心理。①身体的进化,如同思想的演变一样,有着它自己的历史、沉浮、进步和不足。然而,其特别之处在于肤色的变化。夏天,你若频繁光顾海滩,便会意识到所有的皮肤都在经历着一样的转变,从白色到金色,从金色到黄褐色。最终的烟草色便是标志了这一转变中身体所能的极限。在卡斯坝②,白色方块状的城堡林林总总,矗立在港湾的远处。当你处在水平线位置,在以阿拉伯城镇为背景的鲜明衬托下,你会发现这些人体为其镶上了一条古铜色的饰带。随着八月一天天地过去,太阳也在变大,白色的房宅更加炫目,人的皮肤则呈现出更加温暖的暗色调。那时候,配合着季节和阳光,人们怎能不去参与礁石和肉身的对话呢?整个早上要么潜泳、要么戏水说笑、要么在红黑相间的货船旁激情划桨(挪威的货船带有木材的芳香,来自德国的货船油腥味十足,而在海岸线上起伏的船只则混杂着酒香和老酒桶的霉味)。当阳光从天空的各个角落无限溢出之时,满载棕色肉身的橙色独木舟已经载着我们拼命地往家的方向赛跑。双桨整齐划一,桨翼光彩夺目。突然,这一节奏被打断,我们已缓慢滑行在内港的静水中。此时,怎会不让我感到我是在平静的海域上为一船神祇导航呢?这些野蛮的神祇,我却认作是兄弟。

但在城市的另一端,夏日以一种相反的方式向我们展现它的繁余。这里我指的是,静寂与乏味。静寂并不总是如一,这取决于它迸发自阴影还是来源于阳光。政府广场③上,正午的静寂环绕在周围的林荫之中,阿拉伯人叫卖

---

① 原注:基督教也希望禁欲,但它多是出于抑制戒馈的本性。我的好友文森特,修桶匠兼初级蛙泳冠军,对此有着更加清晰的看法。他若是口渴就会大口喝酒,若是看上了哪家的闺女就想方设法和她上床,若是爱上了她就会娶她(现在还没有出现过)。过后,他总会说:"我感觉好极了。"这句话犀利精辟,一语带过了任何因餍足而产生的歉意。

② 译注:卡斯坝,阿尔及尔的旧城区,十世纪时,由阿拉伯人和柏柏尔人共同建立。

③ 译注:政府广场,原为法语。

着五分钱一杯却有着橘花香味的冰柠檬水。"凉啊，凉啊"，他们的叫嚷声回荡在空无一人的广场上。叫嚷之后，静寂再次降临到烈日之下：街头小贩罐中的冰块晃动着，我可以听到它们叮当作响。还有午睡时的静寂。马林①的街道上，邋遢的理发店门前，静寂可以用空芦苇帘后苍蝇悠扬的嗡嗡声衡量出来。其他地方，如卡斯坝的摩尔人餐馆，肉体沉默不语，既无法摆脱自身，也难以舍弃那一杯清茶，更不能在自己跳动的血脉中找回逝去的时间。但无论如何，那儿总有着夏夜的寂静。

　　昼夜交替的短暂时光必定充满了神秘符号和教谕，使我和自己的阿尔及尔密不可分。当我一时远离那座城市，我会把它的晨曦化作幸福的希望。城市背后的小山上，乳香树和橄榄树的深处，总有羊肠小径曲折蜿蜒。望着它们，此刻，我心向往之。我看见成群的黑色鸟儿从绿色的地平线振翅高飞。突然融释了太阳的天空舒展开来。一小抹红霞倏起，扩张直至天边。几乎紧随其后，在天空的深处，第一颗晨星成形、固定。然后突然一切消逝，黑夜倾至。转瞬即逝的阿尔及尔夜晚还有什么特质能让我心情如此顺畅呢？我来不及厌倦遗留在唇间的残香，它便消失在了夜幕之中。这难道是它久久不去的秘密吗？这个国度的爱势不可挡却又遮遮掩掩。但是，它来临的那一刻却会完全俘获你的心。帕多瓦尼海滩②日日笙歌。在一面完全敞向大海的长方形大厅内，邻里贫穷的年轻人舞动到华灯初上。我往往在那儿驻足到那异常美妙的一刻。白昼时分，倾斜的模板凉棚外罩在大厅的表面。日暮之后，凉篷就被撑起。那时候，大厅充满了天空和海洋两层叠加所造成的一种奇异的绿光。如果一个人坐得远离窗户，他只能看到天空，以及衬托其上、一对对依次走过舞伴的面庞。有时，当华尔兹演奏之际，绿色背景上的黑色侧影固执地旋转着，就像是附在唱机唱盘上的人像侧影一般。夜幕迅速降临了，灯也亮了。但我无法描述那微妙

---

① 译注：马林，阿尔及尔的城区之一。
② 译注：帕多瓦尼海滩，位于阿尔及尔的巴勃圣乌尔德区。

的瞬间产生的震撼和神秘。我至少还记得，有一个身材高挑、魅力四射的女孩曾经跳了整个下午。她穿着一袭紧身的蓝衫，带着一个茉莉花环，从纤小的后背到女孩的双腿，她的全身都被汗湿透了。她边舞动，边甩头，并且周围回荡着她的笑声。每每她舞过桌子，身后便会散下混杂鲜花和肉体的芬芳。黄昏来临之时，我便看不到她紧贴着舞伴的身躯了，但是我会看到白色茉莉和黑色秀发不停旋转，交替映在夜空之上。当她往后摆动着高耸的胸脯时，我会听到她的笑声并看到她舞伴的侧影突然往前一挺。承蒙这些夜晚，我才有了纯真的念想。总之，我明白了，不应拆散这些有着狂暴精力的生物，他们爆发出的精力源于天空，他们的欲念亦回旋于九霄之上。

阿尔及尔，周围的电影院有薄荷糖出售，并且有时其上会贴有红色标签，写着一切能唤起爱情的话语：（一）问："你何时娶我？""你爱我吗？"和（二）答："明年春天。""疯狂地。"你若是准备妥当，就把它们递给身旁的人，他的回答要么一模一样，要么就会装聋作哑。贝尔库当地的婚姻就是借这种方式定下的，所有的海誓山盟便是从交换薄荷糖开始。这恰好成了此地人民童稚的最佳写照。

年轻人的与众不同之处，或许就是他们有着轻易逸乐的不凡才能。但是首先，浪荡的日子去也匆匆。和巴勃圣乌尔德一样，巴尔库的人们年纪轻轻便有了家室。他们很早就开始工作，十年的光阴耗尽了一生的精力。三十岁的工人就已经打光了他手中所有的牌。他在老婆和孩子之间徘徊，等待时间的终结。他的快乐犹如他的一生，快速突然，缺乏情义。他认识到，他出生的这个国度，一切的恩赐必会被收回。多彩繁茂的一生紧接着就是，无比的激情横扫而过，其来时突然、耗人心力，却大方慷慨、尽其所需。生命不应步步为营，而需被点燃焚烧。若停下静思以谋发展，则问题重重。举例来说，地狱之论在此不过是个有趣的玩笑，只有德行兼备的人才会有此等想法；而我肯定德行二字在阿尔及尔是个毫无意义的字眼。并非因为这些人无规无矩，他们有他们的法典，一部颇为特别的法典。你不能对你的母亲无礼不逊。你会发现你的妻子在街头也会受到礼遇。你对一个怀孕的妇人会体贴备至。你不会对敌人捏紧拳头，因为"那不够体面"。无论任何人，如果不守这基本戒律"就不算个人"，这个问题已成定论。对此，我的观感是公正与实在，我们中仍然有许多人自动地遵行这条街头法典。据我所知，这条据是唯一公平公正的。而与此同时，开店迎客之人，他们的伦理原则却是不得而知的。每每有人被警察架在中间之时，我往往见到周遭的人们脸上露出怜悯的神色。在真相大白，弄清到底这人犯了偷窃之罪，还是有弑父之恶，或者仅仅是个违规者之前，他们会说："可怜的家伙啊！"，再不就是略有些钦羡，"不错，他是个海盗。"

　　有些种族为骄傲和生命而生。他们孕育了寻求无聊的奇怪才能。对待死亡，他们也深恶痛绝。除了肉欲的欢乐以外，这种族的诸般消遣是再愚蠢不过了。保龄球协会、餐饮俱乐部、三法郎的电影以及教区飨宴，这些皆供三十岁以上的人打发时间。阿尔及尔的礼拜日最为不祥。这个缺乏灵性的种族，那时，怎么可能为其生命深层次的恐怖披上神话的外衣呢？任何与死亡有关的话题，在这里要么可笑，要么可恨。这些没有宗教、没有偶像的百姓在熙攘的人群中度过一生，然后独自迈入坟茔。我知道，没有比不悔大道①上的墓场更可怕的地方了，它的正面便是世上最美丽的风景。而黑色围墙内日积月累的霉味使得这地点笼罩在一种可怕的忧郁之中，死亡在此展示了它的真实写照。心形的许愿碑上铭刻着："万物凋谢，唯记忆尚存。"一切都在坚守那不足道的永恒，而那些曾经爱过我们的心正是这廉价的提供者。这同样也适用于一切绝望。他们向死者说话，总以第二人称（我们的记忆永不舍弃你的存在）；阴郁的托词皆指向肉体和欲望，称其不过是一摊黑水。其他地方，在冷艳的花儿和鸟儿犹如死寂一般的繁茂之中，你会发现此种大胆

---

① 译注：不悔大道，阿尔及尔的街区之一。

的言论:"你的坟前,鲜花常驻。"但不必惶恐:铭文周围缠上了一圈镀金的灰粉花束,对活着的人来说,这倒是省了不少时间。(正如那些山鼠曲草①,承蒙那些仍然能跳上开动中的公共汽车的人们的谢意,它们得以盛名远播。)正因为能赶上时代才是当务之急,所以古代的林莺有时会被一架令人惊奇不已的蓝灰色飞机所取代。它由一个傻傻的天使操控着,这天使不懂逻辑,却拥有一对让人印象深刻的翅膀。

然而如何才能宣称死亡的种种意象与生命只一线之遥呢?这里,这些价值是紧密联系着的。在阿尔及尔,殡仪馆的工人喜欢开这样的玩笑:他们驾着空的灵车,在路上碰到漂亮的女孩时,就会喊道:"小妹,想搭车吗?"我们不反对你看出其中的象征意义,尽管这有点事与愿违了。同样地,听到凶耗时,你若是眨眨左眼说,"可怜的家伙啊,他再也不会唱歌了。"那你的答复说不定会显得对死者不敬。或者,像奥兰②的那个妇人,她从来没爱过她的丈夫:"上帝把他赐给了我,上帝又把他从我身边带走了。"总之,我发现死亡不再神圣肃穆,相反地,我也非常明白恐惧和尊敬之间的遥远距离。此地的一切都表明,客死在一个邀人生存的国度中才是可怖的。尤其这墓地的墙垣下,贝尔库的青年们幽会着,女孩们让人亲吻爱抚。

我深深明白,这样的民族是不可能被所有的事所接受的。这里不同于意大利,聪明才智没有立足之地。这民族对心智异常冷漠。他们迷信肉体,对它顶礼膜拜。这种崇拜导出了该民族的力量,它纯真的玩世不恭,以及一种幼稚的虚荣,这种虚荣心便解释它为何如此遭受非议。人们通常将此归咎于这民族的"心智状态",换言之,一种理解和生活的方式。诚然,生命的强度与不公正是无法分割的。然而,这是一个没有过去、没有传统的民族,但它并非没有诗歌——这种诗歌的特征我十分了解:粗鲁、香艳、不知体贴、绝不矫情,就

---

① 译注:山鼠曲草,法文亦有不朽之意。此草虽枯萎,其色泽仍鲜艳如生。
② 译注:奥兰,阿尔及利亚第二大城市。

像他们头上的天穹，这就是唯一真正感动我、赋予我内在平和的诗歌。在文明国度的对立面上是一个富有创造力的国家。我有一种疯狂的希望，或许这些徜徉在海滩上的野蛮人自己还尚不知晓，他们实际上正塑造一种文化形象，在这种文化中，人类的伟大终将找到其真实写照。这民族完全投身于现在，不与神话同生，不与慰藉同活。它将其所有洒遍大地，因此对于死亡，它毫无防备。它不吝惜在大地上展现一切身体美感的禀赋。与之同往的是一种奇特的贪婪，后者将永远陪伴那没有未来的财富。当地人的所作所为，都显示出一种对安定的恐怖和对将来的漠视。人们匆匆忙忙，只为了生存，若艺术诞生于此，那它必定会遵从那种对永恒的仇恨原则，正是这种仇恨使得多利安人打造了第一根

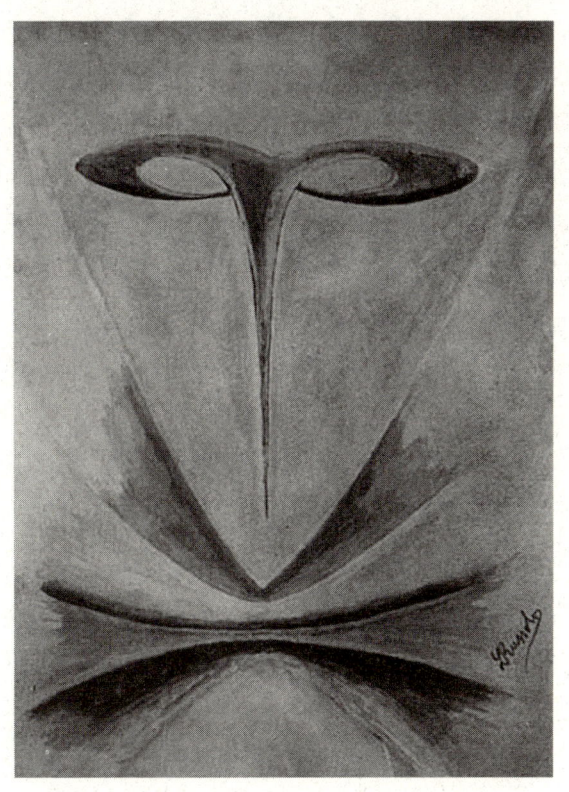

木头廊柱。是的,你可以在这民族狂野而殷切的面庞上找到衡量之法和纵情之快。在这谈不上温柔的夏空下,在它的面前,一切真相皆可大白;在它之上,任何欺蒙的神性都不会留下希望或救赎之信。在这苍穹和面对它的千张面庞之间,没有什么神话、文学、伦理学或宗教,有的只是峭壁、血肉、星辰和那些双手可及的真实。

感受他人对某地的独钟之情,对某类人的依恋之爱,知道总有一处心安平和之所,对于一个单独的个体来说,这些正是生命的种种必然。然而这还不够。总有一刻,一切会渴求精神的家园。"不错,我们必须回到那里——是的,就在那儿。"在世间寻求普罗提诺所向往的融合统一,难道荒诞不经吗?此间的统一便在阳光和海洋里。凭借着某种体香,人的内心敏锐地感触到统一,而这肉身就构成了其中的痛苦和壮丽。我体会到,除岁月飞逝以外,没有什么超人的幸福,更没有永恒。这些细微却紧要的财产,这些与之关联的真实,才是唯一让我激动之物。至于其他什么"完美的"真实,我没有足够的灵魂来了解它们。这并不是说人应为禽兽,但我却觉得天使们的幸福与我们无关。我只知道,苍天会比我活得更久。那除了这些我死之后依然长存之物,我还应该称何物为永恒呢?在此,我并非要说我对个人境遇心满意足。这完全是两码事。人之为人尚且不易,更何况做一个纯洁的人呢?然而,力求纯洁无异于恢复精神的乐土,在那里,人们能体会到这世间的关联;在那里,人的脉动将会与正午二时太阳狂暴的震动同时发生。众所周知,故土之情,往往等到客在他乡之时,才会领悟。对于那些对自身存在深感不安之人,乡土正是否定他们的东西。我不愿显得野蛮也不想看似放肆。但终归一句话,否定我此生之物,首先,必是扼杀我存在之物。每件称颂生命的事物同时也增加了生命的荒谬。这阿尔及尔之夏,我感到,唯有一事比历经苦难更具有悲剧色彩,那就是快乐之人的生命。但它可能也是通往更加宏大之生命的途径,因为它教导人们诚实无欺。

　　事实上，许多人假装热爱生命，进而逃避爱之本身。他们磨炼享乐的技巧，"纵情于种种体验之中"。但这不过是一场虚幻。做一个享乐之徒，需要有罕见的才能。只要他能做后退与前冲的运动并兼有生命的落寞与存在之感，那么他的生活不必依仗心智，就能获得满足。亲眼目睹贝尔库的人们辛勤劳作、保护妻儿老小而经常不生怨言，我想一个人会感到心底的秘密羞愧。当然，这并非是我的错觉。我所提及这些人们之间没有太深的爱情。或者，我应当说他们之间已没有多少爱情。但至少他们从不逃避。有些字词的含义我从来就没弄懂过，"原罪"便是其中之一。但我相信，这些人不曾犯下过有违生命的原罪。因为，倘若确有一种违背生命的原罪存在，或许在其构成要件之中，生的绝望还远远没有期盼来世和逃避今生难恕的壮美重要。这些人诚实无欺。他们二十出头便因生命的激情而成了夏日的神祇，现在他们却依然如昔，只是失去了希望。我曾目睹他们当中两人的离世。他们皆充满了恐惧，但依然默默不语。这样倒是不错的结局。人性中的一切邪恶自潘多拉的盒子之中蜂拥而出之后，希腊人从中取出了希望：那万恶之中最为可怖的东西。当然，据我所知，也没有比它更激动人心的象征了；因为，和一般信念相对，希望等同于隐退，而生存却不应如此。这至少是阿尔及尔之夏的苦涩训诫。季节正在更替，夏日已步履蹒跚。历经如此的狂暴和磨难，九月第一场雨就像这大地解放后的第一滴泪水，仿佛几天里这国度将伸出它温文的小手。然而，此时，角豆树散发出爱的芬芳，这氤氲之气弥漫在整个阿尔及尔之中。黄昏时分或阵雨过后，这片大地带着湿气，孕育着有苦杏仁味芳香的种子。在迎合了这长夏的骄阳之后，她会恬然休憩。那种芳香再一次地将人与大地的统一奉为神灵，并唤醒我们，让我们认识到这世间唯一生生不息的阳刚之爱：它短暂而高贵。

1936年

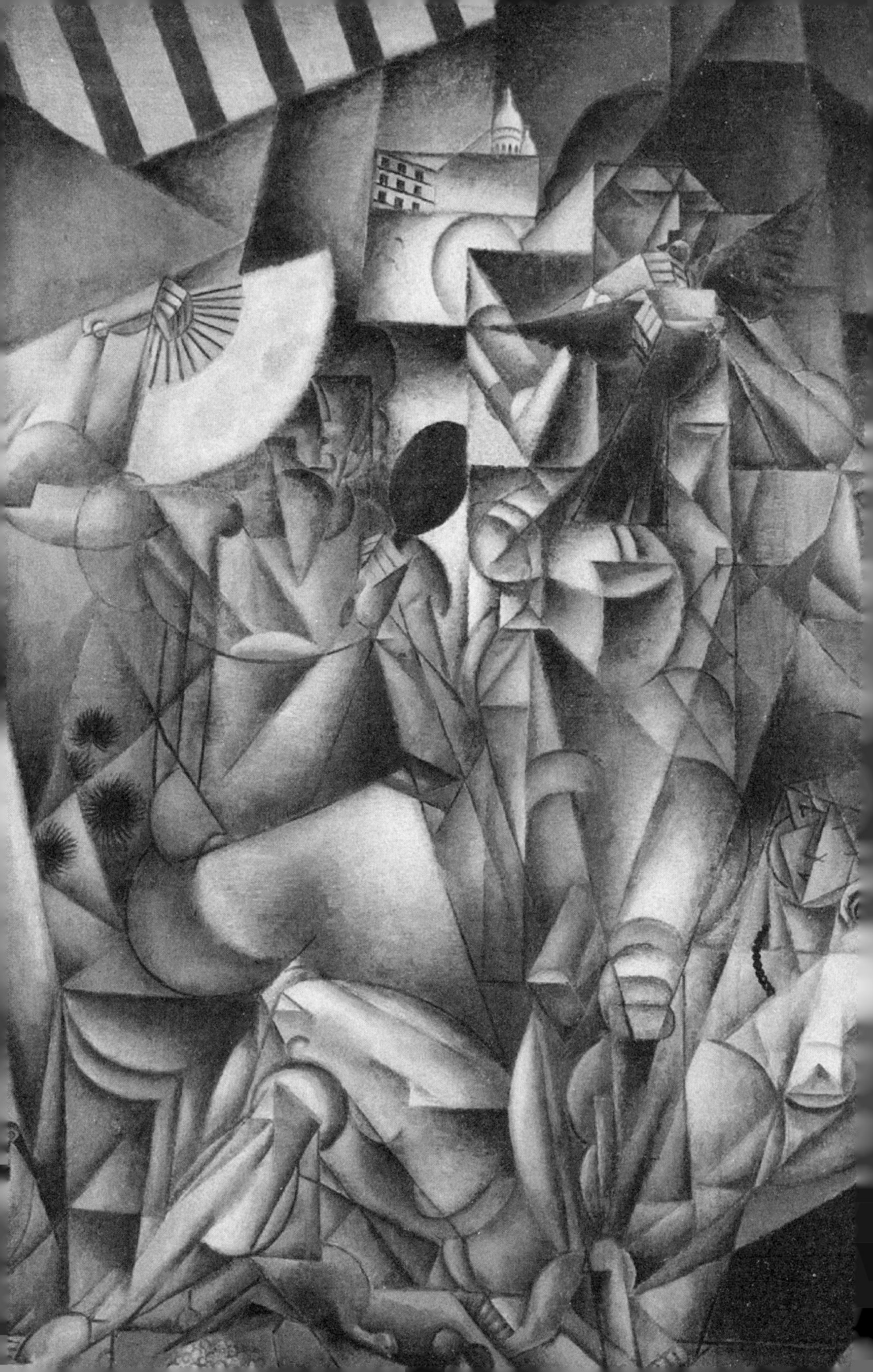

艺术家与他的时代

Ⅰ.作为一位艺术家,你选择了见证这个世界上的角色了吗?

这个问题的回答可能需要大量的假设推理或者用到我所没有的禀赋。个人而言,我不需要担当任何角色,因为我有且只有一个实实在在的职业。我之为人,渴望幸福;身为艺术家,似乎我还得让各个舞台人物动起来,而且还不能籍战争和法庭之名。然而,我已是选中之人,每一个人都是。昔日的艺术家面对暴政苛律尚能默默不能言;如今的种种暴政却变本加厉,但却也容不下沉默和中立了。你须有个立场,要么赞成,要么反对。好吧,若是那样,我选择反对。但这可不等同于选了一个舒服的证人角色。这仅仅是承认这个时代该当如此,简而言之,就是做自己事而莫问他是他非。并且不要忘了:今日的法官、被告还有证人正以惊人的速度变换着他们的角色。我的选择(如果你认为我已经做出了),至少不会是坐在法官的长椅上,也绝不会像那么多哲学家那样,往人家椅子下面钻。除此之外,行动的机会相对而言也是层出不穷。当今的工会运动便是第一个也是最富有成效的行动了。

Ⅱ.你最近作品中为人所诟病的堂吉诃德式思想,难道不是对艺术家角色的理想主义和浪漫主义解读吗?

无论文字如何被曲解,它暂时还保留着自身的意思。据我所知,所谓浪漫主义者就是那些选择了历史的永动和庄严的史诗并常在时代结尾之处对近似神迹的事件大呼小叫之人。我若试图明晰某物则必然相反,此物定会是历史或人的普遍存在,我也会竭力揭示日常生活或是描述与自己、与他人的堕落而进行的不屈斗争。

同样地,理想主义中拙劣的那种就是以扼杀一切具有历史意义的行动和真实而告终的行为,因为历史就明确地包含在种种历史事件之中。无论如何,这些行动和真实都包含了某个神秘的目的。那么我们因此把未来当成是历史规律就是现实主义了吗？换言之，那些还未成为历史、其本性我们尚不知晓的东西是什么呢？

在我看来，我似乎会站在真正的现实主义一边，反对那既无逻辑又置人于死地的神话，也反对那不切实际的虚无主义，不管这虚无是资产阶级的东西还是所谓革命创新之物。说句实话，我绝非什么浪漫主义，但我坚信规则和秩序的必要。我只想说，无论怎样，有了规矩便可成方圆。此外，如果我们所需的法规来自这个无序的社会，或者从另一方面上讲，由那些自称从所有规则和顾虑中解放出来的教条派的手中颁布的话，那我们也将无所适从。

Ⅲ.**马克思主义者和其追随者同样认为他们是人文主义者。对于他们来说，人类的本性将在未来的无阶级社会形成。**

首先这证明了目前他们排斥人的本质特征：这些人道主义者谴责人的存在。这种论断竟然能在世界的法庭审判中成立，这怎么能不让我们诧异呢？他们借未来人类之名排斥今日的人类。这种论断在本质上具有了宗教色彩。那么，它为什么会比那种宣告天国降临的断言更加合乎情理呢？事实上，由于人类境遇所辖，历史的终结不会具有任何明晰的意义。它只可能是某种信念或某个新的神秘之物。就拯救异端灵魂的必要性而言，今日的这种神秘主义不比旧时那些基于殖民压迫的统治更加伟大。

Ⅳ.**难道不是现实中的东西使你有别于左翼知识分子的吗？**

你说的就是把那些知识分子和左翼人士相区分的东西吗？一直以来，左翼知识分子都是与非正义、蒙昧主义和压迫为敌。人们总是认为，这些现象互相依存，相互联系。只是到了最近才有人认为，蒙昧主义能够导致正义并激起整个民族追求自由。而事实的真相却是：现在的某些左翼知识分子（幸运地，不是全部）如今崇尚暴力和效力，像极了二战之前和战时的右翼知识分子。尽管他们的态度大相径庭，但就屈从的行为而言，他们却是一样的。前者想成为现实的民族主义者；而后者则成为现实的社会主义者。最终他们不约而同地借现实主义之名背弃了民族主义和社会主义。现实主义也从此变得空无一物，纯粹而缥缈，作为一种能够达到目的的手段而为人所喜。

　　这种诱惑我们尚可理解。然而无论人们如何看待这个问题，那些自称或自认为是左翼的人中却出现了一种新的高度，即认为：某些压迫是合乎情理的，因为它们顺从了历史发展的方向，不合理的只是这一方向。他们于是堂而皇之地臆断，享有特权的行刑者是可能存在的，只是这特权源于虚无。约瑟夫·德·迈斯特①曾在另一个语境下这样表述过。约瑟夫·德·迈斯特从未被看成一个具有煽动性的人物。但个人而言，我无法接受这种观点。请允许我对迄今传统意义上被称作为左翼人士的概念稍稍做一点修改：所有行刑者皆一脉相承。

V. 当今之世，艺术家能够做些什么？

　　没人叫他去写些合作互助的东西；相反地，也没人让他以史书中人的诸遭不幸为伴，悄然共枕而眠。既然你问我的个人之见，那么我自会从重从简。作为艺术家，我们或许无意干预世间之事。然而作为人类，我们自然无法避免卷入其中。那些或受剥削或被枪决的矿工，集中营里的奴隶们，殖民地的百姓以及世上受尽迫害的芸芸众生——他们需要那些能够与他们的沉默交流并与其保持联系的人。我没有日复一日去写些战斗的檄文，也不愿参与平日的争斗，因为我渴望这个世界遍是希腊的雕像和大师之作。怀有这种希望的人一直存于我心。不一样的是，为了极力赋予他想象出来的创物以生气，那个人做了更多

---

① 译注：约瑟夫·德·迈斯特，法国萨瓦人。思想家、哲学家，法国大革命时期的重要代言人。

的事情。从最初的那些文章开始一直到新近出版的那本小说，我已经写了许多，或许是太多了，这完全是因为我无法抗拒生活的诱惑，亦无法抗拒那些被羞辱、被贬低的形形色色之人。他们需要希望，如果他们都保持沉默或在两种羞辱之中被迫接受某种选择，那么他们会永远失去希望，我们也将失去他们。一想到这，我似乎便无法忍受，而无法忍受的人自然不会高高在上、一隅偏安。如你所见，这并不是道德的偏执，而是某种近似于器质性的偏执，一种让你感到若有若无的偏执。我真的看见过许多人无法感知到它，但我却不嫉妒他们的安睡。然而，这并不意味着我们必须为了这种或那种的社会说教而牺牲艺术家的本性。我在其他地方已经说过了为什么艺术家比以往更加为人们所必需的原因。不过，我们若以人的身份介入其中，这种经验就会影响到我们的语言。如果我们首先在语言上都称不上是艺术家，那么我们搞的是哪门子艺术呢？即使在生活中我们是激进的一派，即使我们在作品中描述荒漠、描述自私的爱，但导致我们与人交流使用的那种特殊腔调来描述荒漠和自私之爱的唯一原因是这激进的生活。我当然不会选择在我们正开始远离虚无主义之时愚蠢地否定创造的价值以彰显人性之伟大，反之也是如此。因为，据我所知，这两者从未背离，而我衡量一个艺术家（莫里哀，托尔斯泰，梅尔维尔）是否伟大，其标准就是他是否有能力在这两者之间保持平衡。今天，在众多事件的层层压力之下，我们同样有责任把这种压力融入生活之中。这就是为什么有如此之多的艺术家不堪重负而选择了在象牙塔中来寻求庇护，或是相反地在公共教堂里找寻慰藉。对于我而言，我在两种选择中找到了一种颇为相似的顺从之举。我们必须同时侍奉苦难和美好。长久的忍耐以及侍奉所需的秘密狡黠是我们重现这一复兴所需要的美德。

  对了，还有一句话要说。我知道，这项事业唯有在种种危险和苦痛之中才能涅槃重生。我们因此必须有所担当：围着椅子转的艺术家时代已经结束了。但我们仍必须拒绝苦痛。艺术家所受到的一大诱惑就是自信孤独，但事实上他带着某种卑贱之愉悦独自忍受苦痛的肆虐。这并不完全如此。他和那些工作着的和奋斗着的人一起，与他们同属一个阶层，既不高高在上也不卑躬屈膝。面对压迫，他的使命就是打开监狱的大门，说出一切的悲伤和欢乐。这就是艺术面对它的敌人而进行的自我辩护——去精准地证明它并非是他人之敌。通过自身的表现，艺术可能无法产生孕育正义和自由的复兴。但是没有了艺术，复兴便失之形，去之体，最终将成为一纸空谈。没有文化以及文化所隐含的相对自由，社会即使再完美，也不过是个丛林社会。这就是为什么货真价实的创造是给予未来的最佳礼物的原因所在。

1953年

海伦的放逐

地中海的太阳有几分悲剧色彩，这跟雾的悲情大不一样。夜晚，太阳藏匿于海边群山之中，夜幕降临在小小的港湾之上并划出了一道优美的弧线；此时，静静无言的河流则升起了一丝悲凉的现实之感。面对此情此景，你就会明白，倘若希腊之民知晓绝望，那他们必是借着美和它令人窒息的特质而获取的。就在那场堂皇的灾难之中，悲剧上演了巅峰的一幕。相反，我们的时代，丑陋与诸遭动乱也正孕育着绝望。这就是为什么若是苦难一如既往下去，欧洲之民将会变得邪恶可鄙的原因。如今，我们将美放逐在外；而往昔，希腊人却为她拿起武器。这是我们和他们之间的第一个不同之处，这个不同之处却有了历史的渊源。希腊的思想往往躲在种种局限的概念之后以求得庇护。于是，事事虽有神性和理性之分，但有了这种思想便不会走上极端；因为，无论是神性之事还是理性之物，后者从不加以否认。它总是考虑周全，让光与影平衡处之。相对而言，我们的欧洲，追求完整却偏离了正轨，就像是一个比例失调的孩子。她否定美，因为她否定任何她不称道之物。她固有万般的变化，而却只称颂一物——未来的理性原则。在几近癫狂的追逐之中，她拓展了永恒的疆域。正值此时，复仇女神厄里倪厄斯降临在欧洲大陆之上，于是她便分崩离析了。正义而非复仇女神尼弥米西斯，向来忠于职守。所有那些逾越界限的人们都将受到她无情的鞭笞与惩罚。

几个世纪以来一直质疑正义究竟为何物的希腊人是无法理解我们的正义观的。就他们而言，正义暗含了某种局限，而现如今，我们的整个大陆却陷入了寻求某种完满正义的混乱之中。希腊思想诞生之初，赫拉克利特[①]已经开始在猜测，是否正义为物质的宇宙本身设下了种种障碍："太阳不会逾越自己的权限，一旦超出了，正义之仆厄里倪厄斯定会把它踢将出局。"将宇宙和精神置于领域之外的我们对这种威胁论嗤之以鼻，因为我

[①] 译注：赫拉克利特，约公元前500年，希腊哲学家，认为火是万物之源，永恒是一种虚幻，万物都处在不断变化之中。

们升起那些我们喜欢的太阳，使它们照亮了烂醉的苍穹。但是无论如何，这一界限总是存在的，这一点我们心知肚明。当处于精神错乱之巅，我们便梦想能找到一个我们已经遗忘的均衡——我们天真地期盼历经所有错误之后就会达到均衡。孩童般的自以为是只为证明一个事实，即延续了我们愚蠢之见的子孙后代，如今正在引导着历史的方向。

历史的另一部分可同样归于赫拉克利特言简意赅之语："自大，进步之殇。"在这位以弗所①人的百年之后又历经了多少世纪，苏格拉底，面临被处死的威胁时，承认自己唯有一个高人一等之处：不懂的东西他绝不装懂。多少年来，生活和思想之典范就是敢于承认自己的无知。忘记了这一点，我们便忘记了阳刚之力。我们偏好模仿伟大之功，先是亚历山大，然后是罗马的征服者。教科书的编者也是用颇为粗俗的语言教我们对他们顶礼膜拜。同时，我们也确实征服了上天和尘世，拓展了它们的边界。理性驱赶走了一切而最后却只留得孤立无助的我们统治荒漠。我们遗留下了何种想象，能让我们到达一个更高的平衡，让自然、历史、美和德行和谐发展，甚至让音符也能飘响在血腥的悲剧之中呢？我们背对自然；我们以美为耻。从那惨痛的悲剧中你可以嗅到与之如影随形的责任，其中汨汨的血水，我们却当成是绘画颜料的色彩。

这就是我们如今不宜自称是希腊之子的原因。又或许我们是叛徒的后代。若是把历史置于上帝的王座之上，那我们就像那些被希腊人称为野蛮人或他们在萨拉密斯岛②死战到底的波斯人一样，正一步步迈向神体政权。为了认识到我们有何不同，我们必须转到我们的哲学大师黑格尔那里。作为一个与柏拉图真正势均力敌的哲学家，黑格尔曾大胆地写道，"唯有现代的都市才为人类的心智提供了一块可自我感知的精神领域。"于是我们便生活在

---

① 译注：以弗所，吕底亚古城，位于小亚细亚西岸，原是古希腊的重要城邦。
② 译注：萨拉密斯岛，公元前480年，希腊海军在此大败波斯海军。

大都市时期。世界也被刻意分割成搭建永恒的小块——自然，大海，山巅和夜晚的沉思。因为历史只显现于街角，所以意识必须也只显现街角——这成了金科玉律。结果，我们绝大部分的重要作品都表现出了同一种偏见。自陀思妥耶夫斯基之后，伟大的欧洲文学再无亮丽的风景。因为，历史既解释不了在它之前就业已存在的自然宇宙，也无法阐明凌驾其上的美。于是历史选择了忽略它们。柏拉图的哲学包含了一切：荒谬、理性与神秘，然而我们的哲学却只有谬论与理性，而再无其他，这是因为它们对其他的事物已经闭上了双眼，只有寂寂无闻的鼹鼠正在冥思沉吟。

正是基督教开创了用灵魂的悲歌取代尘世之思的先河。基督教涉及精神实质，因而保持着一定程度的稳定。上帝死后留下的只剩历史与强权。曾几何时，哲学家殚精竭虑旨在用境遇之论取代人性之论，用概率的无序衍生或理性的无情发展取代旧时的和谐。希腊人赋予意志以理性的界限，而我们却把意志的莽撞摆在了理性的中心，其结果是致命的。就希腊人而言，价值先于行为，于是定会限制行为。而现代的哲学则把价值置于行为之后，这些价值只是在形成之中，在历史终结之际。而我们只能在历史终结之际全面地认识它们。由于这样的价值观，种种界限亦不复存在。既然孰是孰非，理解的价值理念尚有差异。既然没有了相同价值观的束缚，于是一切斗争便又迅速扩张，无休无止。如今，救世的信仰也相互对峙，相互倾轧，他们的喧哗之声也融入了帝国的征战之中。赫拉克利特说过，失调是场大火。而这场大火正在蔓延；尼采落后了。欧洲人的哲学思辨不再是木槌小敲式的平和争辩，而是巨炮齐鸣的战争了。

然而自然依旧。它天穹宁馨，理性蔚然，与人类的癫狂相映生辉。这场大火直至蔓延到原子，历史终以理性的胜利和物种的悲痛宣告结束。但希腊人却从来没有说过界限无法逾越。他们说过，界限确实存在，不管是谁，只要胆敢超出，就会被无情击倒。当今的历史中无一物可反驳。

历史之魂和艺术家都想重塑这个世界。但艺术家天性使然，能够本能地明白他的界限，而历史之魂却浑然无觉。这就是后者致力于暴政苛律而前者向往热情自由之故。所有这些为当今自由而战的人最终都会为美而战。当然，这不仅仅是为了美而捍卫美的问题。人类与美相辅相成。除非是与之共同赴险患难，否则我们便无法赋予这个时代以高贵和宁静，因此我们不应与世隔绝。没有了美，人也不能生存，这是千真万确的，但我们的时代却假装无视这一点。它坚忍刚强，只为了获得绝对的权威；它想在穷尽世界万物之前美化世界，想在完全了解世界之前给它种种特权。然而无论怎样说，我们的时代正在抛弃这个世界。告别卡里普索岛之时，尤利西斯可以在不朽与父辈的土地之间做出选择。他选择了土地和与之同亡。这种朴素的高贵，对于今日的我们，却是十分的陌生。其他人会说我们缺乏谦卑之态，但倘若综合考量，谦卑一词本身就很模糊。陀思妥耶夫斯基作品中的那些蠢人吹嘘一切，响彻云天，最后即使在任何公共场合也会把自己的羞耻拿出来炫耀一番。我们缺乏的只是人类的骄傲，忠于人类界限的决心和对个人境遇的清醒之爱。

圣埃克苏佩里[①]在行将就木之时写道，"我憎恶自己所处的时代"，其原因和我以上所提到这些种种不无关系。但是，不管这个来自一个因众生所具有的美好品质而热爱他们的人之断言多么令人苦恼，我们都没有义务去相信他。然而在某些时刻，拒绝一个荒凉缥缈的世界确实非常伟大！不过这是我们的时代，我们不能活在一个仇恨自己的世界之中。这个时代，曾充溢着美德，也曾罪恶连连，如今它的帷幕已缓缓拉上。我们应为历史久远的美德而战。那，什么是美德呢？帕特洛克罗斯[②]的马为战死沙场的主人而呜咽。死者长已矣，但阿基里斯却回到了战场，胜利是必然的，因为友谊刚刚在此被扼杀：友谊是一种美德。

承认无知、拒绝狂热、相信世界的界限和人的界限、为了爱人的面庞而追寻美——认同了这些，我们将与希腊之民为邻。从某种程度来讲，历史并不是沿着我们所设想的方向前行的。创造和探索的争斗决定了历史的走向。尽管艺术家赤手相搏并为此付出了代价，我们仍希望他们取得胜利。这样，黑暗的哲学将会被打破，其胜利也将在炫目耀眼的海上慢慢退却。哦，白昼之思啊，特洛伊战争远不只是战场的搏斗！现代都市那可怖的城垣将再次倒塌，向世人传达"灵魂如海水般平静"的美——海伦的美。

1948年

[①] 译注：圣埃克苏佩里，法国作家。
[②] 译注：帕特洛克罗斯，希腊战士，死于特洛伊战争，阿基里斯的好友。

弥诺陶洛斯[①]或奥兰小憩

[①] 译注：弥诺陶洛斯，希腊神话中的人身牛头怪物，为帕西法厄和她爱的公牛所生；被禁闭在克里特代达罗斯造的迷宫里，后被忒修斯所杀。

致
皮埃尔·加林多[①]

这篇散文要追溯到1939年。读者需将此铭记于心,从而与今日的奥兰有所区别。事实上,这座美丽的城市直至今日都抗议不断,这使我有理由相信它的一切不完美之处都已(或将会)被弥补。另一方面,本文所颂扬的奥兰之美也招致了他方的嫉妒。奥兰是个美丽而现实之都,她不需要更多的读者,她在等候您的大驾光临。

1953年

再无沙漠,再无岛屿,然而却有了需要之感。为了理解尘嚣,人必须偶尔远离尘嚣;为了更好地服务他人,人也必须与之有所距离地过上一段时日。然而,他从何处可以寻得独处而得以养精蓄锐,如何深呼一口气以平息心智的纷扰,让勇气重知其深浅呢?这全在大城市之中。简言之,都市之中,这些条件均已备齐。

欧洲之城给我们带来的多是昔日的喧闹熙攘。在那里,有经验的耳朵能够识别出振翅之声与灵魂的悸动。在那里,我们可以感觉到多少纪元、多少革命以及沉淀下来的名声盘旋在城市之上,令人眩晕。在那里,你绝不会忘记,就在这一系列的喧嚣之中有了西方文明。这一切不足以产生静寂。

巴黎常常是人之内心的沙漠,但某些时候,拉雪斯神父墓[②]高高刮起的变革之风,猛然间让这片沙漠遍是旗帜和堕落的荣光。佛罗伦萨、布拉格和西班牙的某些市镇也是如此。没有了莫扎特,萨尔茨堡也会平和一些,但萨尔扎河[③]上时不时会响起唐璜投身地狱时的那伟大而高傲的呼喊。维也

---

① 译注:皮埃尔·加林多,奥兰一家粮食进出口公司的合伙人。1938年加缪与之相识,并结为挚友。

② 译注:拉雪斯神父墓,巴黎的一块墓场,许多名人皆葬于此。

③ 译注:萨尔扎河,又称盐河,一条贯穿萨尔茨堡的河流。

纳看似静默；但在诸城市之中，她还是个少年。她的石头还不曾有过三个世纪之久的历史，年轻的石头是不会有忧郁之感的。然而，维也纳处于历史的岔口。她的四周还回荡着帝国相轧的余音。那些夜晚，天空弥漫了血色，环形纪念碑的石雕战马看似展翅待飞。在转瞬即逝的片刻，一切勾起了强权与历史的回忆，此刻，你会清楚地听到波兰联队的冲锋与奥斯曼帝国的轰然倒塌。当然这也不足以产生静寂。

无可否认，人们在欧洲大陆找寻的是在他处才有的孤独和寂寞。至少，人生有所追求的人是这样。在这里，他们能够选择他们的伙伴，要么带走，要么离他而去。有多少的心智徘徊在了旅馆房间到圣路易斯岛①的路途上！确实，在这里，也有些人死于孤独。对第一类人来说，无论如何，他们总能在巴黎找到自我成长、自我肯定的理由。他们既孤单也不孤

---

① 译注：圣路易斯岛，巴黎市中心塞纳河上的一座小岛。

单。数百年的历史和美、昔日千条生命的炽热证词,这些沿着塞纳河畔与他们为伴,并向他们诉说着条条传统和种种征服。年轻会敦促他们迎合这个伙伴。也曾有过一刻或是一段时间,它不受欢迎。面对巴黎无边的老旧与陈腐,拉斯蒂涅①高呼:"这是我们俩之间的事!"。两个,是的,但这仍太多!

沙漠自成意义;它欲壑难填,诗歌也湮灭其中。尽管有着世上一切的忧愁,它却仍是一块神圣之所。但某些时候,心之所需不过就是一块诗歌全无的地方。打算默思冥想的笛卡尔选择了他的荒漠——那个时代最为繁华的贸易之城。在那里,他找到了孤独和时机,谱写了或许是我们雄壮诗歌中最宏伟的一曲:"箴言一,永不接受任何真实之物,除非吾知其确实如此。"这有些壮志缺缺且留恋之感有过胜之嫌。但在过去的三百年里,阿姆斯特丹却出现了大量的博物馆。为了逃避诗歌而又能重获石头的平和,我们需要其他沙漠,其他没有灵魂、无须救赎的场所。奥兰正是这样的一个地方。

---

① 译注:拉斯蒂涅,是巴尔扎克《人间喜剧》中的一个主角。他在巴黎大都市的诱惑下一步步利令智昏。

街道

我常常听到奥兰的百姓抱怨："这里有趣的小集体一个也没有。"不错，确实没有！你也一定不想要！一些头脑清醒的人士曾试图把另一个世界的风俗引入到这片沙漠，而风俗之选择皆忠实于这样的原则——若不联合，艺术与思想便无法进步。①结果，这些尚存的有所教益的小团体不过是些纸牌社团、拳击爱好者或保龄球俱乐部和当地的一些组织机构。在这里，至少，质朴的思想占了上风。毕竟，这里存有某种高贵，它不会让自己之名附在高远险峻之上。它天生贫瘠无望。这些想找寻此物之人需离开"社团集体"，走上街头。

奥兰的街道注定是尘土飞扬、砾石遍地。若是下雨，这里洪水滔滔，宛如菏泽之国。然而无论阴雨绵绵还是阳光普照，街头的店商都会一如既往，摆出奢侈荒谬的行头。欧洲和东方的一切恶俗业已聚集于此。这里你会找到旋转滑梯、灰色的长腿猎狗、悠然的芭蕾舞演员、狩猎女神戴安娜绿色塑料装的玩具、掷铁饼的人、稻田收割者以及一切生日和婚礼馈赠的小礼物，或一整套摆出痛苦表情的小雕像，它们被有商业头脑的快乐精灵召唤出来并摆到了我们的壁炉前。人们对这种糟糕品味的坚持有着巴洛克式的一面，这使得你会忘记一切的不快。在这里，满是灰尘的盒子里承装的本是在商店橱窗背后的东西：让人生畏的畸形脚趾的石膏模型、恶作剧称"每幅只要一百五十法郎"的伦勃朗的油画、三色的钱包、十八世纪的彩粉画、长毛绒制的呆板驴儿、有着用于保存绿色橄榄的普罗旺斯之水的瓶子以及一个木质的不幸少女雕像。她的脸上还露着不适宜的微笑，这样没有一个行人会过而不见，"管理层"在她的底座上还插入了一张卡片，上写"木质少女"。在奥兰，你还能够发现：

1) 咖啡馆光滑的柜台上有着少许苍蝇的腿脚和翅膀，老板总是微笑满

---

① 原注：我在奥兰就曾遇到过果戈里笔下的克莱斯塔托夫。他那时打着哈欠说："我感到我将很快志存高远。"

面，尽管他的咖啡馆常常空无一人。一小杯黑咖啡要花去十二苏①，而大杯的十八苏。

2）自感光纸发明以来，摄像师的工作室就没有太大的进步。他们会展示一些街上不易见到的东西，要么是一个倚在桌案的水手人型，要么是田园背景下穿着放肆、搔首弄姿的适龄少女。我们能够猜到，这不是来源生活的肖像，它们是创造之物。

3）葬礼的摆设也品种繁多，富于教益。倒不是因为较之他处，奥兰辞世之人更多，我猜测只是生于奥兰的人们太多。

这个国度，商人的天真烂漫也颇吸引人，甚至在他们打出的广告中也有所展示。在奥兰一家电影院的传单中，我居然读到了一则三级影片的广告。我注意到它用的修饰词语："奢华"、壮美、不同寻常、令人惊异、瞠目结舌以及"硕大"。最后，电影院告诉公众，它们牺牲巨大才呈现出了这部震惊四座的"现实大作"，但票价公道，没有增长。

要是认为这种爱的夸张仅是南方特有的表现，那你就错了。相反，这张绝妙传单的作者们透露了他们的心态。在这个国家，一谈到抉择的问题，两出表演、两个职业，甚至常常是在两个女人中的选择，你都必须要战胜那种深邃的冷漠和无动于衷，这种感觉你随处都会有体会。人们只有被迫如此才会下定决心。广告就是清楚这一点。因为同样的缘由，它处处揉入美国的成分，一切只为了能够提升票房，使之风靡。

奥兰的街道向我们倾诉了本地少年的两大主要愉悦：把鞋擦锃亮并在大街上秀出这些靓鞋。为了清楚地了解这些愉悦，你还是先找个星期天早上十点的时间，把鞋交给加利尼②大街的擦鞋匠。稳坐在高高的扶椅上，看到其他那些热爱自己手中工作的人，即使是一个毫不起眼的人也能感觉到那里

---

① 译注：苏，法国旧时的一种低面值硬币。
② 译注：加利尼，巴黎地铁3号线东站。

特有的满足。奥兰的擦鞋匠给你的感受也是如此鲜明。他们的工作细致入微。几个鞋刷、三种布料、掺杂着汽油的乳膏。你可能会想，柔软的鞋刷刷出完美的光亮，整双鞋焕发活力之时，他们的工作就结束了吧。其实不然，那只忙个不停的手依然会再次将鞋油涂在光洁的表面，揉啊，搓啊，让乳膏渗透到皮革的深处，然后同样在那把软刷的滋润下，皮革的深处由内而外地焕发出了双重而完整的光润。之后，这样的奇迹就再呈现到诸位鉴赏大师的手中。为了在大街上欣赏这种快乐，你一定要看看每晚在城市的主干道上属于年轻人的假面舞会。"奥兰社"中，年龄在十六到二十岁之间的小伙子们从美国电影中借用些华丽的形象，在外出吃饭前就把这些梦幻的礼服穿在身上：毡帽斜戴，盖过左耳，露出右眼；如波浪般的卷发，油光可鉴，从礼帽下摆稍稍突出；脖子上围了一个大大的衣领以应对凌乱的散发；领带后细小的结点因一根定型针固定到位；齐腰的外套紧贴臀部，下身配有亮色而颇显招摇的短裤，脚上穿着炫目耀眼的三孔鞋。每天晚上这些年轻人行走在人行道上，他们有着金属尖端的鞋叮当作响。在所有借用的形象之中，他们对克拉克·盖博的仪态、气质和优越之感如痴如醉并纷纷效仿。因为这个原因，当地一些挑刺的主儿通常借用了谐音之便，戏称他们为"克拉克"①。

  无论如何，下午晚些时候，奥兰主要的几条大街上都会被大批迷人的年轻人所占领，他们不怕麻烦却酷似一群不良少年。依据奥兰的风俗，这些善良的流氓们往往能够俘获那些少女的芳心。同样，这些女孩的举手投足间都带有着美国流行女星的时尚和华贵。于是，同样的那群睿智之士称她们为"玛琳"。因此，夜间的大街，当棕榈树百鸟齐鸣之时，成群结队的克拉克和玛琳们相聚在一起。他们相互端详打量，活力十足，因崭露头角而开心雀跃，就这样，沉浸在一个小时的极度欢愉之中。那时也有亲眼目睹之人。嫉妒的人会说，这是美国式的集会，字里行间道出了年过三旬、与此消遣缘分

---

  ① 译注：法文中"Clarque"一音与英文中的"Clark"相近。

已尽之人的辛酸。他们已无法再次领略这些充满年轻浪漫之色的日常集会。事实上，这些是印度文学中才见到的百鸟团聚之景。但奥兰大街之上，无人讨论或担心如何臻于完美。这里只有振翅待飞的雄姿、爱惜羽毛的骄傲之色、风情万种的胜利之态以及无忧无虑的放声歌唱，那旋律盘旋于夜空，久不能消逝。

在这里，我能听到克莱斯塔托夫的言语："我将很快意于高远之物。"唉！他是完全能够做到啊！若是有人敦促，他必会在这片沙漠久居些时日。但是当下，一个有些神秘的灵魂必须在这个伶俐乖巧的城市之中解放自我，然而这里的女孩虽有万般颜色却无法调动情感，虽知卖弄风情，但她们拙劣的掩饰一下子就会被戳穿。意在高远之物！想想看：屹立于岩石之中的圣克鲁兹、那群山、那一平如镜的海洋、那狂暴之风、那太阳、港口处那硕大的起重机、那火车、那机棚、那码头、沿城市之岩攀缘而上的巨型斜坡，以及城市之中的些许消遣之物、这厌倦、这熙攘之声和这独处的静谧。的确，或许，所有这一切称不上高远。但是这人口甚密的群岛，它们的伟大价值就在于，在岛屿上心灵无可遮护。唯有在喧闹的市镇中，沉默方可独善其身。阿姆斯特丹，笛卡尔在给巴尔扎克的信中写道："我每天外出走在庞大人群的混乱之中心中一片自由和宁馨，与你花园小径的漫步别无二致。"[①]

[①] 原注：毋庸置疑，为了缅怀这些美好词语，奥兰的一个报告和讨论俱乐部最近就成立了，其名曰"我思故我在"。

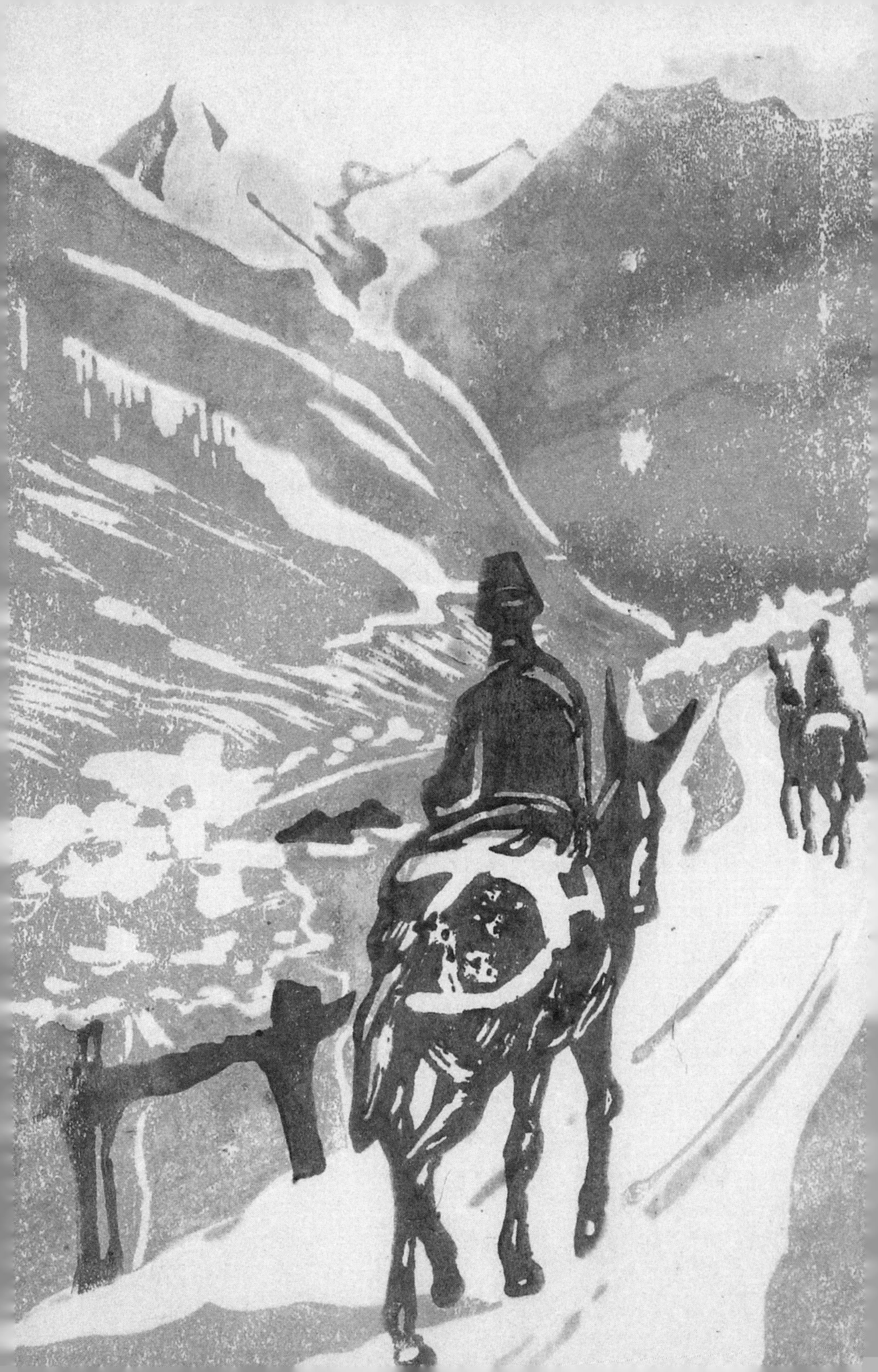

奥兰的沙漠

有感于面对并生活在一幅壮丽的风景画之中,奥兰之民业已克服了那可怕的磨难煎熬 ——城市中到处是些相貌丑陋的建筑物。我们期待寻找到一个面朝大海、夜晚海风拂面的城市。而除了西班牙之角①以外,你会发现奥兰是一座四面城垣,背朝大海的城市。在建筑时它已经背朝着自己,如同一只蜗牛。奥兰是一个巨大的环形城市,它的赭黄色城墙在铅灰色天空中若隐若现。一开始,你在这迷宫中徜徉,你会寻找大海,把它作为阿里阿德涅②留下的记号。但是当你在这苍白压抑的大街上左拐右转,直至最终弥诺陶洛斯吞噬了奥兰之民:这弥诺陶洛斯就是厌倦。奥兰的人们业已放弃徜徉,他们接受被吞噬的命运。

我们无从知晓哪块石头不能远至奥兰。在那些灰尘弥漫的城市中,鹅卵石就可称王。颇为值得赞赏的是,商铺的主人会把它放在橱窗之中,以镇纸物,抑或仅仅是为了展示之用。成堆的卵石沿街堆放,无疑让人赏心悦目,一年以后这堆石头依旧会摆在那里。任何从这个单调的王国中获得了其诗学之物都有着一副石头的面孔。商业繁华地段,你会发现百十棵沾满灰尘的大树。它们是石化的生物,连枝叶都散发出一种刺鼻的粉尘之气。阿尔及尔,阿拉伯人的墓碑有着一种众人皆知的怡然。奥兰,拉斯艾艾因③峡谷之上,面对着大海,与蓝天齐高的是白垩脆石园。在这里,太阳以其熊熊烈焰夺其目燃其魂。在光秃秃的石块间隙中,紫色天竺葵不适地探出头来,以它的生气和鲜红的血液点缀着这片大地之景。整个城市因这多石的母岩而赖以巩固。从这花坛处放眼望去,周围的悬崖峭壁深不可测,这景色因此变得虚幻,石块繁余。在这里,人是非法之徒。美丽如此沉重,好似来自另一个世界。

---

① 原注:新大街称为滨海街。
② 译注:阿里阿德涅,希腊神话中克里特国王弥诺斯与帕西淮之女,给了忒修斯一个线团,助其逃出弥诺陶洛斯的迷宫。
③ 译注:拉斯艾艾因,奥兰城西的峡谷。

倘若沙漠被定义成全无生气、天空独自为大的不毛之地，那么奥兰一直在等待着先知的到来。城市的周围和上空中，在她热情奔放的魅力之下，隐藏了非洲原始的野蛮本性。她引爆了她所遮蔽的一切不幸场景；她放声尖叫，声音穿透了所有房屋，越过了一切的屋顶。假如有人攀爬在通往圣克鲁兹山的丛道上，映入眼帘的首先是散布于奥兰各处的彩色方块城堡。往高处望去，那高原周围已然错落的峭壁犹如一只只兽禽蹲伏于海中。若是再往高去，他将会发现，风与太阳形成的巨大旋涡扫过四野，净去了浮沉，并遮掩了这个在巨石景观之上杂乱无章的不洁之城。其对立就体现在了人类壮美的混乱无序和与大海永远的波澜不惊。这足以让生命的惊愕之气沿着山间小道一步步蜿蜒而上。

沙漠也有郁郁难平之事。奥兰，矿物的天空、街道与树丛都蒙上了一层尘土——所有的一切都协力创造了这密不透风的宇宙，于是，心灵与神智皆无法摆脱自我，也无法从它们的客体——人，那里逃出生天。在这里，我说的是，很难找寻到静修之所。修书立传最好在佛罗伦萨或雅典城。这两个城市塑造了许许多多欧洲式的心智，其后必隐藏了某种意义。它们能催人泪下也可以让你慷慨激昂。它们也能够给予记忆的食粮，满足精神上的饥渴。但是你若身处一个无以魅惑心智的城市、一个四处皆为无名之丑的城市，一个将历史还原成无物的城市，你如何才能被感动呢？虚空、倦怠、冷漠的上苍，这样的地方魅力又在何方呢？孤独无疑便是它的魅力，或许，人类也是其一。

就某个民族而言，人类绽放美丽之地需是一片苦涩的原始大陆。而奥兰便是这大陆千百个首府之一。

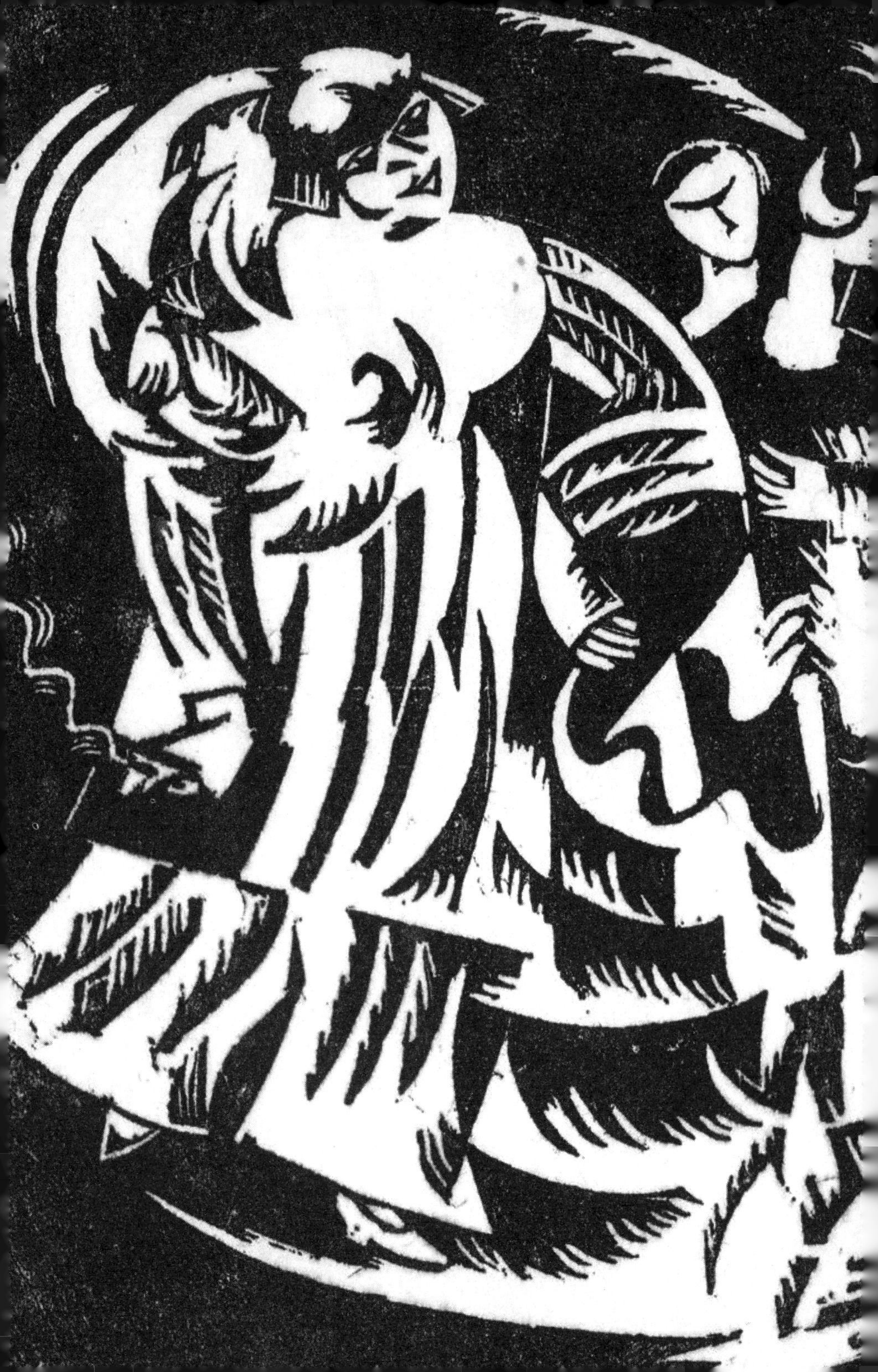

运动

奥兰丰布克街①上有个称为"中央体育俱乐部"的地方，每晚都会有一场拳击赛。人们坚持认为，真正的拳击爱好者绝不会错过。换句话说，它的意思是，海报上列出的选手绝非明星大腕，他们中的一些甚至是首次亮相擂台，因此若你技艺不精，倒可以赌一下对手的勇气不足。一个本地人向我信誓旦旦地保证"鲜血直流"，这倒是让我热血沸腾了一把，那天晚上，我也掺和到了真正的拳击爱好者队伍之中。

但后者显然从来不知什么是温文尔雅。擂台自然就设在四壁涂有白石灰的车库后方，擂台外包上了刨光的锡铁，强光下十分晃眼。绳索周围安放了一排排折椅，它们呈正方形的放置。这是"荣誉之擂"。赛场的绝大部分空间都摆满了席位，但座位后面多少也留出一片被称为"休息室"的巨大空间，毕竟这五百个买票进来的观众总有一两个身体不好的需要拿出手绢，出来走走，这样就不至于酿出大祸。这个长方形的盒子里共同呼吸和生活了上千号男士和两三名女士——据我的邻座称，这是些"想找新鲜乐子"的人。每个人都汗如雨下。等待"希望之星"对决的当口，一台巨大的留声机不断播放着提诺·罗希②的唱片，这倒像是谋杀前的镇魂歌。

真正的拳击爱好者是能够按捺性子等待的。说是九点钟进行的拳击九点半还没有开始，不过无人抱怨。暖春，衣袖中散发的体味甚是激动人心。配合一阵阵爆起的柠檬苏打汽水的开瓶声和那位科西嘉歌手不知疲倦的忧伤曲调，观众席也在进行着热烈的讨论。聚光灯将刺眼的强光投向擂台之际，迟来的人进席便要颇费些周章了。此时，希望之星们的搏击开始了。

这些希望之星，抑或因为有趣而初涉此道的小伙子们，为了证明拳击之美，总是期望着在最初的几次交锋中就打得对手落花流水，从而往往无视技术。他们的比赛从来就不会超过三个回合就已经分出胜负。从这一点来看，

---

① 译注：丰布克。
② 译注：提诺·罗希，流行歌手、电影演员，法国科西嘉人。

今晚的英雄莫过于平日里在咖啡街那边做着卖彩票营生的年轻的"飞机男孩"。当然，他的对手也好不尴尬，在第二局的一开始就被他以一记胜似螺旋桨的勾拳击飞出了擂台。

人群中此时有些激动，但这还算出于礼貌，有些克制。在跌打药剂的神圣气味之中，人们的呼吸变得粗重。他们密切注视着这一幕幕缓慢进行的仪式和不规范的祭品。惨白的墙上倒映出那些选手取悦神灵的身影，一切让他们倍感真实。野蛮宗教的祭典序章就此从容地奏响。那催眠的音符直至后来才慢慢消退。

于是喇叭中传来了下一场比赛的预告，由阿玛尔，"未尝败绩的坚韧奥兰之民"，对阵法勒斯，"阿尔及尔的强打者"。从未看过比赛的新手会把观众的叫嚷之声错当成是对台上拳击手出场的致意。他可能会想象一些快意恩仇的对决——这些选手要在台上了断观众早已耳熟能详的口角。说实话，他们要做一了断的正是这口角之争。不过，这更是阿尔及尔和奥兰不共戴天的百年之争。在历史的长河中，这两个北非城市就已常常相互攻讦，与较之而言尚处幸福时代的比萨和佛罗伦萨之间的倾轧同出一辙。选手之间的对抗会更加激烈一些，尽管可能没有什么缘由。既然他们之间没有任何相敬如宾的原因，那么相互憎恶就更加相称一些。奥兰人指责阿尔及尔的市民，说他们是"骗子"。阿尔及尔之民则意指奥兰人土气。由于都是些形而上的东西，他们之间看似还有一些更为血腥的斥责之声。既然双方势均力敌，谁也压不住谁，奥兰与阿尔及尔便在体育、数据和市政工程上相互比拼，一较高下，甚至相互侮辱。

于是历史的一页在擂台上展开了。坚韧的奥兰之民在千名观众的呐喊和支持下，用生命和城市的骄傲来防御法勒斯的攻击。事实如此，我不得不承认阿玛尔的争论进展不顺。他的论证有一个缺陷：臂展不足。相反，阿尔及尔的强打者则有了争论必备的出拳臂展。他的拳头让人信服地落到了对手的眉骨之间。疯狂的观众之中爆出了一阵喧嚷——奥兰人挂了彩，流血不止。尽管楼道和我的邻座不断加油助威，尽管有无畏的叫嚣："杀了他！""打倒！打倒！"有细声窃语"不公平！""看，裁判漏吹了那个！"有乐观的估计，"他已经筋疲力尽了。""他一拳就能打倒。"然而在场下的一片嘘声之中，裁判宣布阿尔及尔的选手靠着点数获得了胜利。倾向于谈论体育精神的邻座不停地鼓掌并侧过身来和我说话。由于周围的喧哗之声，他的声音依稀能分个大概："这样，他回去阿尔及尔，就不能再说我们奥兰是野蛮人了。"

纵观场下的看客，一场节目单上没有的争斗爆发了。人们挥舞着椅子，警察不得不清出一条道来，场中的气氛达到了顶点。为了安抚这些淳善之民，让擂台回归寂静，比赛的"管理层"没有片刻的倦怠，喇叭中立刻响起了军乐《马斯河和桑布尔河》。不一会儿，观众脸上露出了剑拔弩张的战争之色。惶恐的好战分子和那些跳出来进行裁决的好事之徒在警察的簇拥中被请出了赛场。楼道里一片欢腾，要么"喔喔喔"地纷纷叫嚷，要么模仿淹没在军乐那不可抗拒的洪流之中的嘘声，要求继续剩下的比赛。

但此时广播或者一场大的搏击足以让场下恢复平静。虽然突如其来，但并不做作，犹如表演一结束演员们马上离场一般。观众对此亦漠不关心，他们掸掸帽子上的尘土，把椅子放回原位。顷刻间，所有人的脸上露出了和善的表情，与坐在观众席上已经为全家人购买了演唱会门票的那个受人尊敬的客人无二。

最后一场比赛是海军拳击比赛的一位法裔冠军对阵一位奥兰本土的拳击手。这次，臂展对后者有利。不过一轮过后，他的优势并没有引起观众的兴致。上次激动的余韵正在慢慢地消退；他们渐渐冷静下来，尽管仍有些气息不匀。倘若他们鼓掌，那也是稀稀拉拉，没有激情。嘘声也失去了敌意。观众分化被两大阵营，这样倒不是偏颇，有助于公平正义。在激情的消耗殆尽之时，每个人的选择遵循了冷漠和无动于衷。如果那个法国佬保持体式，或者如果这个奥兰选手忘记了规则，用脑袋攻击对方，他们都会招致连串的嘘声而心存惭愧，但随后就又有一片喝彩给他们拨乱反正。直到第七局，比赛才初露端倪，同时真正狂热此道之人也开始从疲劳之中缓了过来。说实话，那个法国人体力已经所剩无几，但由于想赢回点数，他又全身冲向了对手。"我以前有没有告诉你？"我的邻座说道，"现在正是最后的一击。"这确实是最后一击。无情的灯光下，这两个拳手大汗淋漓，他们放弃了防守，皆闭上了双眼，向对方冲去。肩膀对肩膀，膝盖对膝盖，他们推搡着，血流交织在一起，鼻孔亦发出愤怒的喘息声。观众席上，所有的人都整齐划一地站了起来，不时地打断着这两位英雄的努力。他们似乎也遭受到打击，将会反弹回去，并使之回荡在千名观众空洞的喘息声中。同样，那些之前随意选择了他们喜爱选手的观众也始终如一地固守着他们的选择并积极地为他呐喊。每隔个十秒钟，我的邻座就会发出震耳欲聋的叫喊声："坚持住，水手；冲啊，海军！"而我们正前方的一个男子则朝着那个奥兰的拳手大呼："男子汉，上吧！"男子汉和水手来到了这个由白石灰、锡铁以及水泥构成的神庙，与他们同时闯入的还有一群完全把自己托付于诸神的观众。后者因为经常观看比赛，耳朵也已然变形。当拳头落在另一个选手耀眼的胸肌之上，其沉闷的响声也同样激荡在观众的身体之上。不单是选手，就连旁边的看客也在做着最后的努力。

在这种环境下，平局是难以接受的。诚然，这也与观众的摩尼教众倾向相违背。既然善恶须分明，那么赢输也应明辨。人要么正确要么错误。完美逻辑的结果很快就由一千个精力充沛、大声谴责裁判被收买，或者斥责他们卖分的观众所展现出来了。不过水手还是走上前去，一把抱住了他台上的竞争对手，感受着后者友情的汗水。观众为此也大为改观并报以热烈的掌声。我的邻座是正确的：他们奥兰之民不是野蛮的氏族。

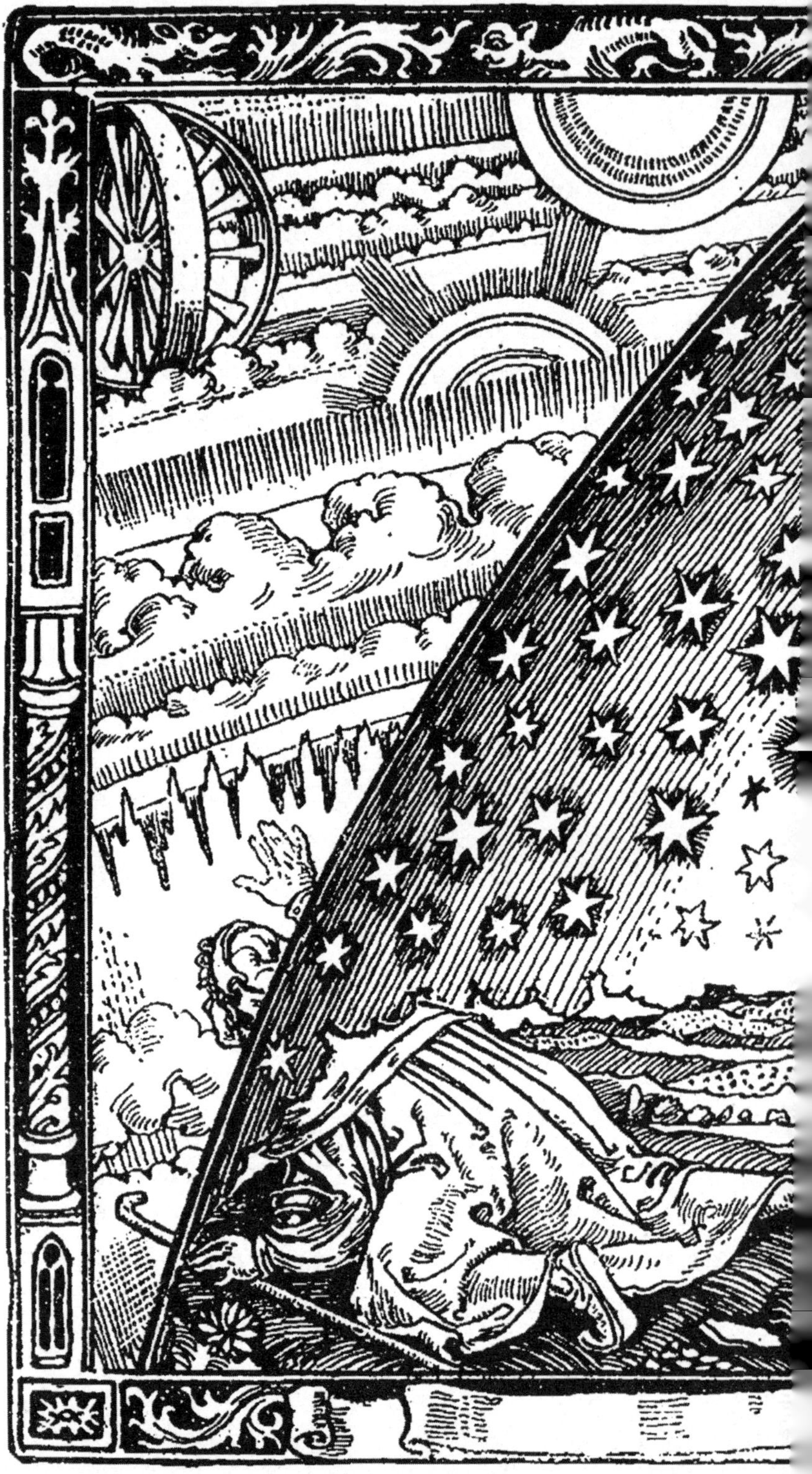

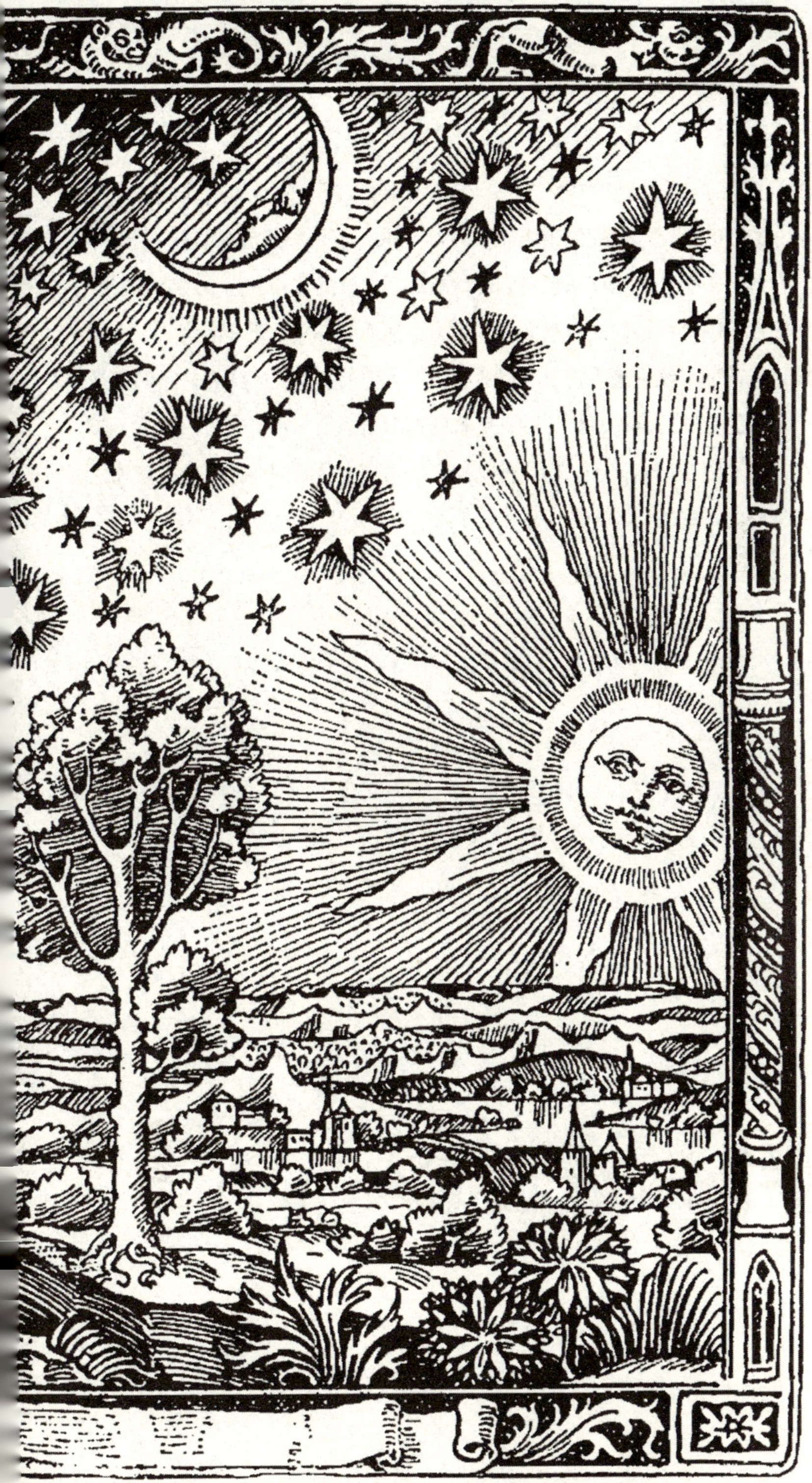

刚刚打完了一场精疲力竭的比赛之后，人群如潮水般涌出，只留下一片满天星斗的寂静夜空。他们似乎连投胎的力气都没有了，走得偷偷摸摸、轻巧无声。有善必有恶——这种宗教信仰是冷酷的。虔诚的教众现在不过成了一群隐没在夜色之中黑白相间的鬼魅而已。因为，强迫与暴力是孤寂的诸神，它们不会给记忆留下一丝一毫，相反，只会将大把大把的奇迹洒向当今。它们正是为这个没有往昔的民族量身打造的，后者则在拳击场上与它们交流、庆贺。庆典的仪式相当困难却简化了一切。善与恶，输与赢。希腊的科林斯也并肩耸立着两座神庙，一曰暴力，一曰需求。

纪念碑

由于许多经济与形而上的原因，奥兰式风格，如果存在，就可能毫无疑义地体现在被称作为科隆大厦[1]的那幢非比寻常的建筑物之中。奥兰不缺纪念碑。这座城市拥有一定比例的帝国元帅、大臣，和当地慈善家的雕像。你会发现这些雕像就放置在满是灰尘的小广场上并任凭其日晒雨淋，久而久之，它们也转化成了倦怠的石头。但无论如何，雕像都代表了来自外部的贡献。在这快乐的北非伊斯兰教盛行之所，它们代表了文明，这倒让人有所嗟叹。

另一方面，奥兰搭建了她的祭坛和讲台纪念并宣传自身的价值与荣誉。在奥兰，由于无数的农业组织赋予了这座城市以活力，因此在商业城市的中心地段，奥兰人民不得不为其建立一个共同的家园。他们相信若是树立一个令人信服并融合了他们种种美德的形象将能够更好地巩固这些美德。基于这种理念，诞生了科隆大厦。从这座大厦来判断，那些美德有三：品味大胆、崇尚暴力以及历史杂糅之感。埃及、拜占庭和慕尼黑都曾参与建造了这座精美的大厦，完成了这个倒碗形状、油酥糕点式的建筑。让人觉得活力无限的五色彩石被引入进来，用于勾勒天花板的轮廓。这些马赛克的饰物纵横恣肆，极具说服力。首先你只能看到一些不规则闪烁的亮点。但你若走近一点并关注这闪烁的话，你会发现这其中的隐含之意：一位系着蝴蝶形领结、头戴白色软盔，举止优雅的殖民者正在接受一列穿着传统服饰的奴隶游行队伍的致意。[2]这座大厦以及它的彩色图案倒映在来往于广场中心的双车厢有轨电车上。这电车的污秽也是这座城市的魅力之一。

奥兰格外珍视供游行之用的达姆广场[3]上的两只石狮。自1888年以来，它们就盘坐于市政大楼对面的街道上。石狮的作者叫做该隐。这些石狮宏伟壮丽，有着粗短的躯体。据说，华灯初上，它们会一个接一个地从墩座上跳下来，默默地绕着漆黑的广场闲庭散步，偶尔在灰尘笼罩的无花果树下方便一

---

① 译注：科隆大厦。
② 原注：正如你所见，阿尔及尔民族的另一品质就是坦诚。
③ 译注：达姆广场。

下。当然，这些只是奥兰人道听途说而已，不可尽信。

尽管曾做了一定的研究，但我对该隐兴趣寥寥。我只知道他有着高超的雕刻技艺，在动物雕刻上享誉盛名。然而，我时常会想起他。这是奥兰特有的一种理性上的天赋。一位名声显赫的艺术家在这里留下了一件不起眼的作品。他把两只平易近人的狮子摆放在了自命不凡的市政大厅前，数十万的居民对此甚是熟稔。这就是一种成功的艺术。要知道，与其他数千件同类作品一样，这两只狮子证明了某种天赋之外的东西。有些人创作了《夜巡》《圣弗朗西斯获得圣痕》《大卫》，甚至是法沙利亚式的浅浮雕《花之称颂》，但与之相反，该隐在海外某个商业行省的广场上雕刻了两个十分有趣的狮子。不过或许某天，大卫与佛罗伦萨一同降落于此，恐怕也只有这些狮子们能够幸免于难吧。我得再重复一遍，它们证明了某样东西。

这一点谁又能解释清楚呢？这作品给人一种既无足轻重又安全可靠之感。精神毫无价值而物质却关系重大。为了坚持永恒之道，平凡想尽一切之法，甚至是把自己融入到了青铜雕刻品中。尽管无人赋予它永生的权利，它却在平日的生活中得到了那种权力。它本身真的不是永恒吗？在任何情况下，这种不懈与坚持都更能够撩动人的心弦，这里不仅包含了自身的教谕，也有奥兰所有的纪念碑以及奥兰这座城市本身的教谕。一日一时，它偶尔会催促你注意到一些微不足道的事情。这频频的重现将让心智受益匪浅。从某种意义上说，这是心智的自洁之功，既然它必然有些卑躬屈膝之机，那么在我看来，这个纵情于不智的机缘似乎远胜其他之机。任何瞬息之物都梦想长久。那换句话说，一切事物都永生长存。人间之所出再无太多深意。这样看来，该隐的狮子与吴哥[①]的断壁残垣一样，让人臻于谦和。

还有些其他的奥兰纪念碑。或者至少可以说，这些纪念碑称得上是奥兰之物，因为，它们也都代表了奥兰，尽管可能是以一种更加深沉的方式。这

[①] 译注：吴哥，柬埔寨西北部古高棉国都城，因吴哥窟而闻名于世。

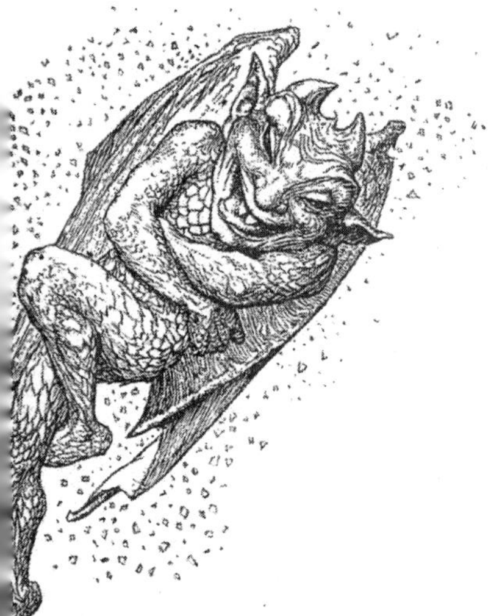

便是如今绵延海岸有近十公里之长的基建工程。显而易见，这项工程是要将这海湾最璀璨的部分变成一个庞大的海港。事实上这又是一个人类与石头交锋之机。

在荷兰的佛兰德，让人印象极为深刻的是频繁出现在某些油画大师作品之中的一个普遍的主题——建造通天之塔：广袤的风景、攀缘而上通往天堂的岩石、人声鼎沸的陡峭斜坡、动物、天梯、奇怪的机械、绳索以及各种滑轮。在作品中，人的存在只是用于对比那非人的浩大无边工程。而这也是城西的奥兰海湾让你产生的感觉。

沿着广阔的斜坡与钢轨，倾卸车、起重机和小火车缓缓而行，在炽热的骄阳之下，如同玩具一般的火车头在汽笛声、尘土与烟雾混杂之中在硕大的巨石之间绕行而过。日日夜夜，它们犹如一列蚂蚁匆忙地穿梭于烟雾缭绕的山脊之间。数十名工人紧紧地抓住一根绳索，沿着悬崖上下作业，他们的服务紧贴着手压钻头的把手，让钻头在真空作业区域内钻上一整天，直至大块的岩石化成粉末急速落下才罢手。然后，倾卸车把一车车的碎石倾倒于斜坡之外；那些岩石犹如一场急雨，猛然落向海里，它们或跳入或滚入海中，每一块巨大的岩石必会连带着些许小块的碎石一齐进入水底。每隔一段时间都会进行爆破，时机要么选在夜深人静之时，要么是白昼之下，但无论如何，这巨大的轰鸣都将撼动了整座山脉，让这海洋本身也泛起了无限的涟漪。

在这无垠的建筑工地上，人类对石头发起了正面的攻击。假如人能忘却这让工程成为可能的残酷奴役，即便只有短暂的一刻，那他必会钦羡。这些从山上脱离下来的石头服务于人、服务于他的计划。在第一波的震荡中，它们堆积在一起，渐渐浮出水面，最终有了一席之地，从而形成了人们与船舶通向浩瀚之海的必经之道。巨大的钢铁之颚永不停歇，不停撕咬着这峭壁的腹部并不时地翻转过来，将溢出的砾石倾倒在水中。随着这海边峭壁高度的不断下降，整个海岸锐不可当，一步步侵蚀着海洋。

当然，石头是不可能被破坏的。它只是从一个地方转移到了另一地方。不管怎样，它都将比使用者有着更持久的生命。眼下，它是满足了人类行动的意愿，而对它本身来说，这可能毫无意义。但是把东西搬来搬去是人的工作；要么就那么做，要么就什么也不做，他必须有所取舍。[1]显然，奥兰之民已经做出了选择。在那冷漠的海港边，他们将长年累月地忙于沿着海岸堆砌石头。百年之后——换言之，明天——他们将不得不再次为之。但今朝，这一堆堆的石山证明了这些在此之中辛勤忙碌的人们，他们忍受灰尘、洒下汗水。可以说奥兰真正的纪念碑依旧是她的石头。

---

[1] 原注：本文针对的是某种诱惑。我们必须要领悟到这一点。唯有完全了解到这些事实，我们才能有所行动。

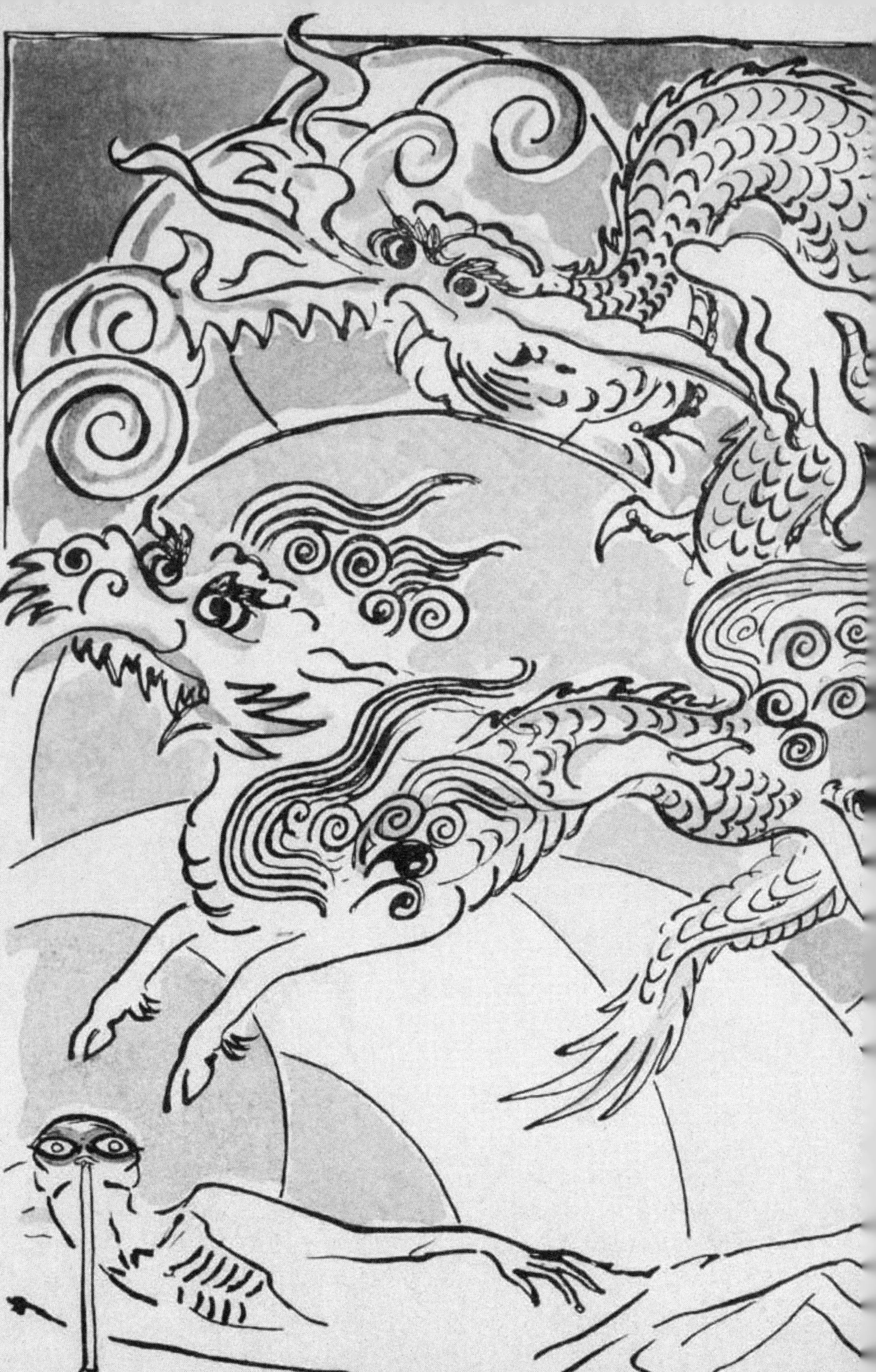

阿里阿德涅之石

奥兰之民像是福楼拜的那位朋友，在他临终之时，看了最后一眼这个无可替代的世界，高呼："关上窗子；它太美了。"他们关上了窗户，封闭了自己，阻隔了风景。但福楼拜的朋友，勒普瓦特万①死了，岁月依旧日日蹉跎。同样，除了奥兰黄褐色的城墙之外，大地和海岸仍然继续着对话而无视他人。相反，人类却往往对世间的这种永恒痴迷不已。它让人绝望，却又使他激动。世界永远喃喃而语着一件事：首先它让人兴趣盎然，然后教人兴渐阑珊，最后它借得顽固而胜出。它永远是对的。

在奥兰的每扇城门之前，自然早已响起了它的声音。在加纳斯特尔②方向，无垠的荒原上满是芬芳的灌木丛。太阳和风诉说的只是孤独。奥兰之上是圣克鲁兹山③，乃高原以及万千入山的峪谷。一度马车通行的驿道沿着高悬海面的斜坡蜿蜒而上。一月里，有些小道上朵朵嫣红。雏菊和金凤花把它们变化成黄白点缀的奢华之旅。圣克鲁兹山，众人皆知。倘若我要谈起它，我必须忘记那些盛宴之日在崎岖山道上攀缘的神圣行列，才可回忆其他的朝圣之旅。静默中，他们走上红石，高踞于一平如镜的海湾之上，在耀眼的阳光中，献身于赤裸，长达一小时之久。

奥兰也有荒漠：它的海滩。在门附近的那些沙滩冬春两季便是人迹罕至之所。它们是长满了水仙的高原。在花丛深处，你会发现许多光秃秃的小茅屋。下方的大海在不停隐隐地呜咽。然而，太阳、柔风、水仙的素白和天穹的蔚蓝，一切都让人幻想夏日——那时到处满是金黄色的青年，他们整日流连于此，莫不期待黄昏倏然而至的柔情。这些海滩上每年都有一季鲜花般的姑娘。显而易见的，她们只有一季的时间。来年新开的热情花儿将取而代之，尽管去年这些小女孩的胴体还如花蕾般硬梆。上午十一时，所有新鲜的

---

① 译注：勒普瓦特万，法国作家，福楼拜的好友。
② 译注：加纳斯特尔，现为奥兰的一个人口密集区。
③ 译注：圣克鲁兹山，奥兰的旅游胜地之一。

躯体身披五颜六色的东西，从高地上轻快地走下来，散开在沙滩上，犹如色彩斑斓的波浪。

要是再走远一些（奇怪的是，那里很接近那二十万人劳作的地点），我们会找一处更为原始的风景：长圆的荒僻沙丘，那儿过往之人留下的唯一印迹便是一间虫蛀了的小木屋。偶尔有阿拉伯牧人赶着一群灰斑的黑色山羊沿着沙丘的顶端前行。夏日的清晨来到世间，似乎最先降临到奥兰乡间的沙滩上。夕阳西下，余晖染黑了一切的色彩，而每一道暮霭似乎都是它所宣泄的最后的肃穆和愤怒。深蓝的海，血色凝结的路，金黄的沙滩，万物皆随绿色的太阳一同消失。一小时后，沙丘便沐浴在了月光之下，然后是星雨连连的夜，美不胜收。偶有暴风雨来袭，闪电的烁光照亮了沙丘和苍穹，也赋予了沙地和人的眸子以橘色的光。

这一切是无法分享的，人们必须亲身经历它。无边的孤独和崇高使这块地方具有了一种难以忘怀的面貌。破晓前的温存时分，在遭遇到第一波苦涩的黑浪之后，一个新的生命勇敢地抵抗着夜间那沉实厚重的海水。这些欢乐依然留下的回忆并未使我有片刻惋惜，因此我认为它们是善的。不移的忠诚是多么的困难啊！而多少年的岁月，这丝丝的喜悦仍然存在于这颗善变之心中。现在我知道，倘若重回那空寂的沙丘，同样的天穹会向我倾泻它的微风和星斗。这块土地天真而纯净。

然而天真也是需要沙石的。人类已经忘却了如何在沙石中居住，至少看似如此。因为，他在这座厌倦沉睡的不平凡之都寻求庇护。这种对峙形成了奥兰的价值。厌倦的首府被天真与美紧紧围住，它被军队团团包围：每块石头都是一名战士。然而，在某些时刻，走出城池投向敌人，这种诱惑是多么大啊！与石头同化，把自己融入那熊熊燃烧也无动于衷的宇宙，唾弃历史及其纷扰——诱惑何其之大！当然，那是徒劳无益的。因为，每一个人心中都具有一种深邃的本能，它既非毁灭又非创造，只是一种与任何事物都不相同的东西。

奥兰,温暖城墙的阴影里,灰尘弥漫的柏油路上,人们有时会听到这种邀请之声。似乎曾几何时,投靠于它的心智从未失望过。这是欧里狄克①的黑暗和伊希斯②的睡眠。这里是思想自我梳理的荒漠,是黄昏抚慰一颗烦乱之心的凉手。在这橄榄山上,守夜是多余的;心智召唤并赞同沉睡的十二门徒。他们真的错了吗?他们最后还是得到了启示。

想想在沙漠中的释迦牟尼③吧。几年来他纹丝不动地蹲在沙漠之中,两眼凝视着上苍。诸神都羡慕他的智慧和磐石般的命运。燕子在他伸展的双手上筑巢。但有一天它们应了远方的呼唤,飞走了。这位抛弃了名、欲、利、难的苦修者开始啜泣。于是,花朵儿在岩石上绽开。是的,必要之时让我们接受石头吧。我们希冀透过人的面孔得到秘密和狂喜,从石头那儿我们也可以知道这些。不错,石头不能长存。但究竟什么可以永存于世呢?人脸的秘密退却了,我们又被套上欲望的枷锁。即使石头不比人心,对我们贡献甚伟,但那至少也会和他一样。

"哦,一切皆是虚无。"数千年来,这句伟大的呼喊让百千万的人奋起反对欲望和痛苦。它那将熄的回声跨越了世纪与海洋,到达了那遥远的古老之海上。那声音依旧沉闷地回荡在奥兰的山崖上。这国度中的每一个人都不自觉地遵循着这项忠告。当然,这几乎是徒然的。绝对之能尚不可求,何况虚无之空呢?但既然要求我们要么接受玫瑰,要么接受人类的苦难,理解了其中的永恒讯息并甘之如饴,那就让我们也不要拒绝这个世界所提出的罕见邀请——一起睡去吧!因为二者蕴含了同样多的真理。

这或许就是走出这梦游之都、狂乱之都的阿里阿德涅的线头吧!在这

---

① 译注:欧里狄克,希腊神话中奥菲尔之妻,在她被蛇咬死后,奥尔甫斯设法使她能够从阴间返回阳间,但条在走出冥界之前他回头看了妻子,违反了冥王的规定,欧里狄克随即化作了石头。

② 译注:伊希斯,古埃及神话中司生育和繁殖的女神。

③ 译注:释迦牟尼,公元前1027—949,本是古印度迦毗罗卫国(今尼泊尔境内)的太子,后得道成佛。

里，人们学会了某种厌倦的德行，尽管这只是暂时而为之的。为了避免一死，人们必须对弥诺陶洛斯"唯唯诺诺"。这是一种历史悠久却卓有成效的睿智。海上，红色峭壁的底部静默无言，但在一左一右的两块庞然山岬之间，你会寻得一种微妙的平衡，这种平衡亦随着海流倾泻，沉入清澈的水底。远方，有一艘海岸警卫的船只沐浴在明亮的光辉中，缓缓巡行。在它的一呼一吸中，我们似乎可以清晰地听到闪着微光的力量所发出的一声声模糊却异于人类的呼唤：那便是弥诺陶洛斯的道别。

正午时分，白昼平衡在天秤之上。在旅人的庆典之后，他会得到解放的报偿：小小的石头，如水仙花一般干燥光滑，那是他在山崖所拾。对一个入世未深的人来说，这世界并不比这石头重上多少。阿特拉斯①的工作并不困难，一个人一个小时就足够了。然后人们就会了解到，这些海岸会整个小时、整日或整年沉浸在自由之中。它们欢迎过僧人、公仆或征服者，却是在匆忙之间，甚至没有看过他们一眼。有些时日，我期盼在奥兰的街道上遇见笛卡儿或凯撒·博尔吉亚，却没有遂愿，也许旁人的运气会好些。伟大的事迹、伟大的作品、刚健的冥思旧时常用来召唤沙砾或修道院的孤单。在那儿有全副武装的守夜精灵。除了在一座以非知性之美筑造的大都市有空虚之感之外，它们还能在何处得到更大的礼赞呢？

这里有小石，光滑如水仙。这是万物的开始。花朵、眼泪（如果你坚持的话）、分离和斗争都是明日之事。正午，在广袤无垠的铿锵太空之中，光明之泉迸发自天穹，海岸上所有的岬角好似启航的舰队。这些沉重的光明石舟摆动着它们的龙骨，仿佛要准备驰向日光普照之屿。哦，奥兰乡间的清晨啊！燕子飞过高原，便一头扎入那巨大的山谷，那儿气流滚滚，川流不息。整个海岸已准备待发；一股冒险的热情激荡于身。明天，也许，我们将一并同去。

1939年

---

① 译注：阿特拉斯，希腊神话中被罚以双肩掮天的巨人。

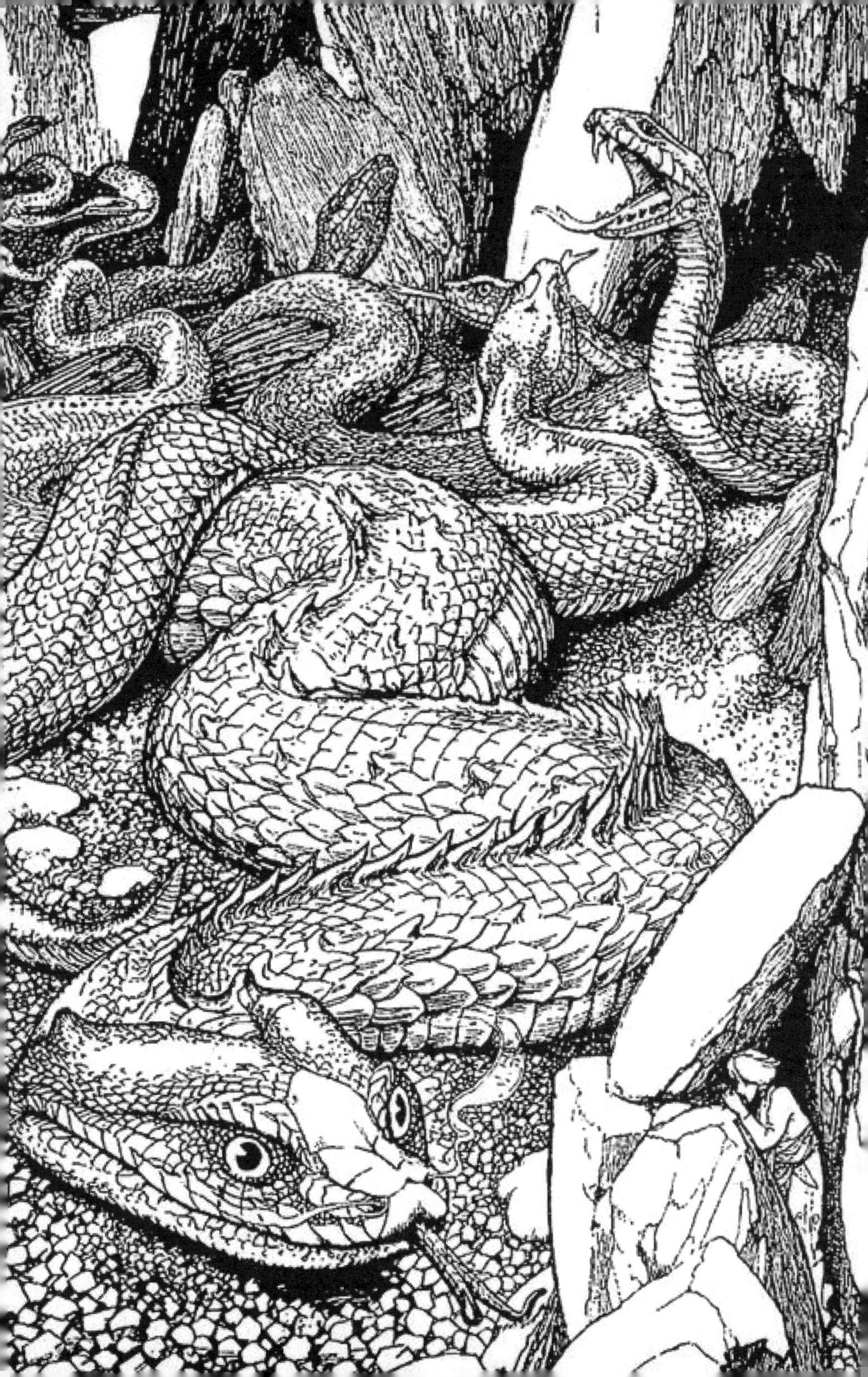

重返提帕萨

> 你,一颗狂暴的灵魂,愤然远离了生你养你的家园,漂洋过海;如今你定居在了一片陌生的土地上。
>
> ——美狄亚[①]

阿尔及尔,雨一连下了五天,从未间断过,最终连大海也因此湿润了。这连绵的大雨仿佛是从无穷无尽的天河中倾泻而出,靡靡的稠雨一齐涌入了海湾。此时,柔和而略显灰白的大海宛如一块巨大的海绵,在若隐若现的海湾里缓缓地起伏着。乍看之下,大雨之中,海面似乎仍一平如镜,只是时不时地会有那么一股几乎察觉不到的暗流翻涌起来。远处,一股薄薄的烟雾依稀可见,它从海面中升起并沿着海港方向,划过湿润的林荫人道,飘抵了码头。城市里所有乳白色的墙壁都在滴水,整个城市散发出一种独特的水汽。这水汽挥发开来,与第一缕暮气相互融合,就好像无论你走在哪里,你闻到的是水而喝到的是空气。

十二月的阿尔及尔,我端起一杯泡好的清茶,一边踱着步子,一边等待着。对我而言,十二月的阿尔及尔却是夏日之城。我从欧洲夜晚的那些冷若寒霜的浮世众生中逃将出来。可这夏日之城却也一反往日的欢笑,在这里众人弯下腰身,转过身去,以背相迎。晚上,我则躲在一家光线昏暗的咖啡馆里,从一张张不知所谓的脸上读出了我的年纪。我只知道他们曾经与我一样无限年轻,而今他们也不复当年了。

尽管我不是十分清楚我在等什么,但我坚持了下来。或许要等到重回提帕萨之时,我才会如梦方醒吧。一个人在不惑之年想要重回自己年轻时待过的地方并且还要重温自己热爱并乐在其中的二十岁生活,这种想法肯定是疯狂无比,几乎是要受到道德惩罚的。可对于那种疯狂,预先就有人警告了我。战火纷飞的年代耗尽了我的青春。打那战争结束不久,我就曾踏上过提帕萨的旅

[①] 译注:美狄亚,希腊神话中科尔喀斯国王之女,以巫术著称,曾帮助过伊阿宋取得金羊毛。

程。我想我还是希望在提帕萨重获那难以令人忘怀的自由的。二十多年前，就在这里，我每日清晨都在断壁残垣中徜徉着，大口呼吸着苦艾草的芳香并倚着石头给自己取暖。要是发现有挨过春天的小玫瑰，我还会立刻扯下它们的花瓣。只有在晌午时分，在蝉仿佛不堪其苦、不再鸣叫的那个时段，我会躲避天空射下的那贪婪地吞噬一切的强光。偶尔在流星划过的夜空下，我在睡梦中也睁开了双眼，观察着星空。那时的我感觉自己是活着的。十五年后，我找到了当年徜徉的废墟，它就在第一波海浪所及之处几英尺外的地方。我沿着大街走在这座被人遗忘且自固封畛的城市中，穿过满是苦楚之树的田野，最后来到斜坡之上。我俯视着草垛，依旧轻抚过有着面包一般颜色的塔器。然而现在废墟的周围布满了带刺的铁丝网。若想要进去，就只能穿过某些较大的缝隙。废墟也是禁止入内的，似乎是因为人们的道德观只允许我们晚上在那里走走；而白天，在那儿，你则会碰见了一名政府派来的守卫。那天早上就是这样，整个遗址都浸浸在雨中。

　　我徒步穿过潮湿孤独的乡野，渐渐迷失了方向。至少，我极力想重新获得那种目前还一直埋藏在心底的力量。我曾经承认我无法改变这股力量，但也正是这股力量帮助我接受了现实。我实在无力让时间倒流，也不能使那个在我很久以前就十分喜爱却在一天之内便消失的景色复归这个世界。实际上，1939年9月2日的我并没有按计划去了希腊。相反，战争降临到了我们的身上，然后随即蔓延到了整个希腊城邦之中。那天，当我站在盛满黑水的石棺前或是湿漉漉的柽柳下，这种陌生的距离感、这些将温暖的废墟与铁丝网独立开来的年头，也再次涌上了我的心头。这个我起初成长的地方周围环绕着美丽，这种美是我唯一拥有的财富。渐渐地，我积累了很多的美。随后，那带刺的铁丝就出现了——我是指暴政、战争、警察，还有这反叛的时代。在与黑夜的极权相处的日子中，人不得不摆明自己的立场：白昼之美只存留在记忆之中。在这泥泞的提帕萨，记忆变得暗淡了。这确实是一个事关美、财富或者有关青春的问题！这个世界在熊熊战火的火焰之中突然多出了许多苍老的皱纹并且变得伤痕累累，这里既有新伤也有旧患。她立刻衰老了下去，我们也跟着她一同老去。我到这里本是为了寻找一种"鼓舞"；可我却发现，这种鼓舞只对那些没有意识到自己将要出发奋进的人起作用。这没有一分纯真，也就不存在什么爱。那么，这份纯真又存在何方呢？一个又一个的帝国正在分崩瓦解；国与国之间，人与人之间也相互撕咬着对方的喉咙；我们的双手沾满了泥土。我们诞生之初并不知道我们自己是清白无辜的，而现在，尽管我们无心犯罪，但我们却是有了罪行。懂得的越多，这个谜就越纠结。哦，真是可笑啊，这就是为什么我们在乎仁义道德的原因吧。虚弱残疾的我竟还在做着道德的美梦！在那天真无邪的日子里，我甚至从来都不知道存在着这种道德。现在我知道了，但我不符合那道德要求的标准。在我曾经驻足忘返的岬角之上，在废弃寺庙里的潮湿塔器之中，我似乎总跟在一个人的后面。我仍能听见他走在石板和瓷砖上的脚步声，但是，这个人我是永远都不会赶得上的。我回到了巴黎。在回家之前，我在那里待了数年。

然而我隐隐地感觉到那些年里我总挂念着什么。当一个人好运袭人可以尽情去爱的时候，他的生命就会在尝试重新获得那种激情与启迪的过程中一点点地消磨过去。放弃美、放弃与之相连的肉欲的快感、一心一意地侍奉不幸，这些需要一种我所不具备的高贵品质，但强迫人去排斥美和快感是不现实的。孤立的美感终会化作痴痴的傻笑；孤立的正义终会变成压迫。任何一个旨在侍奉唯一而排除他者、甚至连自己都弃之不顾的人最终只是两次侍奉了非正义。多亏了刚直，我终究看到了那一天的到来：那一天，人们再也没有了任何疑惑，未知的事物业已化解、生命开始再次绽放。在此之前，人们被流放他乡，生命被磨灭成粉，灵魂早已死去。为了苏生，人们需要特殊的恩泽，遗忘自我，或需要一个复归的家园。某些早晨，在拐角之处，一滴看着让人欣喜的露珠滴落在心田之后便蒸发而去，可它的清凉还留在心底。这份清凉是内心一直所渴求的。我要再度启程出发。

第二次来到阿尔及尔,天空下着同样的倾盆大雨。仿佛自我上次决定离去之后,天空还没有放晴,而我依然步行在这瓢泼大雨之中,闻到的还是这忧郁的雨雾与海水的味道。虽然天空雾气缭绕,虽然在大雨之下又见一个又一个躲雨的背影,虽然咖啡馆昏黄的灯光中一张张面孔都被扭曲,可我依然心存希望。我不是知道吗?这阿尔及尔的雨看似意犹未尽然而瞬时可止,就像我们乡下那些涓涓的细流,两个小时之内就会高涨许多,淹没大片土地,但突然就干涸了。实际上只需一晚,雨就会停下。于是我又等了一晚。第二天清晨晶莹而炫目,海面清澈而通透。被雨水洗刷了一遍又一遍的天空如雏菊般鲜艳,它经过多次揉洗,还原出它最为精细清宁的质地。一道道富有生机的光线从这苍穹之中散出,在每一棵树和每一座房子身后留下了鲜明的轮廓。这树木和房屋也为此焕然一新,这确实让人惊讶万分。若是这世间的清晨都是如此明亮,那这地球必定已是生机勃勃了。于是我又再次踏上了前往提帕萨的路。

对我而言,这不单单是一条六十九公里的路途,路上每一处都触动着记忆的旖旎。动荡不安的童年、公车嗡鸣声中少年的白日幻想;清晨、沙滩、纯朴的姑娘们、精力永远充沛的小伙儿以及夜深人静时那十六岁心中小小的不安;渴求生活、名望、经年不变的天空、无穷无尽的力量与光芒,以及永不餍足的愿望本身;它们一个又一个涌上心头,耗尽了整日整月的时光,只留下中午死寂时分躺在沙滩上呈现出十字架形状的沉迷男女。当我再次从地平线的大路方向投下目光时,我发现,同样的这片海洋便在晨光中若隐若现,而萨赫勒[①]和它那阴影中古铜色的葡萄园却倾斜延伸至海岸深处。但我并没有驻足端详,因为我急于再次见到西纳瓦山[②],再次见到那座坚实的山岳——它仿佛从一整块巨岩中直接雕凿出来的山峦,西面与提帕萨海的湾毗邻而直至延伸入

---

① 译注:萨赫勒,北非辽阔的半干旱地区,位于撒哈拉南部。
② 译注:西纳瓦山,阿尔及尔以西,歇尔谢尔港与提帕萨之间的山峦地带。

海。抵达之前，从老远的地方看，你会发现一道轻盈的蓝色雾霭与天穹已然浑为一体。随着你不断地朝它走去，这道雾霭逐渐凝结直至染上周围海水的颜色——那威而不怒的海水前一秒还汹涌澎湃，卷起令人惊悚的无情巨澜，而在下一秒间就马上平息下来。走得更近一些，将要快到达提帕萨大门处，你会发现它那频频皱起黄绿相间的庞然大物，以及历史久远而布满苔藓的神像。它们神圣而不可撼动，是其子子孙孙的港湾和庇护之所，而我也从中受益良多。

穿过层层带刺的铁丝网，我终于走到了它的面前，注视着它，此时，我才发现自己身处一片废墟之中。冬季，十二月的阳光无比荣耀，至此之后，我也不过偶尔有一两回感受到生命是如此贴心，因为在这温暖的阳光下，我终于明确了长久以来一直在追寻的东西，那种无论何时何地都任我予取予求、真诚忠实的东西。它就在那荒凉的大自然中。从橄榄树零星点缀的广场俯身下去，你就能找到那座寂静无声的村庄，看到缕缕炊烟飘向清澈的天空。同样地，大海也静谧宁馨，就像是笼罩在一大片炫目而清冷的光雨之下。从远处的西纳瓦山传来孤单的一声鸡鸣，颂扬着今日那点微薄的荣光。废墟的方向，目光所及之处皆是斑斑点点的石块和苦艾、树木和完美的塔器，以及这如水晶般剔透的空气。似乎整个早晨是固定不变的，而只有太阳经历了一段绵长而停滞的时光。在此等阳光、此等静谧之中，多年积累下来的愤怒与这夜晚一起慢慢融化消逝了。我听见自己内心深处欢唱着一首几乎被忘却的歌谣，就好像我的心脏经过漫长的蛰伏终于准备开始再次跳动一般。清醒之后，我突然意识到那种静谧是由一些难以察觉的声音一个一个拼凑而成的：鸟儿华丽的低声吟唱，海浪拍打礁石的几声短暂的咏叹，树木的颤动，塔器的盲唱，苦艾草的瑟瑟之音，还有那鬼祟的蜥蜴。我听到了这些声音，我也听到了自己内心欢涌着快乐源泉。我感觉到我好像终于抵达了那个心灵的港湾——至少有那么一刻我到达了，并从那一刻起，时间便永无止境。然而很快以后，太阳就上升到空中一个显见的高度。一只喜鹊简短地揭开了序幕。刹那间，各种鸟儿的歌声从四面八方突然响起，那歌声爆发出喜悦与欢腾、快乐的变奏以及无尽的狂喜。新的一天开始了，它又将把我送至黑夜。

中午时分，站在那个长满紫草、半边沙土的斜坡上——这半边的泥沙好像前些日子狂暴的浪潮退却时留下的泡沫——我看见此时的大海已经筋疲力尽，暗流不再涌动。爱和敬仰，人类无法长久地忽视这两种于此能够得到满足的渴望，因为仅仅是小小的运气不好而不被爱、不懂得去爱才是最大的不幸。现在，我们所有人都在这种不幸之中奄奄一息。因为，暴力和仇恨使这颗本质的心干涸了；追求公平正义的长久争斗则会穷尽那份产生公平正义之心的爱。在我们生活的尘嚣中，爱始终望眼欲穿，正义也少之又少。这就是为什么欧洲大陆憎恨阳光，只会以暴制暴、用非正义来对抗非正义的原因。在提帕萨，我再次意识到，为了不让正义枯萎凋零，不让它成为一只好看却干瘪的橘子，人们必须拥有未曾玷污的新鲜之感、清冽的幸福之泉。人们必须逃避非正义，喜爱白昼，然后再回归夜晚，与之战斗直至赢得那一道曙光。在这里，我再次想起了往昔的美丽与朝气蓬勃的苍穹。我暗自盘点着自己的好运从而意识到：即使是处于最糟糕的那些狂热年代，这片天空的美好记忆也从未离开过我，也是借着这片美好的记忆，我最终摆脱了绝望。我一直清楚地记着，提帕萨的断壁残垣要比我们新生的建筑更为年轻，比我们空袭过后的废墟更有活力。这里，世界重新来过，人们每日都沐浴在崭新的光明之中。哦，光明啊！这是一切古代戏剧里的人物面对他们的宿命所发出的呼喊。我现在才知道，这同样也是我们的最后一根救命稻草。最终我发现，即使在这隆冬时节，我的心中也有着不可战胜的夏日。

* * *

我再次离开提帕萨，回到了欧洲与它的纷争之中。但有关那天的记忆仍然激励着我，帮助我面对那些起起浮浮。我们一起挺过了最艰难的时候。除了记录并学习如何把白和黑拧成一股绳拉伸至它的最大限度，我还渴望些什么呢？至今为止在我所说所为的一切之中，我似乎感觉到了这两股强大的力量。即使它们有时相互矛盾，我也毫不例外地感觉到了。我无法切断与我的出生紧密相连的这道光，我也不想拒绝时间的奴役。在这里，把提帕萨这个甜美的名字同其他那些或堂皇或残酷的名字放在一起，加以对比，应该是一件太过简单的事情。对于今日之人，这里存在了一条内在的心路。我很清楚，我们可以从两个方向一齐迈进。这条道路会引导我们从精神的巅峰走入罪恶之都。毫无疑问地，路上，人可以一直休息，甚至可以在精神之巅安然睡去或是在罪恶之城借宿一晚。但倘若人放弃了这其中的一部分，他就是放弃了自我，放弃了去生活、去爱，而是选择让别人代劳一切。在世上，我最尊崇的一种美德就是永不放弃生活，坦然面对生活的态度。至少，我真的常常想实践这种美德。很少有哪个时代会像如今这样，人们必须平等地对待最好与最差的境遇，因此，我确实不再想逃避，忠实地拥有这双重的记忆。是的，这里存着美，也有羞辱。无论我将承担多大的艰险与困阻，我绝不会对这个不忠或对那个三心二意。

　　然而，这仍然相当于一条道德准则，我们活着是为了某种比德行更超前的事物。倘若我们只能道出它的名字，那么将会是一片空寂！提帕萨以东，圣萨尔萨教堂坐落的山上，夜晚在此休憩。说真的，夜晚也有些光辉，不过在这光辉中，一丝不易察觉的闪烁宣布着白昼的结束。起风了，有着夜晚一般的青春的平静大海突然向着一个方向翻腾起来，波涛从地平线一端冲向另一端，宛如巴伦河的激浪。天空阴沉下来。然后这神秘、这夜晚的诸神、这超越的欢乐开始降临了。但如何将它们转化成人类的语言呢？我从这里带走的小小硬币上有一个清晰的表面，一个妇人的美丽面孔总是反复向我诉说今天所学到的一切。踏上归程之时，我的手指告诉我这硬币还有另一个图案已然残缺的表面。那个无唇的妇人能向我诉说些什么呢？另一个在我心中的神秘的声音告诉我，每日的生活也向我通报了我的无知与幸福：

"我一直在寻找的秘密隐藏在一个满是橄榄树的山谷之中。它在草丛和冰冷的紫罗兰之下，在一个燃起袅袅炊烟的古老木屋的周围。二十多年来，我徜徉在这山谷之中，也漫游过其他与之相似的山谷，我询问过那沉默的牧羊人，我也敲过荒废已久的山间小屋之门。有时，当第一颗星星出现在依然明亮的天穹的时候，沐浴在粼粼微光之中的我在想，我知道这一秘密。是的，我过去的确知道。或许，现在的我依然知道。但是没有其他的人想知道这一秘密的分毫；毫无疑问，我自己也不想再拥有这一秘密了；我不能离开我的人民。我生活在家中，我的这个家族认为它掌控了由石头和迷雾建构的富裕而丑陋的城市。日日夜夜，它畅所欲言，一切皆跪倒在它的面前，跪拜着虚无：它对所有的秘密都充耳不闻。然而，它这种承载着的权力让我厌烦，有时它的吼叫让我困倦。但它的不幸便是我的不幸——我们流着相同的血。同样是一个跛子，一个聒噪的帮凶，我为什么不在乱石之中大声叫嚷呢？于是我努力忘记这一切。我走进钢铁和火焰交织的城市，我勇敢地面对黑夜微笑，我向风暴致敬——我应该是忠诚的。事实上，我已经忘却了。打那以后，我积极却盲目。但或许有一天，当我们准备因疲惫与无知而死去的时候，我应该能够断绝那些招摇的炸弹，攀爬到那个山谷，在同样的星光中，最后一次温习我所知晓的知识。"

1952年

LA JUNGFRAU.

临近之海①

① 本文首先刊载于1954年的《新法兰西评论》。加缪首先在《笔记Ⅱ》（Carnet Ⅱ, p.290；阿尔弗雷德·A·诺普夫版, p.228）中表明了他想写一篇关于海的文章，他写道，"这绝望之人没有乡土。但我知道海的存在，这是我为什么生活在凡尘之中的原因。"——P. T.

日志

我在海边长大，贫苦对我而言不啻是种奢侈。后来我离开大海却发现一切都是奢侈，如此苍白而贫苦却是那么让人不堪。从那时起，我就一直等待，等待那归乡的轮船、水上的家园以及海上那片清澈透明的白昼。我耐心地等待着，彬彬有礼却满怀激情地等待着它们的到来。人们常会看见我留恋于高雅时尚的街道，看见我钦羡着绝世的美景，看见我像众人一样鼓掌称道、通晓礼数，可那个人不是现在侃侃而谈的我。有人称赞我，我不会想入非非；有人诋毁我，我也很少错愕惊异。很快，我便忘记了那个曾诋毁过我的人并向他微笑。我亦不会对我所敬爱之人太过谦恭。倘若我的全部记忆只是一种印象，那我还会这样做吗？最后他们会把我叫过来，让我告诉他们我是谁。"没什么，没什么。"

葬礼上，我超越了自己。我确实超脱了。我缓缓地走过钢铁架设的郊区，走上宽敞却冰冷的乡间大道。道路的两边满是水泥铸成的树木。那里，天空缠上了一丝血色，我看到鲁莽的工作人员把我的朋友埋葬在六英尺的尘土之下。如果我抛起一束从沾满泥土的手接过的花，这花必会落入坟茔之中。我的虔诚是实实在在的，我也一如他们所感，我的脑袋亦乘机有所思考。人们会因为我用词得当而敬重我，但我却不能接受这份荣誉：我一直在等待。

我等了好久。有时我会绊倒，失去知觉，成功也避我而去。这有什么要紧的呢？我依旧孑然一身。晚上，我会醒来。在半睡半醒之时，我仿佛听到了海浪的声音，海水的喘息。而等我完全清醒过来，我才意识到那是林间的风飒以及这空无一人的市镇传来的低沉哀鸣。后来，即便用尽浑身的解数，我也没办法用当下盛行的时尚来隐藏并掩饰自己的失落。

有时也会是另一番场景——别人帮助了我。纽约。某些夜晚，当我迷失于上百万人流连忘返的石头与钢铁之中，不知道哪儿是个尽头的时候，我便会奔跑于这些钢轴之间直至筋疲力尽。那时，只有那些寻找出路的人群能够支撑我。但每一次的奔跑，那回荡于耳边的拖船轰鸣让我明白：这犹如空井一般的城市是一座孤岛，而若是那束缚在中空的木塞之中的上帝倾倒下来，那么等待着我的将是污黑、腐臭的洗礼之水。

于是带着上天的祝福，我做出了抉择：我放弃了我的所得，倾尽了我的所有，借住在自己家中，于是受到了人们的赞赏。我，一个绝望的陌生人，随时都可以出航。绝望的人是没有容身之处的。但我知道，大海在翻腾，在我的身后支持着我。我已然濒临癫狂了。那些异地相思相爱的人可能活在悲痛之中，但这不是绝望，因为他们知道爱的存在。这是为什么我历经苦难，流干泪水，身遭流放的原因。我会等下去。这一日终究来临了……

水手的赤脚顺着节拍，轻轻地敲打着甲板。破晓之时，我们出航。离开港口之时，一阵短暂而急促的强风横扫过海面，卷起了细小却无泡沫的海浪。片刻之后，海风瑟瑟，水面上浮起了清新宜人的山茶花，不过这花儿在瞬间就消逝殆尽了。就这样，整个早上我们听到船桨愉悦地拍打着海水。此时，沉重的海水犹如动物身上的鳞片，表面泛起了一片冷冷的泡沫。海浪不时地涌上船头。这苦涩而诡媚的泡沫，这上帝的涎液，也随着木板上下漂流，在水中迷失了自己。它散开成各种形状，消失后又得以苏生。它犹如一只蓝白相间的水牛，一只随我们漂浮了许久业已倦怠的野兽。

海鸥自我们出发之后就一直跟着我们。显然，它们没有耗费太多的力气，它们的翅膀几乎都没有摆动过。它们优美的直线飞翔很少依赖于微风。不过，厨房位置突如其来的一声巨响向鸟儿们发出了贪婪的警报。它们的飞行陷入混乱，优雅不再，而白色的羽翼间燃起了战火。随后，海鸥们向四面八方急转而去，其速不亚于刚才搏斗的迅捷，接着它们一个接一个潜入海中。几秒钟后，它们又再一次同时露出水面，在我们身后就留下了一个喧闹的"农场"。他们在海浪空洞之处筑巢，不急不慢地拾掇起那天赐的碎食。

209

晌午时分，艳阳高照，海水业已疲倦，无力再上涨半分。当海水转而依靠自身之时，寂静开始了私语。一个小时之后，那苍白的海水和那晒得发白的铁帆发出了滋滋的煎熬之声。过了一分钟，它又将隐藏在海浪和黑暗之中那潮湿的一边完全转向了烈阳。

我们通过了武仙座之门，这是巨人安泰①葬身的岬角。远处是一片汪洋。我们穿过了合恩角与好旺角。这里，经线与纬线相互交织，太平洋与大西洋汇合在一处。此时，我们立刻驰向温哥华，缓缓地朝南海方向航行。不远处，复活节岛②、荒凉岛③以及新赫布里底群岛为我们护航。忽然有一天清晨，那些海鸥不见了。我们远离任何陆地，除了船只和引擎，我们孑然而行。

和我们一道的还有地平线。海浪自无法预见的东方而来，它们不慌不忙，层层叠加。它们先是不急不慢地来到我们这里，然后又再次出发，朝着不知名的西边流去。一段长长的海上之旅，既没有起点也不见终点……河流与溪水流过而汇成了大海，大海川流不息而长存于此。我们就应该这样去爱，做到忠诚，哪怕这是稍纵即逝的爱。大海是我一生的伴侣。

公海之外。日薄西山，太阳在触及地平线之前就被雾吞没了。顷刻间，海洋中半边红半边蓝，海水随即变得更加阴沉。此时此刻，我们的纵帆船在厚重浓密、失去了光泽的金属表面滑出了一道完美的弧线。华灯初上，正值这静谧之时，百十只鼠豚钻出水面，围着我们嬉戏了片刻，便迅速逃将而去，逃向了那人迹罕至的地平线处。它们走后，水域又恢复了原初的静寂与悲凉。

---

① 译注：安泰，巨人，波塞冬和大地女神之子，强迫所有见到的人和他角力，战胜并杀死他们，直到最后被赫尔克利斯击败。
② 译注：复活节，太平洋东南部岛屿，又称"拉帕努伊岛"。
③ 译注：荒凉岛，南印度洋深处的岛屿，处在南极洲、非洲和澳大利亚之间的中点位置上，又称"凯尔盖朗岛"。

又过一会儿之后,我们在回归线上遇到了一座冰山。这冰山在热带的温暖水域漂流了许久,虽然不为我们所见,但确确实实对我们造成了影响:它从船的右舷擦身而过,右舷上的索具就立刻浸湿在了水珠之中,而在港湾之上停上一整天也不会沾带半点水汽的。

夜晚是不会降临在海上的,它先是渲染了水域的深处,然后用厚实的尘埃染黑了业已沉沦的太阳,最后才出现在静静而苍白的天空。那一刻,维纳斯把光芒洒在黑色的海浪上。于是眨眼间,海上之夜空群星璀璨。

明月初升,它先是轻轻地照亮水面,然后慢慢地攀爬上去,在柔和的水面上留下了自己的身影。最终月亮到了半空之中,照亮了这海中走廊,这片繁星闪烁的星际之海。随着船的漂移,这星河的水流也不知疲倦地穿过黑暗的海洋向我们流淌过来。这是一个忠诚之夜,也是一个清爽之夜,我需要的正是这样嬉戏欢腾的月光。酒精啊,你真是让人情迷意乱。

我们穿越了广袤无垠的空间。此间,太阳与月亮以光明和黑夜为界交替升落。海上航行的日子,日日相似,快乐永驻……史蒂文森说过,"叛逆的生活理当遗忘,却时时驻于我心。"

黎明。我们垂直地越过了北回归线。海水低吟,暗潮涌动。白天就这样降临在这片汹涌澎湃并闪耀着金属光泽的海面上。天空因雾气与酷暑而呈苍白之色。这难以忍受的白昼之光带来的是一片死寂,就好像在浓密的云层之中,宽阔的天穹之下,太阳也融化为液体一般。腐蚀的大海,病态的天空!随着时间的推移,白气之中酷暑也在加剧。长达一整天的煎熬之后,我们的小船嗅到了成群的飞鱼与纤细的铁鸟,后者被迫从它们的藏身之处躲到了海涛的深处。

下午。我们碰到了一艘归乡的汽船,它那老旧的雾角鸣起了汽笛。三声巨响之中,我们相互交换了敬意。这些在大海上迷失的乘客打着信号告诉我们海上还有其他未归的游子。两条船逐渐远去,就在这邪恶的水域中分散开来。我不由得悲痛起来。这些固执的疯子紧紧依附着长条木板,在凶猛的大海上逐波翻腾,追寻着漂浮的岛屿:那些崇尚孤独与大海的人们会阻止自己喜欢这些吗?

航行到大西洋正中央,野蛮的飓风无休止地从一端吹到另一端,我们屈从了。所有的呼喊声都消失在大海之中,飞离到无尽的领域之外。然而这些被狂风带走的呐喊,数日之后最终会到达地球某个极地之所并永远地回荡在结冻的墙面上,直至一个迷失于风雪中的人听到了这个呼喊声,他定会绽放出幸福的微笑。

刚过晌午,半睡半醒之间,忽然传来了一声惨叫,吵醒了我。我看见,太阳立于深海之下,而海浪却澎湃于风起云涌的上苍之中。骤然间,海面燃烧起来,太阳顺着呼吸进入了我的喉咙里。水手们围着我又是哭又是笑。他们互敬互爱却无法原谅对方。我意识到这个世界为何而生。于是我决定接受这个事实:善恶同行。伤风败俗之事同时也会让人受益匪浅。我注意到世上存有两种真理,只是其中一种不应言传身教。

南半球的月亮甚是奇异,看起来要小了许多。它连着好几个夜晚都在陪伴我们,之后便快速地从天边滑落到海中,大海就这样把它吞没了。但南十字星,那点点的星光和湿润的空气依旧。与此同时,风也停了。天空在静静的桅杆上空翻腾漂浮。引擎也出了故障,我们不得不停下船只。波浪轻打着船舷,而我们却在温暖的夜空上吹起口哨。没有回应,机器是冷的。为什么真的应该继续前进呢?抑或者打道回府呢?福杯满溢,默默的狂喜不可抗拒,我们酣然睡去。当功成名就之时,日子便是如此;我们须让自己随着他们漂流,就像泳者一直游到疲惫那样。那么我们能够结束这一航程吗?我常常深思这一问题而隐没不语。哦,一张清冷的床,一个舒适的沙发,王座就埋藏在这深海之下。

翌日清晨,微温的海水泛着泡沫,从船的螺旋桨下流过。我们开始加速了。迫近午时，一群从远方大陆纷至沓来的海象与我们相交而过并超越了我们，它们踩着节拍，游向北方。我们的身后还跟着一群五色的海鸟，它们还不时停落在象牙之上小憩片刻。萧瑟的森林缓缓地消失在地平线上。一会儿之后，海面上飘满了奇怪的黄色花儿。到了晚上，一首无形的歌谣伴随着我们，一个小时又一个小时，随着我们前行。于是我舒舒服服地进入了梦乡。

一切的航行倚着强风而行，我们匆匆掠过了清澈见底且泛起涟漪的海面。即使是以最快的速度，我们的船舵还是很难靠港停岸。临近傍晚，我们再次改变了航道，远远地聆听着右舷，聆听我们的船只掠过水面之声，我们沿着一个南部大陆快速地航行。我意识到，我曾经坐在老旧的机舱中盘旋于此间野蛮大陆之上。我是闲散之王，我常驾着战车打发时间；我期待着大海，而它却从未来临。怪兽在咆哮，它从秘鲁的肥料场中飞走了，大声嘶吼于太平洋的沙滩上空。它先是飞过安第斯山脉曲折的山脊，然后再飞过了一望无际的阿根廷平原，高度远远超出了肆虐这平原的飞蝇。它一个俯冲，便从遍地牛奶的乌拉圭草原飞到了委内瑞拉的黑色峪谷。然后它着陆，继而吼叫。看到一片可供吞噬的空地之时，它因贪婪而浑身颤抖。然而，它再也没有向前移动过，或至少这样做过。因抽搐与顽固，它的行动变得迟缓起来，坚定不移的巨物也露出了疲态与陶醉的目光。待在这样的金属隔间中，我感觉快要奄奄一息了，我的心中梦想着杀戮与纵酒狂欢。空间不复存在，清白与自由也荡然无存！当人连呼吸的空间都失去了，那监狱就意味着死亡或疯狂；除了杀戮与放纵，他还能做些什么呢？而如今，我拥有一切清新的空气，我们的行船驰骋于蓝天碧海之间，我要在快速行驶之时放声大呼：只要我们愿意，我们可以把六分仪和指南针扔向大海！

在飞扬跋扈的狂风中，我们的船犹如巍然的钢铁。海岸也迅速地展现在了我们的面前。皇家椰林中，树木的根部沐浴在翠绿的礁湖之中。这是一个僻静的港湾，到处都是红色的船只和倾泻的月光。高大的建筑也隐约地向我们逼近。由于其后院原始森林的倾轧，这些建筑业已龟裂；不时地一棵黄色吐根树或有着紫色枝干的树干挤进了窗台；在我们身后，里约热内卢最终衰落下去，就连蒂茹卡森林①的猴子也立于如今杂草丛生的废墟上一边嘲笑我们一边喋喋不休地说些什么。我们的船速更快了，沿着宽阔的海滩顺流而下，那里海浪从常年冲刷的沙槽中扩散开来，那里乌拉圭的绵羊淌入海中，瞬间将其染成了黄色。然后在阿根廷的海岸上，每隔一段时间，人们就会竖起巨大的篝火，将半匹半匹的牛犊缓缓放上烤架炙烤以祀上苍。夜晚，来自火地岛②的冰块不断撞击船身，数个小时都不曾停歇。这船几乎保持着原速，抢风调向而行。早晨，太平洋上泛着冰冷的泡沫，喷洒出白绿之色，沿着智利的海岸，绵延千里之外。一个浪头打来，将我们慢慢地托起，意欲将我们打翻至海中。幸而，舵手避它而去，将船驶向了克尔格伦群岛③。这夜晚略带了一丝甜美，一支马来的船队出现在了海上，并与我们相遇。

在我孩童时代的一本书上，一个男孩激动地喊道，"去大海！去大海！"书上的其他内容早已忘却，唯有这句呐喊仍历历在目。"去大海！"我们的船穿过了印度洋，进入了红海。那静静的夜晚下，你可以听到白天炽热的沙石此起彼伏的结冻破裂之声。我们回到了古老之海中，那里，一切呼喊声都停止了。

最终，一天早上，我们在一片静得出奇的海湾上抛锚。海湾上停着几只固定的船充当了我们的灯塔。空中，几只海鸟为了几片芦苇碎叶而争吵个不停。我们游到了空无一人的岸边沙滩；我们整日在大海中游来游去，然后再回到沙滩晒干身子。夜幕来临之时，天空一片碧绿并渐渐地向远方退去，早已归于平静的大海更是一平如镜。微暖的海岸上，波浪一点点地冲刷着蒸汽

---

① 译注：蒂茹卡，巴西里约热内卢市内的雨林地带。
② 译注：火地岛，南美洲南端，拉丁美洲最大的岛屿。
③ 译注：克尔格伦群岛，南印度洋靠近南极洲的诸岛。

袅袅并泛起气泡的沙滩。那些海鸟不见了踪影。剩下的只是无尽的空间,它敞开大门欢迎静止不动的航行。

我们走后,甜蜜的夜晚将继续逗留于此,不断走向这大地沧海。是的,了解这一点会帮助我们走向死亡。伟大的海洋啊,始终在流动,永远一如往昔,我的宗教将会与大海同行!它以无妄的巨浪洗刷着我们,让我们满足,使我们感受到自由,并培养了我们正直的个性。每一朵浪花都会带来一成不变的承诺。那每一个又是如何诉说的呢?我若是死于冰冷的山间,成了一个弃儿,被整个世界所忽视,那么在我穷尽气力,仅剩最后一息之时,大海会以它滔天的洪水冲走我的身体,让我超脱我的身体,助我毫无恨意地离开人世。

夜半之时,独自留于海岸。过了一会儿,我又要出发了。天穹业已抛锚起航了。在繁星的衬托下,它就好像是装饰着彩灯的画舫,此刻照亮了全世界的黑暗港湾。在我的心里,空间和宁馨有着同等的分量。那突如其来的爱,一部旷世之作,一种果断的行为,一种崇高的思想,种种这些在某一特定时刻都会带来一样的结果——无法忍受的焦虑和无法抵制的愉悦。如此这般地生活,活在生的喜悦和痛苦之中,活在无以名状的危机之中,这跟匆忙奔向命运的终点是一样的吗?人们没有耽搁片刻,再次冲向了毁灭。

我总感到我生活在公海之外,尽管外界威胁不断,但我的内心却充满了王室的快乐。

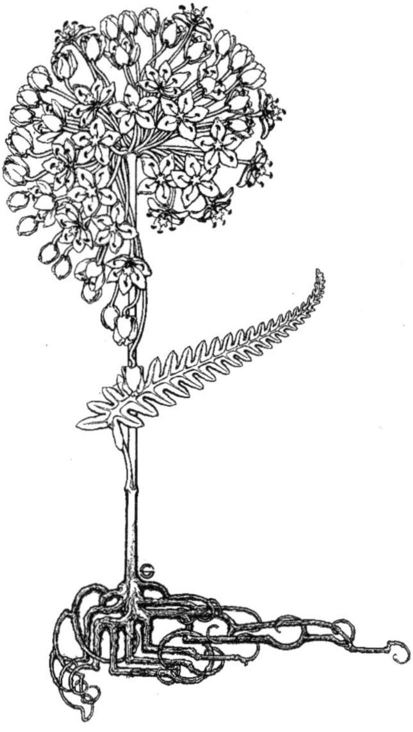

杏树

拿破仑曾对冯塔纳说："你知道世上什么事最让我吃惊吗？是武力毫无建树。世界上只有两种力量：刀剑和思想。而最终，刀剑永远不敌思想。"①

你看，征服者也有郁闷的时候。耀武扬威是有代价的；但是，一百年前仗剑行天下者要付出的代价，今天靠坦克横行者已不再支付。征服者有了进步，伤痕累累的欧洲各地几年间相继沦为万马齐喑的无智无识之境。丑陋的佛兰德战争期间，荷兰画家或许还能在自家的乡间庭院里画画雏鸡；同样，百年战争已被淡忘，但西里西亚秘教仪式上的祷告声依然萦绕在一些人的心头。而今沧海桑田，画家和僧侣被征招入伍——我们与俗世合为一体。思想之尊贵本来天经地义，就连征服者也会予以承认，现在却斯文扫地；思想不知如何驾驭武力，于是在对武力的诅咒中自我消耗。

有些高尚人士不停地谴责武力，说它是邪恶的。我们不知道武力是否邪恶，只知道它真实存在；结论是我们必须接受现实、寻求解决之道。所以我们应当清楚自己期待什么，而我们所期待的正是不再向刀剑低头，不再把强权视为公理，除非它服务于思想。

驯服武力，确实长路漫漫，但我们孜孜以求。我对理性没有足够的信心，无法赞同当今的某一信仰或以往的任何哲学思想。我至少相信，人类对自身命运的觉醒从未停止。我们未曾战胜人类境况，但越来越了解它。我们知道自己生活在对立中，也明白必须摒弃并尽可能减少这种对立。作为人类，我们的任务是寻找能为自由的生灵抚平无尽痛苦的罕见信条。我们必须弥合裂痕，让公正在一个显然极度不公的世界重新可以被憧憬，让本世纪被苦难荼毒的人们再尝幸福的滋味。当然，这是一项非凡的任务。可是，所谓

---

① 原注：1939年，加缪首次把拿破仑这句话录入《笔记》，同年草成对杏树的描写。（见《笔记》第一卷第186、196页；阿尔弗雷德·A·克诺普夫版，第156、165—6页）

非凡不过是种措辞,用来形容需要长期努力而完成的任务。

那么,即使武力换上一副体贴关切,或者轻松愉悦的面孔来引诱我们,我们也要明确目标,坚守信念。首先不要绝望,不要听信过多的末世论调。文明不会轻易消亡,而且就算世界行将毁灭,首当其冲的也不是文明。毋庸置疑,我们生活在悲剧时代,然而太多的人把悲剧与绝望混为一谈。劳伦斯说:"悲剧应当是砸向苦难的一记重拳。"①这是一种健康且直接可行的想法,如今很多现象都欠这般痛揍。

住在阿尔及尔时,整个冬天我都耐心地等待,因为我知道,在二月里一个寒冷、纯净的夜晚,贡絮谷的杏树林会在一夜之间覆满白色的花朵。每当看到这雪白纤弱的花儿迎着海上袭来的风风雨雨兀自绽放,我总是惊叹不已。年复一年,它们都恰到好处地坚持到果实成形的时候。

这里没有象征符号。符号无法使我们获得幸福,我们需要一些更加坚实的东西。我的意思是,在依然苦难重重的欧洲,只有当生活过于沉重时,我才会向往那些阳光灿烂、元气犹存的土地。我太了解那些地方了,当然明白它们是上帝的选地,勇气与沉思能够在那里和谐共处。想到它们,我悟到,如欲拯救思想,我们必须忽略它的忧郁气质,赞美它的力量与神奇。人类世界遭受着苦难的荼毒,而且似乎将沉溺于此;世界已彻底屈从于邪恶——即尼采所说的沉重之灵魂。我们不要再雪上加霜了,为思想哀哭是徒劳无益的,这样的劳心劳力已经够多了。

可是思想的制胜禀赋在哪里呢?尼采将其列为沉重之灵魂的天敌——人格力量、品味、"现实态度"、古典的幸福感、傲骨、智慧之冷静审慎。在今天,我们比以往更加需要这些禀赋,每个人可以从中选择一个最适合自己

---

① 原注:引自D.H.劳伦斯1912年10月6日写给A.W.麦克里奥德的信,原文是:"我讨厌本内特的与世无争,悲剧应该像是砸向不幸的一记重拳。"加缪于1939年首次把此话录入《笔记》,阿尔弗雷德·A.克诺普夫出版社,第153页。本文第一版见于1941年1月25日的《法属突尼斯报》。——P.T.

的。在艰巨的任务面前,让我们勿忘人格力量。我指的不是在政坛上作秀,眉头紧锁、咄咄逼人的那种;而是出自纯真人格和正直本色,直面从怒海呼啸而至的一切风暴。正是这种人格力量,将在人间的寒冬里孕育果实。

1940年

地狱中的普罗米修斯[1]

[1] 原注:此文首次由巴黎的巴笠穆格荷出版社于1947年出版。

若无红尘众生

则诸神寂寞

琉善[1]：《高加索的普罗米修斯》

普罗米修斯对今天的人类来说，意义何在？有人无疑会说这位触怒宙斯的叛逆者是当代人的楷模，并把几千年前他在锡西厄沙漠中的反抗称为无与伦比的人类抗争史上的高潮。但同时也有人认为，这个迫害的受难者仍在我们中间，孤零零地发出抗争的信号，而我们依然对人类抗争的呐喊置若罔闻。

在地球表面的逼仄空间里，现代人确实承受着许许多多的苦难；因为人们被剥夺了食物和温暖，自由仅仅是可望而不可及的奢侈品；人们所能做的就是再多受一点苦，似乎唯一切题的是让自由及其最后一批见证者再多消失一些。普罗米修斯是英雄，出于对人类的深沉挚爱，他给人间带来了火种与自由、技术与艺术。今天，人类只需要、只在乎技术。我们用身体实现反叛，把艺术和艺术的表现视为一种障碍和奴役的象征。但普罗米修斯的独特之处在于，他不肯让身体与艺术分离，坚信灵与肉可以同时获得自由。当代人认为，纵然必须忍受心灵的暂时死亡，我们也要首先解放肉体。可是心灵能暂时死亡吗？说真的，如果普罗米修斯归来，现代人会如同古代诸神那般待他：以人道主义之名将他钉上悬岩，而他恰恰是人道主义的先驱。羞辱这位失意的受难者的敌视之音，正是回荡在埃斯库罗斯悲剧[2]开场的那些声音：武力与暴力之声。

我是在向我们时代之卑劣堕落屈服、甘心接受光秃的树木和人间的严冬吗？然而正是对光明的眷恋成了我正当的理由：它向我展示了另一个世界，展示了我真正的故乡。这种眷恋对有些人来说依然有意义吗？战争爆发那

---

[1] 译注：古代希腊讽刺文作家。
[2] 译注：指古希腊剧作家埃斯库罗斯的悲剧作品《被缚的普罗米修斯》。

年，我正准备踏上航船，追随尤利西斯之旅①。那个时候，一文不名的年轻人也能心怀奢侈的念头——远渡重洋追寻阳光。但我没有上船，而是同其他人一样，汇入人流向洞开的地狱之门一步步挪去。一点一点地，我们走了进去。随着无辜受戮者的第一声尖叫，大门在我们身后訇然关闭。我们身陷地狱，从此不曾离开。在漫长的六年中，我们一直尽力妥协认命。现在，只是在漫长、寒冷的黑暗年代末期，我们才看到幸运之岛的一抹温暖灵光。

那么，在这个潮湿、黑暗的欧洲，我们怎能听不到年迈的夏多布里昂②在安培③前往希腊时对他的呼喊："你不会在橄榄树上看到一片叶子，葡萄也不会剩下一颗，我以前在阿提卡半岛是见过的；我还想念我年轻时那里生长着的小草。我已经没力气种一丛欧石南了。"④这话又怎能不令我们感到一丝惆怅和难堪的共鸣呢。我们亦然，尽管血气方刚，也如同沉沦在末世的暮年里，有时思念那生生不息的小草和我们不再出于闲情逸致而去探访的橄榄叶，追怀那些自由的果实。人类无所不在，其呐喊、其苦难、其威胁亦随处可见。人类密集聚居，草蜢无容身之所。历史是一块贫瘠的土地，生长不出欧石南。但现代人选择了历史，他们无法也不应该背离它。但人们没有去驾驭历史，而是日渐甘心作它的奴隶。就这样，人类背叛了普罗米修斯，背叛了这位"思想大胆、心灵闪光"的赤子，从而恢复了普罗米修斯曾尽力拯救的人性的弱点——"视而不见、听而不闻，如梦中游魂"。

是的，普罗旺斯的一个黄昏、一座秀美的山冈、一点点盐，足以告诉我

---

① 译注：尤利西斯是奥德修斯的拉丁名，他是古希腊著名英雄，伊萨卡岛的国王。尤利西斯之旅见于荷马史诗《奥德赛》，讲述了特洛伊战争结束后，奥德修斯在海上漂流十年，历尽磨难返回故乡的故事。

② 译注：弗朗索瓦勒内·德·夏多布里昂法国政治家和外交家，早期浪漫主义代表作家。

③ 译注：安德烈玛丽·安培，法国物理学家。

④ 原注：加缪于1945年7月首次引用夏多布里昂的这段话。见《笔记》第二卷第136页；阿尔弗雷德·A·克诺普夫版，第104页。——P.T.

们一切依然可望可及。我们需要重新学会取火，再次安下心来缓解身体的饥渴；阿提卡、自由、自由果实的采撷和精神食粮一定会随之而来。除了哀怨地自语："它们将永远不复存在，就算存在也是属于别人的"，我们还能为此做些什么呢？为了使人们至少不必去乞讨，我们必须做些什么呢？我们为此忧心痛苦，却又逆来顺受，我们是在落后倒退还是在稳步前进？我们会有力量让欧石南再度生长吗？

我们想象得出普罗米修斯会如何回答本世纪提出的问题，他的确已经做出了回应："人类啊，我许你们以改善、修复之道，只要你们足够心灵手巧、善良、坚强，就可以用自己的双手来实现它。"如果拯救之道掌握在我们自己手中，那么，面对世纪之问，我将答以"是的"，因为在我认识的人当中，我仍感受得到思想的力量和知识的勇气。普罗米修斯曾呼唤："啊，正义！啊，母亲！看看我遭受的苦难吧。"而赫耳墨斯①嘲笑英雄："我真惊讶，作为一个天神，你竟没有预见自己会受这般折磨。""我预见到了。"这叛逆的神答到。我提到过的相识之人也是正义的子孙，也经受着所有人类的苦难，明白自己的使命。他们深知，盲眼的正义并不存在，历史不长眼睛，所以，我们必须拒绝历史之正义，尽可能代之以思想孕育的正义。普罗米修斯就是这样回归当代的。

神话本身没有生命，有待我们赋予其血和肉。如果世间有人响应了神话的召唤，神话就将其全部力量赋予我们。我们须让神话代代相传，让沉睡的神话不致消亡，于是它就有了复兴的希望。我有时怀疑当今的人类可否救药，但至少他们的子孙尚可拯救——肉体与精神的双重拯救；并且可能有机会同时拥有幸福与美。如果我们别无选择，只能听任生活中没有美、没有自由（美的一部分），那么普罗米修斯这类神话就会提醒我们，人类的残缺

---

① 译注：古希腊神话中旅行者之神，双脚生翼，行走如飞，是宙斯和诸神传令的使者。

只可能是暂时的；如果一个神话不具有普世的价值，对于人类则毫无意义。如果人类渴望面包和欧石南，而且假如面包确实更为必需，那么就让我们学会在心间长存欧石南的记忆吧。在历史最黑暗的深处，普罗米修斯式的人物不畏使命之艰巨，守护着人间，守护着生生不息的小草。在诸神的雷霆霹雳下，被镣铐缚住的英雄默默保持着对人类的信心。因此，他比身后的岩石更加坚硬，比啄食他心脏的秃鹰更加耐心。对我们来说，他的倔强执着比他对诸神的反抗更有意义。而且，他关于灵肉一体的坚定信念令人激赏，这信念一直、并将永远引领人类从苦难走向人间的春天。

1946年

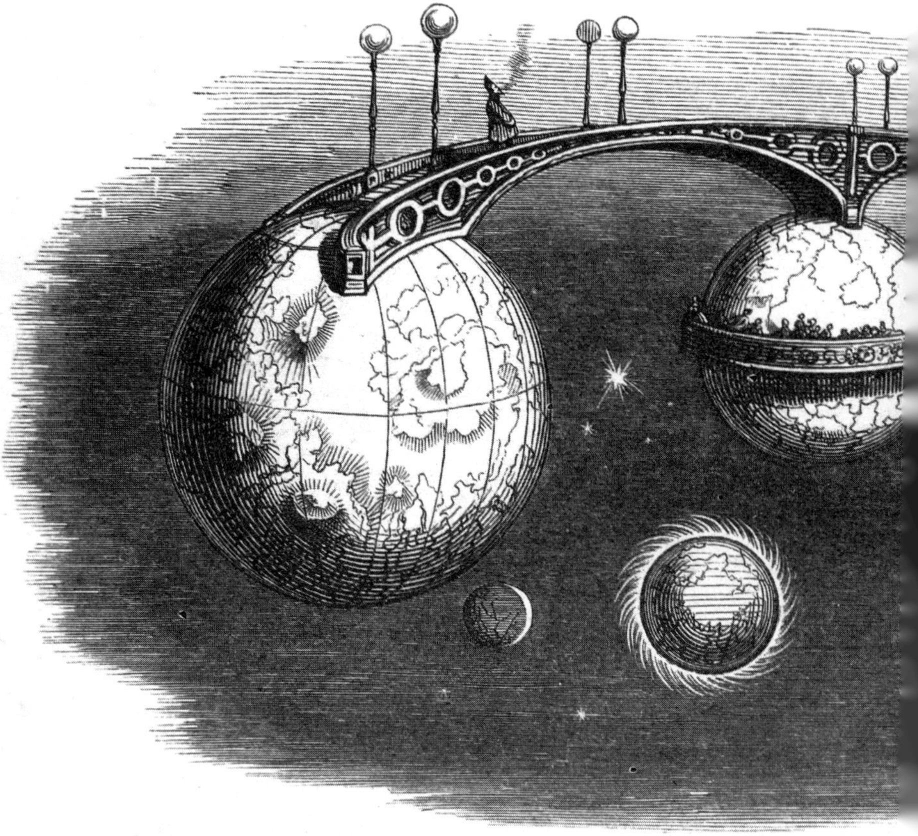

无史之城掠影

阿尔及尔的柔和颇具意大利风情；奥兰那种冷酷的张扬带有西班牙味道；君士坦丁堡高踞隆美尔峡谷的山岩之上，似有托莱多[①]的气度。然而，西班牙和意大利弥漫着古典气息，处处可见艺术遗迹和有代表性的古代废墟；托莱多拥有艾尔·格列柯[②]和巴雷斯[③]。刚才提及的那些城市与之前则刚好相反，它们没有历史记忆，也就无所谓保护或遗忘。在无聊乏味的午休时光，它们的悲苦无法疏散，却又不带一丝伤感惆怅。在晨曦中，或在黄昏的绚烂胜景里，它们的愉悦同样不婉约。这些城市激情四射，却无关心灵，它们与智慧和精致优雅的品位格格不入。巴雷斯或巴雷斯式人物在这种地方会被彻底毁掉。

对他人激情怀有热切期待的旅行者、过于敏感多思的灵魂、唯美主义者、新婚夫妇来到阿尔及尔，都会一无所获。除非感受到神的召唤，否则人们会轻率地在此地归隐终生。在巴黎，当我所敬重的人向我问起阿尔及尔，有时我真想大喊："别去那里。"这样的玩笑里夹着实话，因为我能看出他们期待什么，知道他们不会如愿。同时，我深知阿尔及尔的魅力和微妙力量，其暗送秋波地牢牢抓住了流连此地的人；我也知道它靠什么留住人们——先是使人抛开困惑，最后哄着他们与这里的日常生活一道沉睡下去。起初，这里的光照几乎令人窒息，阳光之炫目，令一切看起来非黑即白。等到人们入乡随俗、安之若素，就会意识到这绵长的光辉不会照亮心灵，它带来的仅仅是过度的欢愉。于是人们希望回归精神家园，然而阿尔及尔人似乎感性多于理性，感性就是他们的力量。他们可以成为你的朋友，但你永远不能向他们倾诉心底的秘密（这算什么朋友！）。这种情形在巴黎或许被认为是危险的；在巴黎，各种思想恣肆奔涌，衷肠之水在喷泉、雕塑和花园里源源不绝地轻柔流淌。

这片土地极像西班牙；没有传统的西班牙将只是一片美丽的沙漠。除非碰巧降生于此，世上只有一种人会向往永远遁入沙漠，生于这片沙漠，我几乎

---

① 译注：西班牙中部城市。
② 译注：艾尔·格列柯，西班牙画家。
③ 译注：奥古斯特·莫里斯·巴雷斯，法国作家。

想不到如何以访客的眼光来描述它。男人能把自己心爱的女人的万种风情编成目录吗？不能。或许可以这样说，男人爱她的全部，也说得出倾心于她的一两个确切理由，比如可爱迷人的噘嘴神态，或者与众不同的摇头模样。我与阿尔及利亚长久的意气相投正是如此，这份契合无疑永远不会结束，也令我难以完全明晰透彻。既然如此，人们所能做的一切，就是锲而不舍地把他所爱事物的可爱之处列一个抽象的清单。介绍阿尔及利亚，在此我只能试试这种学院派的方式了。

首先，那里有青年之美，当然是阿拉伯青年了，然后，又有了其他种族。阿尔及利亚的法国人是混血人种，有各种出人意料的混血组合。西班牙人与阿尔萨斯人、意大利人、马耳他人、犹太人和希腊人在此汇合。像美国一样，这自然的融合结出了赏心悦目的果实。当你穿行在阿尔及尔，看着女人和青年男子的手腕，就会想起在巴黎地铁里看到的那些。

年纪尚轻的旅行者还会注意到女性之美。在阿尔及尔，欣赏美女的最佳去处，是四月的星期日清晨，在米歇雷路的学院咖啡馆露台上。一群群脚蹬凉鞋的年轻姑娘，身穿色彩明艳的轻衫薄裙在大街上来来往往。你可以毫无顾忌地欣赏她们：她们就是为此而来的。在奥兰，加利尼大街上的桑特拉酒吧也是饱眼福的好地方。在君士坦丁堡，你总能围着乐池晃来晃去，但因为大海远在几百公里之外，你所见的当地人也就缺少了某种风情。由于这样的地理位置，君士坦丁堡总体而言魅力稍逊，不过其慵懒倦怠的气质倒更见精致优雅了。

如果旅行者夏天来此，要做的第一件事，当然是到环绕城市的海滨去。看到以前见过的那些年轻人，他会越发感觉目眩神迷，因为他们穿得更少了，他们的双眸在阳光下酷似猛兽睡意蒙眬时的眼睛。就这一点而言，奥兰的海滩是最美的，因为那里的自然风光更有原始韵味，那里的女人更加狂野奔放。

说到风景如画，要数阿尔及尔的阿拉伯城镇、奥兰的黑人村庄和西班牙式城区、君士坦丁堡的犹太社区。阿尔及尔的海滨大街似一条长长的项链；夜晚时只能步行到那里。奥兰树木稀少，但有世上最美的岩石。君士坦丁堡有一座吊桥，你可以在那里拍照留影。狂风大作的日子里，吊桥在陡峭的隆美尔峡谷上方飘来荡去，会让你感觉心惊肉跳。

敏感颖悟的旅行者如果到阿尔及尔去，我建议他在海港周围的拱门下喝茴香酒，清晨去渔场吃刚捕捞上来、用炭炉烧烤的鱼；在天琴路的一家小咖啡馆听阿拉伯音乐，小馆的名字我想不起来了；晚上六点，在政府广场的奥尔良公爵雕像脚下席地而坐（不为公爵而来，而是因为那里人来人往、气氛怡人）；在帕多瓦尼餐馆吃午饭，这家餐馆像个舞厅，沿着海滩用桩子支撑在水面上，那里的日子总是轻松惬意；探访阿拉伯墓地，先是在那里寻觅静与美，然后去理解我们安放死者的寒微之地的真正价值；去肉店街的卡西巴餐厅，在到处滴血的脾、肝、肺和肠子中间吸根烟（抽烟是必要的，这些野蛮的烹制方式伴着浓重的气味）。

至于其他的建议嘛，身在奥兰时，你一定要说得出阿尔及尔的坏话（认定奥兰港商业地位优越）；人在阿尔及尔时，要会拿奥兰打趣（毫不犹豫地接受这样的观点：奥兰人"不懂生活"），而且，在任何场合都要谦虚地承认，与宗主国法国相比，阿尔及尔具有非凡的优点。一旦你承认了这些，就可以欣赏到阿尔及利亚人真正优越于法国人之处——他们无限的慷慨和好客天性。

也许现在我可以停止嘲讽了，谈论己之所爱的最好方式到底还是轻松地谈。每当说到阿尔及利亚，我总是害怕扯断那触动我魂魄的心弦，它无声而严肃的旋律我太熟悉了。至少可以说它是我真正的故乡，在世界各地我都能认出它的子孙、我的兄弟，因为一见面，他们那友好的笑声就充盈我心。是的，我对阿尔及利亚诸城市的热爱，是与其居民分不开的，这就是为什么我最喜欢那里的黄昏：黄昏时分，谈笑风生的人们从商店和办公室涌到寂静、昏暗的街上，直奔面朝大海的林荫大道；当夜幕降临，光亮从天际、从海湾的灯塔、从街灯一点一点融为一抹摇曳的微光，人声随之沉寂下来。此时，所有的人站在海滩上沉思默想,人群里涌起千般寂寞。然后,无边的非洲之夜开始了,等待孤独旅人的是流亡的皇族和绝望的庆典。

假如你内心温暾或是心灵孱弱、疲惫,千万不要去那里!然而对于那些懂得在是与否、正午与夜半、反叛与爱情之间撕碎什么的人来说,对于那些喜爱海滩葬礼柴堆的人来说,阿尔及利亚等待他们的是火焰。

1947年

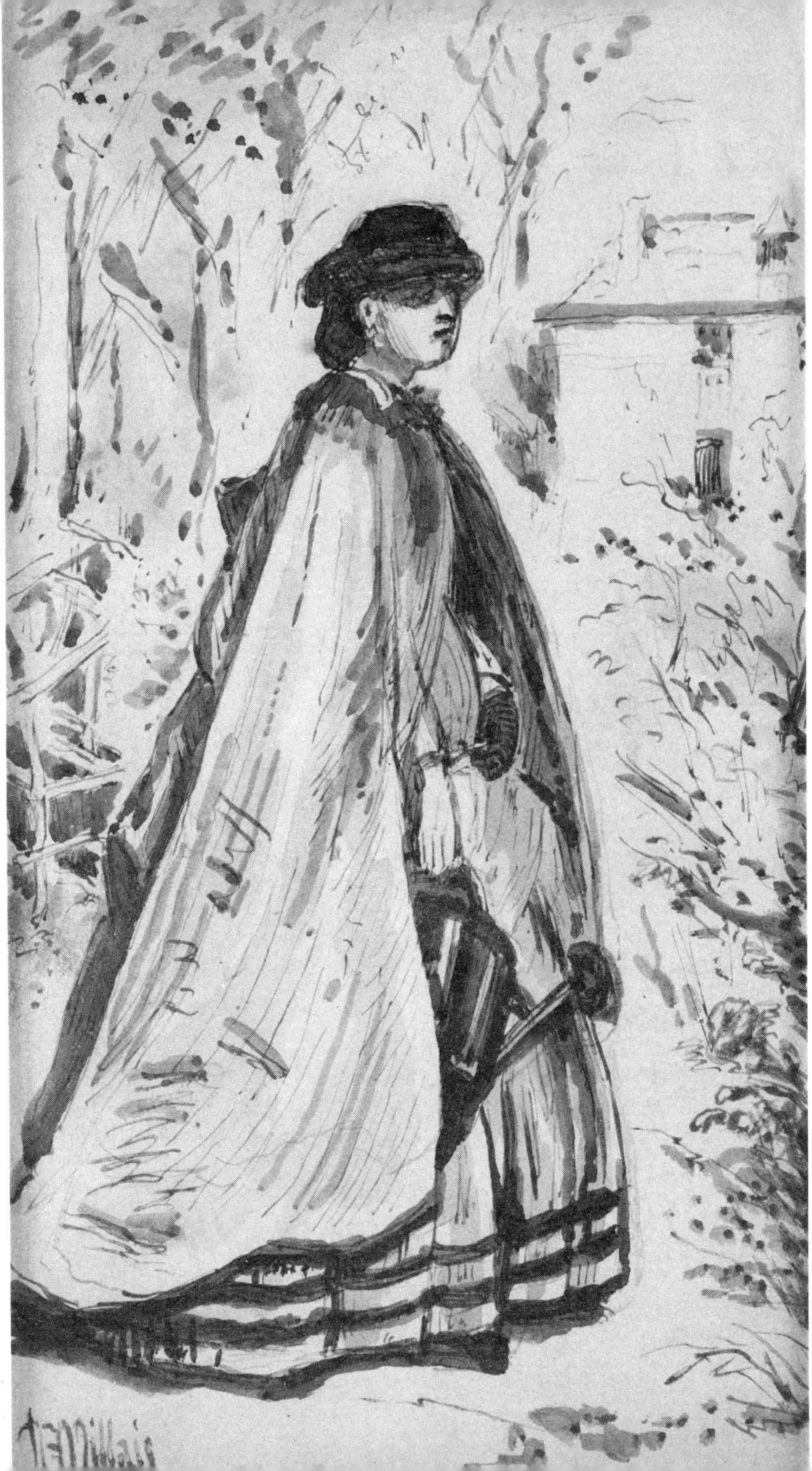

谜①

---

① 原注：本文写于1950年，题献给勒内·夏尔。如文中所示，饱受法国评论家和记者恶评的加缪认为，自己的观点在不断改进，《局外人》和《西西弗斯的神话》没必要包含他的全部观点。此后，甚至在《反叛者》的出版导致他1951年与安德烈·布勒东和1952年与让保罗·萨特的激烈公开争吵之前，加缪对于自己与公众、与文学同行之关系的悲观态度变得更加明显。因此，在《笔记》（第二卷）第321页（阿尔弗雷德·A.克诺普夫版，第252页），他写道："巴黎先是为一件艺术作品服务，推动它；可是一旦它成名，好玩的事就开始了，要领是毁灭它。因此，在巴黎，像在巴西的某些溪流里一样，成千上万条小鱼的差事就是干这个。它们虽小，但不计其数。请容我这么说，它们的整个脑袋就牙齿管用，它们在五分钟内把人吃得片肉无存、只剩骨头。吃完就走开，小睡片刻，再去吃。"——P.T.

一浪一浪的阳光从苍穹倾泻而下,猛然在我们四周的乡间飞溅开。强光下,万籁归寂,远处的昌贝隆山只是一座沉默的庞然大物,我不断倾听着它。我仔细谛听,有人在远方朝我跑来,看不见的朋友召唤着我,正如几年前那样,我的喜悦渐渐胀大。一个快乐的谜又一次帮我理解了一切。

何为世界的荒谬?是这灿烂的光焰,还是无光的记忆?记忆中有如此多的阳光,我怎会执迷于书写荒谬呢?我身边的人感到迷惑不解;有时我也纳闷。我可以告诉他们——就像告诉自己那样——实际上那是太阳帮助了我,恰是其稠密的光线把宇宙万物凝成一片炫目的黑暗。不过还有其他阐释方式,面对世间的黑白分明(对我来说,黑白分明永远是真相的标志),我愿意用简单的话语解释我对荒谬的感受,我对荒谬了如指掌,简直无法接受别人在这个问题上毫无新意的夸夸其谈。对荒谬的讨论本身,终将引领我们重归阳光之下。

没人能说出自己是什么,但人有时能说出自己不是什么。人人希望那些依然探索着的人已经得出了他的结论;千百个声音对他说他已经发现了,然而他明白自己什么也没发现。他应该继续探寻、任人议论吗?当然是的。不过,他必须不时地为自己辩护。我不知道自己在寻找什么,我小心翼翼地为之命名,我收回说过的话,我重复自己的话,我退退进进。然而人们坚持要我一劳永逸地把名称术语确定下来,于是我反对;当事物被贴上标签,不就已经失真了吗?这至少是我能勉力言说的。

如果让我去评判某位朋友,我认为人永远有两种品格:他自己的,以及他妻子认为他具有的。把妻子替换为社会,我们就会理解,作家描述情感的整个来龙去脉时使用的一种特殊表达,可以怎样被人们的评论手法断章取义,然后当作者每次要探讨别的题目时却又拿来放在他面前。语言与行动相像:"你是这孩子的父亲吗?""是的。""那他就是你的儿子了。""事情没那么简单，一点儿也不！"于是，杰拉尔·德·奈瓦尔①在一个寒夜上吊了两次，一次为自己，因为他不幸福，第二次为他的传奇故事，现在有些人靠他的传奇谋生。没人能用文字描述真正的不幸或某些幸福时刻，我还是不要在此徒劳了。但是，就传奇而言，我们能够描述它们，并且——至少有一瞬间——我们认为已经驱散了它们。

作家写作，很大程度上是为了被阅读（让我们来佩服一下那些说他们不为这个的作家，可是别信他们）。然而在法国，作家越来越为了最终称圣而写，书摆上圣坛也就没有人读了。实际上，从他成为通俗刊物上特写文章的题材那一刻起，他就极有可能为相当多的人所知，这些人从来不读他的作品，因为他们满足于知道他的名字、读别人关于他的描写。从那一刻开始，他为人所知（并被遗忘）的将不是他的本我，而是记者仓促写就的形象。到文学界博取名声吧，然后就不必非写书不可了；写一部被晚报提及并且可以终生吃老本的书，就足以被记住了。

无疑，这种名声无论大小，都不是应得的。可是对此又有什么办法呢？还是接受这个说法吧：不爽之事可能也有益处。医生知道，某些疾病是受欢迎的：它们在某方面弥补了功能紊乱，如果没有它们，功能紊乱也许会表现为更严重的疾患。于是有了幸运的便秘和神赐的关节炎。如今泛滥的话语和草率的评判，把所有的公共活动都淹没在轻浮的海洋里，但至少赋予法国作家以谦虚的态度，在这个作家职业具有超出常理重要性的国度，谦虚态度是作家始终需要的。在两三份我略有所知的报纸上看见自己的名字，其考验之严峻，简直到了不可避免会沾得精神利益的程度。所以，感谢社会——每天用它的敬意教导着我们，这教导过于廉价，因此其所赞誉的伟大也就毫无价值。它越喧嚣，越速朽。它令人想起亚历山大六世②经常在面前燃起的淡橘

---

① 译注：奈瓦尔，法国浪漫主义诗人。
② 译注：历山大六世，罗马教皇。

色火苗，他以此提醒自己，世上的荣耀终将消逝如烟。

不过，我们且把调侃搁在一边。我听够了这样的说法：艺术家必须性情开朗地虚心纳谏，还要听任自己的不实形象摆在牙医的候诊室和理发室里。我知道一位时髦作家——据此类消息来源称——夜夜主持酒神祭祀，仪式中的希神①一丝不挂、长发披垂，农牧之神②留着黑乎乎的指甲。人们也许觉得奇怪，他哪儿来的时间写那些占满图书馆几个书架的系列作品。实际上，与他的多数同行一样，该作家夜里睡觉，以便白天有精力长时间伏案工作，为了不伤肝，喝的是薇姿温泉水。普通法国人的撒哈拉式饮酒有度和洁癖是出了名的，他们讨厌作家们做一套说一套，于是就教唆大家喝酒、不洗澡，越想越生气，例子着实不少。我个人可以毫不费力地拿出一个绝妙的窍门，来保住禁欲的名声。我确实大名鼎鼎，我的朋友们把这当作笑料（对我来说，这真让人脸红，因为自知难孚盛名）。名声大到——比如——足以容你拒绝与一位你评价不高的报纸编辑共进晚餐之殊荣。此人连起码的体面也谈不上，除非以某种心灵的扭曲病态为参照物。没人想象得出，你拒绝与该编辑共进晚餐，也许不仅因为你对他评价不高，还因为世上你最害怕的事莫过于无聊了——还有什么比一顿典型的巴黎式晚餐更无聊吗？

因此，人必须忍耐。但是，你可以不时地尝试调整视角，一再说自己不会永远描述荒谬、没人会信任的一种绝望的文学。当然了，写作或写过关于荒谬的观点的文章，永远是可能之事。毕竟你也可以写写乱伦，而不必非得把你可怜的妹妹压在身下，我也从未读到过索福克勒斯③有过弑父娶母的经历。认为每个作家必须在作品中书写自己、描述自己，是我们从浪漫主义那里继承的幼稚观点。绝非不可能——而恰恰相反——的是，作家应当首先关注他人，或他的时代，或者著名的神话传说。即使他碰巧把自己搬上舞台，

---

① 译注：古罗马神话中居于山林水泽的仙女。
② 译注：古罗马神话中半人半羊的神。
③ 译注：古希腊剧作家。下文指他的悲剧作品《俄狄浦斯王》。

也只有在极个别情况下，他才会如实地讲述自己。一个人的作品往往是回顾他的怀旧或诱惑故事，而从来不是个人历史，那些所谓自传性作品尤其如此。从未有人敢于毫无保留地描写自己。

另一方面，如果可能的话，我希望自己一直是个客观的作家。我所说的客观作家是指从不把自己纳入选题。但是现代人把作者与其题材对号入座的癖好却容不得作者有这样的相对创作自由。就这样，作家成了荒谬的先知。然而，除了对我从当代社会发现的一个观点加以阐释以外，我还做过什么吗？不消说，我与我的所有同代人一起为这观点施加了养分（我的一部分身心仍在为之增添养料)。我只不过是与之拉开足够的距离,以便能驾驭这个题目,并找出其逻辑所在。从下笔书写它至今,我所写的每篇作品都相当清晰地表达了这点。但是,与微妙差异之辨析相比,人们更乐于接受陈词滥调。他们已经选择了陈词滥调,而我一贯荒谬。

在引起我的兴趣、我又恰好写过的经历中,荒谬仅被认为是背离的程度,尽管关于它的记忆和感受依然伴我们前行,但这话再说一遍又有何意义。同理,恰如其分地说,笛卡尔的怀疑——成体系的怀疑——不足以说明笛卡尔是怀疑论者。无论如何,人怎能画地为牢,说一切皆无意义,说我们必须沉溺于绝对的绝望呢?在没把事情弄个水落石出之前,人至少能说:正如没有绝对的唯物主义(因为单是造出这个词,就已经承认世界上除了物质还有别样的存在),完全的虚无主义同样不存在。当你说事事皆荒谬时,你是在表述某种有意义的东西。拒绝承认世上的所有意义,相当于彻底抛弃所有的价值判断。比如生存和吃饭,本身就具有价值判断。你不肯饿死自己的那一刻,就选择了活着,因此你承认生命至少有一个相对价值。"绝望文学"的实际含义是什么?绝望是沉默。而且,如果你的眼睛会传情达意,那么就连沉默也是有意义的。真正的绝望是死亡的痛苦、坟墓或深渊。如果他说话,如果他推理,尤其是如果他写作,于是,这位兄弟立即伸出了他的手、树木有了存在的理由、爱诞生了。绝望文学是用词自相矛盾的说法。

当然,某种乐观主义不是我的专长。与我的同龄人一样,我成人时正值第一次世界大战鼓声隆隆,人类历史从那时起陷入杀戮、非正义和暴力。但是真正的悲观主义——它确实存在——在于完全夸大了残酷和耻辱。对我来说,我从未停止与这种耻辱斗争,我所恨者唯有残暴。我因孜孜以求的唯有超越我们最黑暗的虚无主义之理由,这样做既不是因为我想增添理由,也不是因为精神的某种罕见提升,而是出于对光明的本能忠诚;我降生于这光明,数千年来它使人类学会了拥抱生活,即使在苦难的日子里依然如此。埃斯库罗斯时常令人心碎，然而他却发出光和热。在他的宇宙中心，我们发现的不是无血无肉的荒谬，而是一个谜，即一种令我们目眩神迷，以致难以破解的意义。同样，对于依然生存在这个黯淡世纪中的那些微不足道而又坚忍倔强的希腊子孙来说，人类历史的灼人热气似乎无法忍受，然而他们最终忍受了它，因为他们想了解它。在我们的作品中，历史也许黑暗，但却也发出了永不疲倦的太阳光芒，这亘古的太阳至今照耀着高山和平原。

这之后，淡橘色火堆会燃起：谁在乎我们看起来像什么，又僭越了什么？我们的身份、我们命定的角色，足以填满我们的生活、占用我们的力量。巴黎是一个奇妙的洞穴，居者看见自己的影子映在远处的墙上，以为那是唯一的现实。这座城市所传扬出的奇怪、易逝的名声亦然。但是我们知道，在远离巴黎的地方，有光明在我们身后；为了直接面向光明，我们必须转过身、抛掉身上的枷锁；在死亡之前，我们的任务是遍寻词语，为它下定义。无疑，每位艺术家都在追求自己的真。如果他是伟大的艺术家，每件作品都引领他越来越接近真，或者，至少朝着这个中心摇摆，越摆越近，中心那被埋葬的太阳终有一日会点燃一切。如果他平庸，每件作品带着他离真越来越远，于是处处皆中心，光明流散衰减。然而，在艺术家的执着求索之路上，能够帮助他的人，只有那些爱他的人，还有那些从自身的激情中发现衡量一切激情的尺度，因而懂得如何评说的人，其本身就是艺术家的爱人或造就者。

是的，这一切的喧嚣……到那时人们将在静默中热爱和缔造和平！但是我们必须学会耐心。太阳封住我们的嘴巴，尚待时日。

1950年

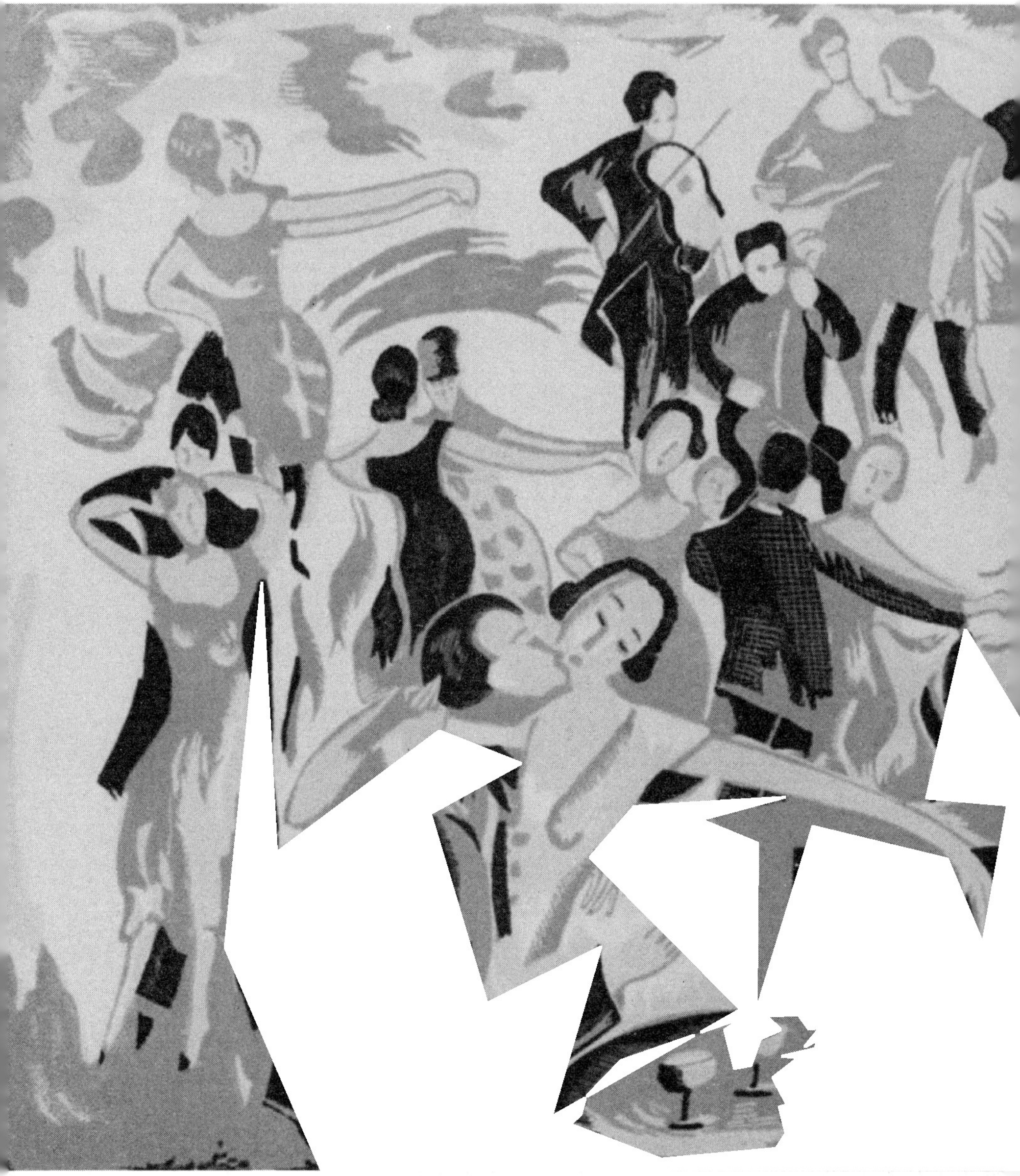

纽约的雨

纽约的雨是流亡者的雨。它丰沛、连绵、密集，不知疲倦地在高耸的水泥楼宇之间向着街衢倾泻而下，街道顿时沉入幽暗之井。躲进出租车，红灯停、绿灯行，面前的雨刷单调地快速摆动，把纷至沓来的雨水从挡风玻璃上扫到一边，你会蓦地恍若落入陷阱。你确信，如此行驶几个小时也逃不出这些方块囚室或水塘，涉过一个又一个水塘，却无望见到一座山冈或者一棵真正的树。白惨惨的摩天大楼在灰色雾霭中若隐若现，如同为亡者之城而立的一座座巨大墓碑，楼身似乎微微摇摆。这个时辰，人走楼空。八百万人口、钢筋水泥的气味、建筑者的疯狂，而那直插云端的却是孤寂。"就算我把世上的人全部抱住，也丝毫保护不了我。"

原因也许是，除了天空，纽约一无所有。天空万里无云、无边无际，向四面八方舒展开来，直至与地平线相接，它赋予纽约的是光彩夺目的清晨，还有绚烂的黄昏——光焰四射的晚霞漫过第八大街，洒向熙熙攘攘驶过商店橱窗的车流，夜幕未降，橱窗已早早亮起了灯光。当你望着通往郊区的林荫大道，一路还可以看见滨河大道上的那种暮色，道旁的哈德逊河水被落日映得通红；汽车川流不息，轻快、平稳地驶过，时不时地，车里突然冒出一句歌声，令人想到陡起的涛声。最后，我想起了其他地方的黄昏时光，它们如此温柔、如此飞逝如电，令人心碎。从哈莱姆看去，紫色霞光笼罩着中央公园一望无际的草坪。一群群黑人小孩正用木头球棒击球，开心地大喊大叫；穿着格子衬衫、上了年纪的美国人则瘫坐在公园的长椅上，使出尚存的力气嘬着冰棒；松鼠在他们的脚边刨坑，寻找着未知的美食。公园的树上，小鸟爵士乐队宣布了帝国大厦上空第一颗明星的出场；在一片高楼大厦的背景中，两腿修长的生灵大步流星地走在路上，把光彩照人的外表和漠然的眼神投向暂存温柔的天空。但当天空变暗，或者天光退去，纽约就又成了一座大城——白天的监狱、夜晚的火葬柴堆。当万家灯火漂浮在一面面黑黢黢的高墙上被送入半空，午夜宛如一个巨大的葬礼柴堆，似乎每个夜晚在曼哈顿这三河之岛的上空，都燃烧着一大团火焰，闷燃着，火光迸溅的巨大房架依然高高耸立。

我对其他城市有自己的看法，但只对纽约怀有这些一闪即逝的强烈情感，一种越来越难以抑制的思念和阵阵心痛。这么多月过去了，我对纽约依然一无所知，我是置身在此地的疯子中间，还是世界上最理性的人中间；生活是否如美国人说得那样轻松，或者此地的生活是否像有时看起来的那样空虚；在一个人就够用的地方雇佣十个人，而你却并未因此得到更快的服务，这是否自然；纽约人是自由派还是保守派，是谦和的生灵还是死魂灵；垃圾工戴着尺码正合适的手套干活，这是值得赞赏的还是无足轻重的；麦迪逊广场花园的马戏团在四个不同的场子里同时表演十个节目，于是你哪个都想看又一个也看不成，这样的安排是否有用；在我曾待过一晚上的溜冰场（冬季赛车场那种场地，沐浴在尘土弥漫的淡红色光线中），数千年轻人蹬着旱冰鞋，伴着金属滑轮的嘈杂轰响和高高的管乐声，没完没了地旋转，其表情竟会严肃而专注，如同在解联立方程，这是否有重大意义；最后，我们是应该相信那些说喜欢独处是怪癖的人，还是天真地相信那些因为从未有人向你索要过身份证而惊讶的人。

简而言之，我难以理解纽约。我冥思苦想，琢磨着清晨的果汁、苏格兰威士忌加苏打水和它与浪漫的关系；出租车里的姑娘和她们秘密而短暂的爱情；甚至从令人目瞪口呆的领结都看得出的过分奢华和恶俗品味；反犹主义与热爱动物——后者涵盖了布朗克斯动物园的大猩猩直至自然历史博物馆的原生动物；以最快速度为死亡和死者化妆的殡仪馆（"安息吧，剩下的事交给我们办。"）；可以在凌晨三点钟为你刮脸的理发店；在两个小时内由热变冷的气温；恍如辛辛监狱的地铁；四处张贴的广告，上面笑脸如云，宣称生活不是悲剧；煤气厂脚下鲜花盛开的墓地；姑娘的美与老人的丑；还有成千上万音乐喜剧中的陆、海军将军[①]驻扎在公寓门口，有的吹着哨子呼叫甲壳虫似的红、

---

① 译注：指身穿制服的门童。

黄、绿色出租车，有的为你开门；最后还在在市区与市郊开车来回穿梭的人，他们就像五十层高楼的电梯中形形色色的电梯工，沿着笛卡尔坐标上上下下。

是的，我理解不了。我渐渐明白，城市像某些女人一样，惹你心烦、辖制你、剥去你灵魂的伪装，她们滚烫地黏上你身体的每一个毛孔，既丑陋难堪又愉悦怡人。我就是这样连着几天在纽约各处走动，泪水盈眶，只因为城市的空气中弥漫着煤渣，我在室外的一半时间都用来揉眼睛，或者擦去哈德逊河对岸的新泽西上千家工厂当作开心贺礼送入人眼的细小金属颗粒。总之，纽约就是这样打动我的：像眼中的异域胴体，秀色可餐而又难以忍受，令人感动得潸然泪下，也让人愤怒得烈焰升腾。

也许这就是所谓的激情。我所能说的就是，我知道什么样的反差形象滋养了我的激情。有时在半夜，在摩天大楼的上空，越过几百堵高墙，拖船的鸣叫会与我的失眠不期而遇，提醒我这片钢筋水泥的沙漠还是一座岛屿。然后我会想起大海，想象着自己在故乡的海滩。其他的黄昏时分，当夜色从三层楼高的地方疾驰而过，贪婪地吞没了红色和蓝色的微光，不时让自己慢慢与晦暝的车站融为一体时，我在第三大道高架轻轨的北面兜风，一路看着摩天大楼缤纷掠过。离开市中心模糊的街道，我会驶向一个比一个贫困的街区，路上的汽车也越来越少。我知道等待我的是什么，是鲍尔瑞①之夜。距离一家家光彩夺目的婚礼用品商店（里面蜡制的模特没有一个是微笑的）几步远的地方，住着被遗忘的人们，在这座银行家之城中，他们随波逐流、漂进贫困。这是城里最暗淡无光的地方，见不到一个女人，每三个男人中就有一个醉鬼。在一家怪异的、显然直接模仿自西部电影的酒吧里，又胖又老的女演员咏叹着幻灭的人生和母亲的爱，她们踏着节拍，在酒吧的吵嚷吼叫声中，神经质地晃动着岁月堆积在她们身上的赘肉。鼓手也是个老女人，看上去像一只仓鸮，有的晚上，你会感觉想了解她的人生——当此罕见时刻，地理影响消失，孤独感成了有点令

---

① 译注：纽约南部的贫困街区。

人困惑的现实。

  在其他时候……不过，是的，我当然爱纽约的清晨与夜晚。我爱纽约，那强烈的爱有时留给人的全是无常与恨意：人有时需要放逐。那么，恰是纽约之雨的气息，在最和谐而熟悉的众城中心搜寻到你的踪迹，提醒你天下至少有一个解脱之地。在那里，置身茫茫人海，只要你愿意，终可以永远潜踪遁迹。

1947年发表于《形与色》

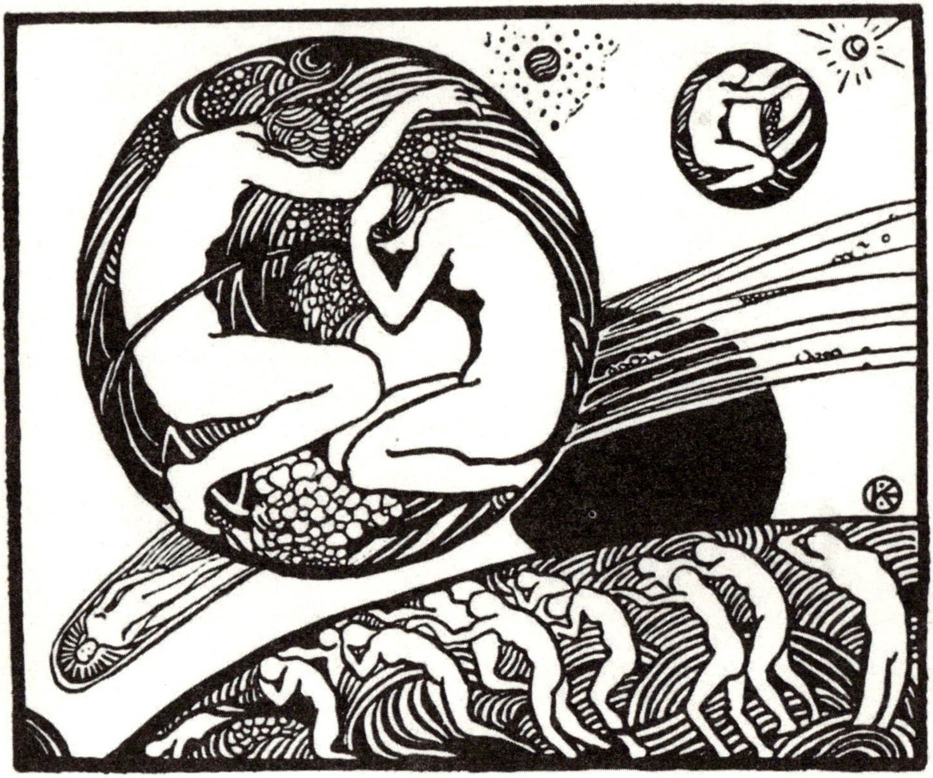

江苏文艺
世界大师
果壳宇宙

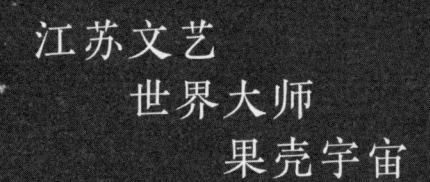

热情
情怀 勤勉 革新
善良 豁达 澄明 睿智
沉稳 平衡 神秘
浪漫

人类的过去，书写在这里；你的未来，藏在你读过的书中。

人类是一根连接在兽类与超人中间的绳索——
一根悬于深渊上的绳索。
人类之伟大，在于它是桥梁而非终点；
人类之可爱，在于它是过渡也是没落。

每个不曾起舞的日子都是对生命的辜负/尼采

荣光时刻/丘吉尔

不要因为走得太远而忘记为什么出发/纪伯伦

这里有我对生命全部的爱/加缪

勤勉

这个世界既不属于富可敌国者，
也不属于权势滔天者，
它属于那些有心人。

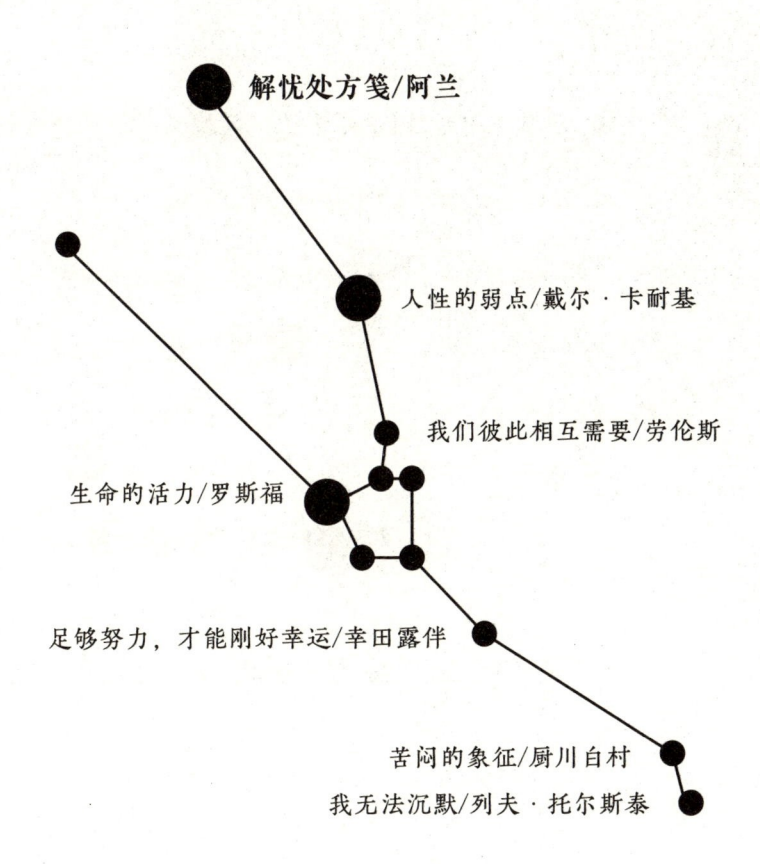

解忧处方笺/阿兰

人性的弱点/戴尔·卡耐基

我们彼此相互需要/劳伦斯

生命的活力/罗斯福

足够努力，才能刚好幸运/幸田露伴

苦闷的象征/厨川白村
我无法沉默/列夫·托尔斯泰

生活的不确定性，正是希望的源泉。

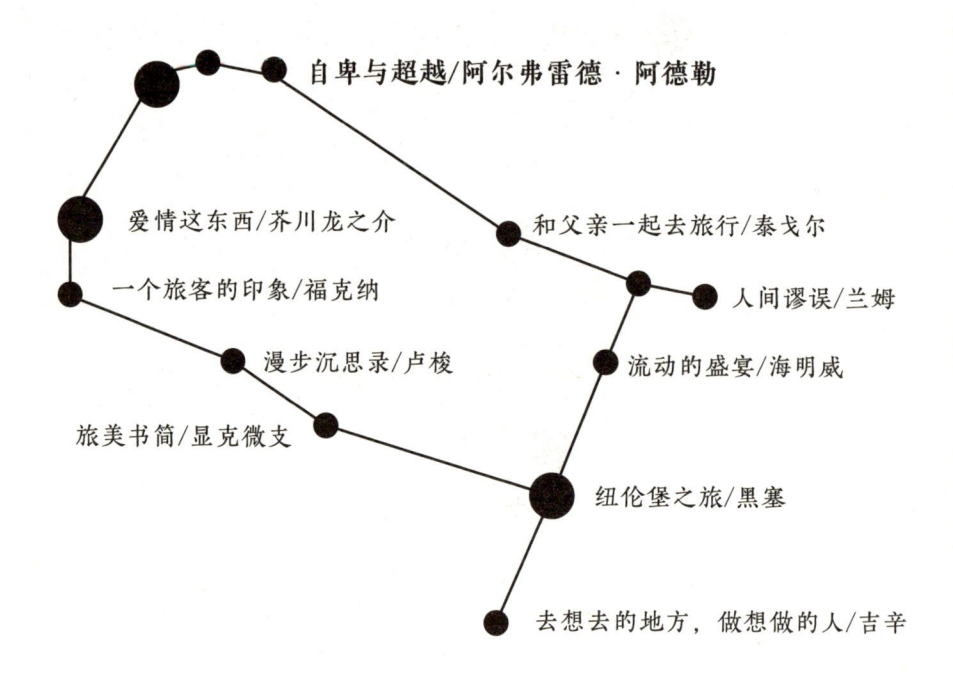

自卑与超越/阿尔弗雷德·阿德勒

爱情这东西/芥川龙之介

一个旅客的印象/福克纳

和父亲一起去旅行/泰戈尔

人间谬误/兰姆

漫步沉思录/卢梭

流动的盛宴/海明威

旅美书简/显克微支

纽伦堡之旅/黑塞

去想去的地方，做想做的人/吉辛

坚定你的信念吧，天会破晓；希望的种子深藏于泥土，它会发芽；
白天已近在眼前，那时——
你的负担将变成礼物，你受的苦将照亮你的路。

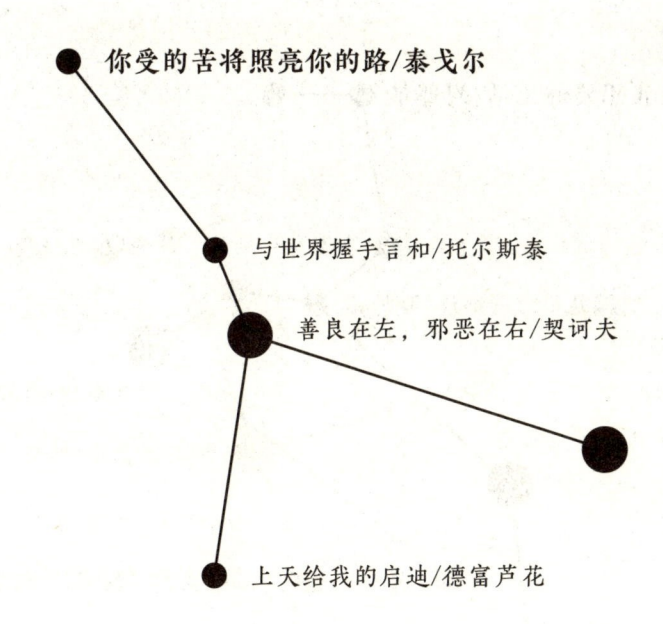

你受的苦将照亮你的路/泰戈尔

与世界握手言和/托尔斯泰

善良在左，邪恶在右/契诃夫

上天给我的启迪/德富芦花

诗意地理解生活，理解我们周围的一切——
这是童年最可宝贵的馈赠。

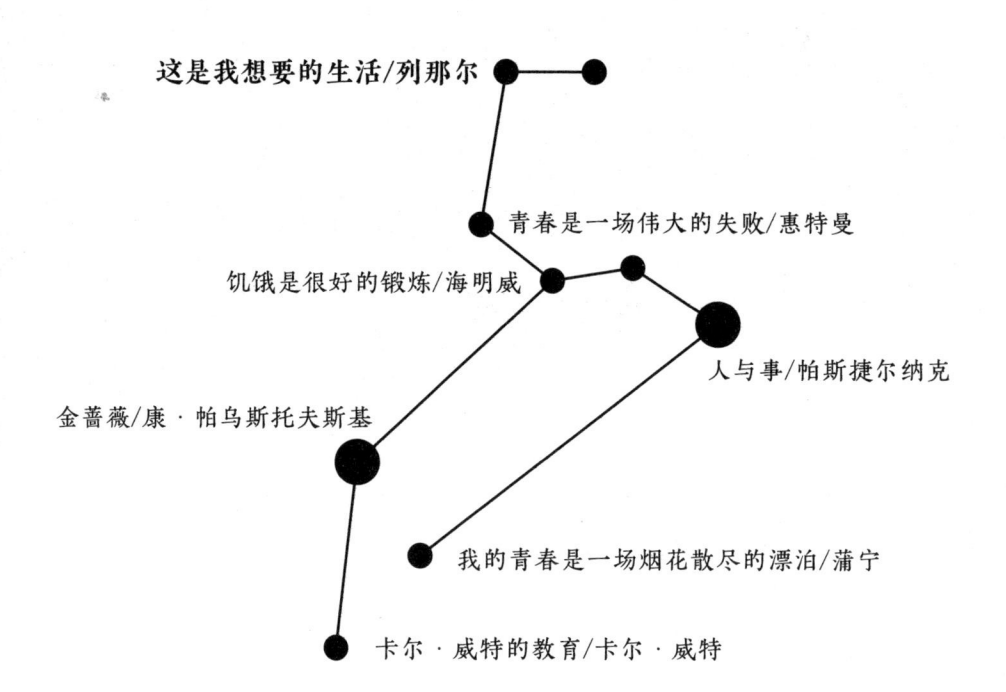

这是我想要的生活/列那尔

青春是一场伟大的失败/惠特曼

饥饿是很好的锻炼/海明威

人与事/帕斯捷尔纳克

金蔷薇/康·帕乌斯托夫斯基

我的青春是一场烟花散尽的漂泊/蒲宁

卡尔·威特的教育/卡尔·威特

我们在这世上的时日不多，
不值得浪费时间去取悦那些卑劣庸俗的流氓。

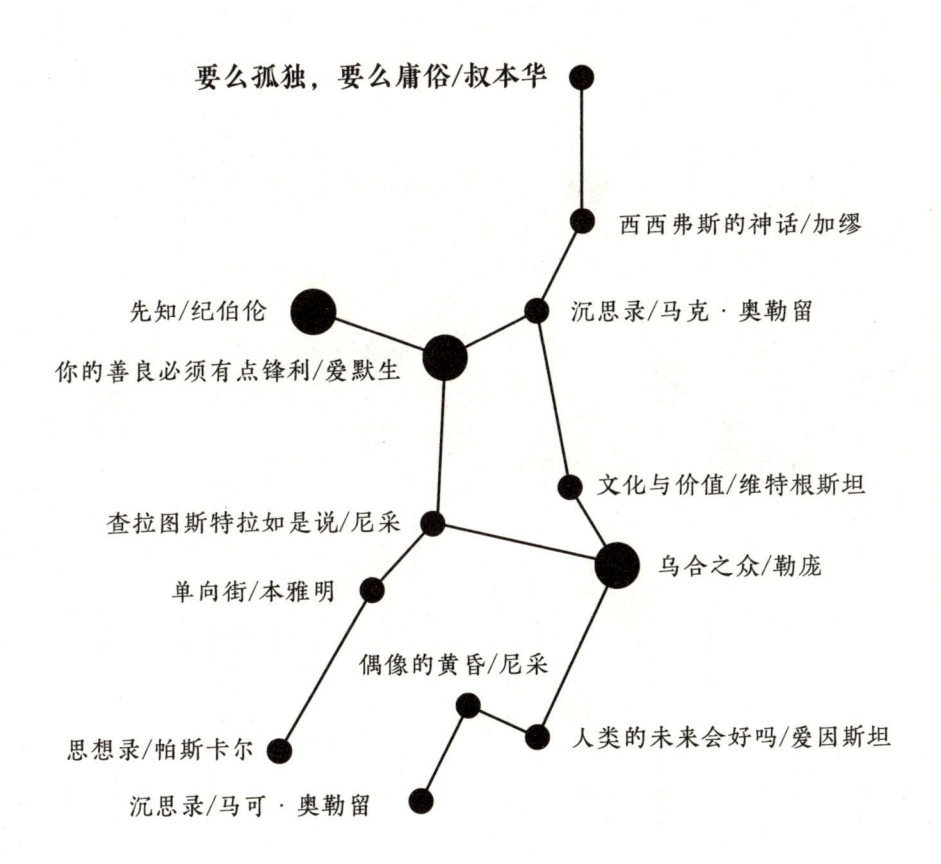

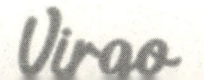

要么孤独，要么庸俗/叔本华

西西弗斯的神话/加缪

沉思录/马克·奥勒留

先知/纪伯伦

你的善良必须有点锋利/爱默生

文化与价值/维特根斯坦

查拉图斯特拉如是说/尼采

乌合之众/勒庞

单向街/本雅明

偶像的黄昏/尼采

思想录/帕斯卡尔

人类的未来会好吗/爱因斯坦

沉思录/马可·奥勒留

平衡

"可能"问"不可能"道:"你住在什么地方呢?"
答曰:"我就在那无能为力者的梦境里。"

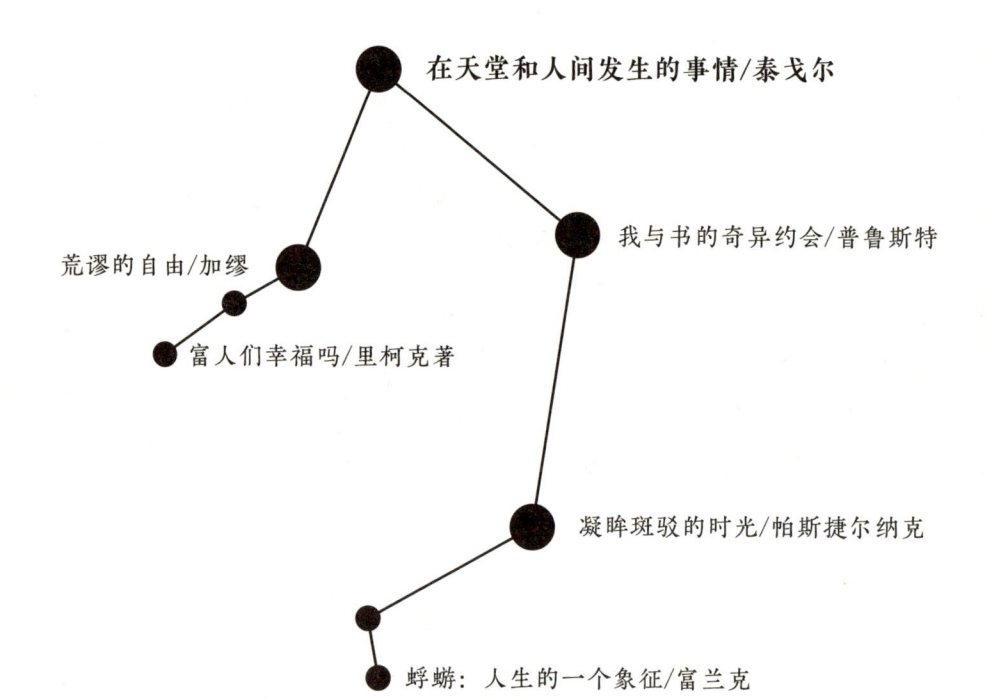

在天堂和人间发生的事情/泰戈尔

我与书的奇异约会/普鲁斯特

荒谬的自由/加缪

富人们幸福吗/里柯克著

凝眸斑驳的时光/帕斯捷尔纳克

蜉蝣:人生的一个象征/富兰克

Libra

神秘

这莫名其妙的世界啊，无论如何令人愁肠百结——
她，总还是美的。

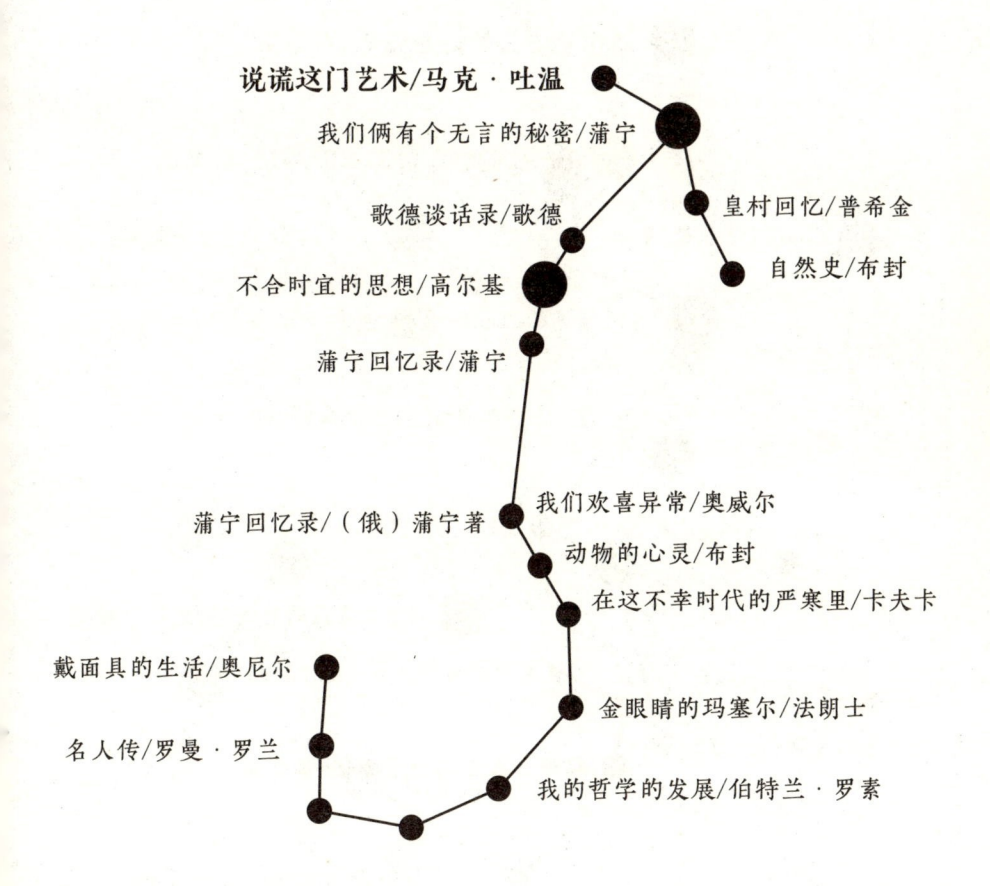

说谎这门艺术/马克·吐温
我们俩有个无言的秘密/蒲宁
歌德谈话录/歌德
皇村回忆/普希金
自然史/布封
不合时宜的思想/高尔基
蒲宁回忆录/蒲宁
蒲宁回忆录/（俄）蒲宁著
我们欢喜异常/奥威尔
动物的心灵/布封
在这不幸时代的严寒里/卡夫卡
戴面具的生活/奥尼尔
金眼睛的玛塞尔/法朗士
名人传/罗曼·罗兰
我的哲学的发展/伯特兰·罗素

Scorpio

世界上最宽阔的是海洋，
比海洋更宽阔的是天空，
比天空更宽阔的是人的胸怀。

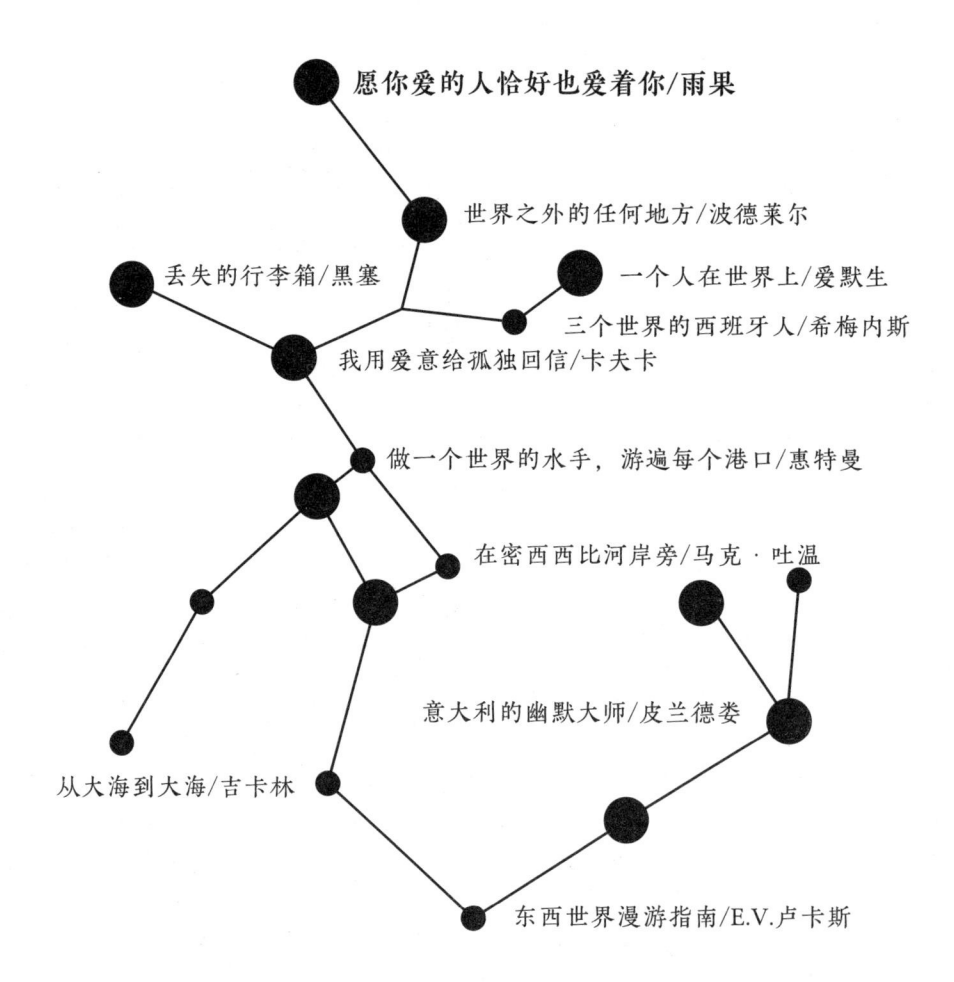

愿你爱的人恰好也爱着你/雨果

世界之外的任何地方/波德莱尔

丢失的行李箱/黑塞

一个人在世界上/爱默生

三个世界的西班牙人/希梅内斯

我用爱意给孤独回信/卡夫卡

做一个世界的水手，游遍每个港口/惠特曼

在密西西比河岸旁/马克·吐温

意大利的幽默大师/皮兰德娄

从大海到大海/吉卡林

东西世界漫游指南/E.V.卢卡斯

Sagittarius

谁将声震人间，必长久深自缄默；
谁将点燃闪电，必长久如云漂泊。

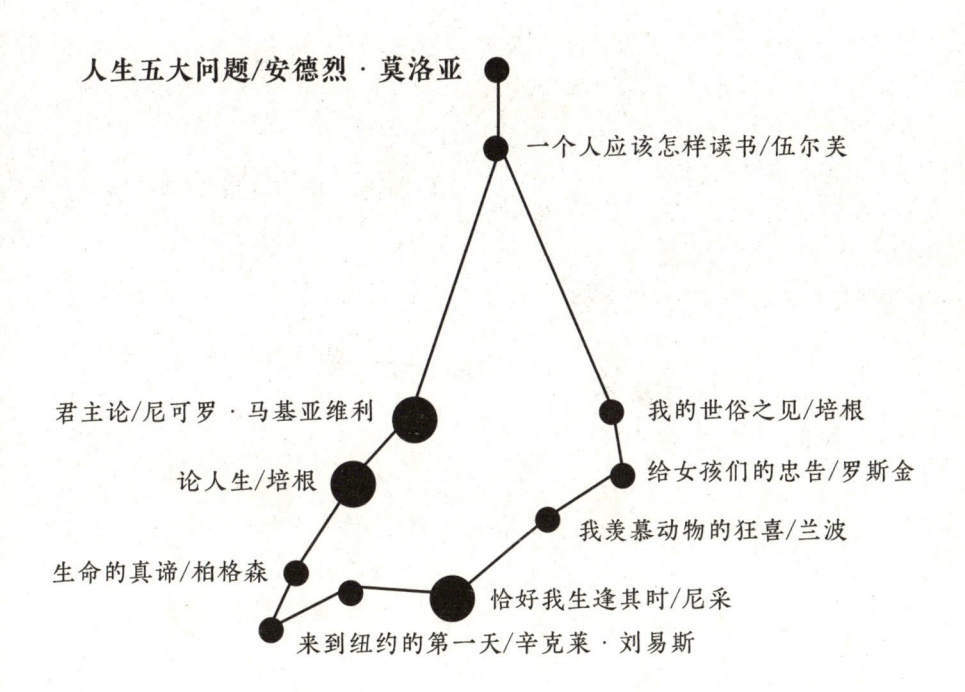

人生五大问题/安德烈·莫洛亚

一个人应该怎样读书/伍尔芙

君主论/尼可罗·马基亚维利

我的世俗之见/培根

论人生/培根

给女孩们的忠告/罗斯金

我羡慕动物的狂喜/兰波

生命的真谛/柏格森

恰好我生逢其时/尼采

来到纽约的第一天/辛克莱·刘易斯

Capricorn

> 我们的整个生命是一场惊人的道德之争，
> 人，你本该活得荣耀。

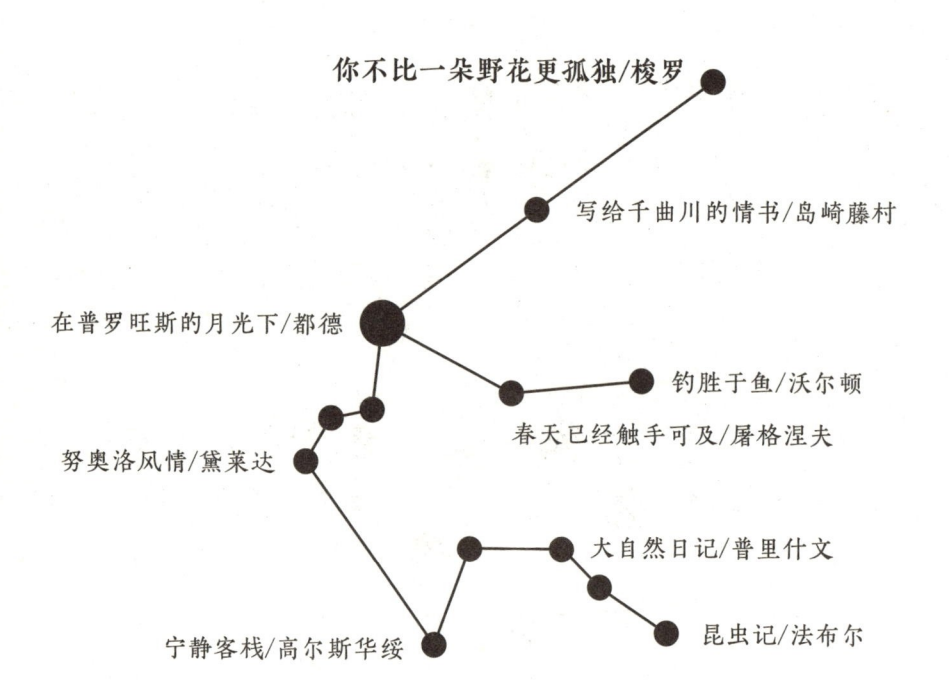

你不比一朵野花更孤独/梭罗

写给千曲川的情书/岛崎藤村

在普罗旺斯的月光下/都德

钓胜于鱼/沃尔顿

春天已经触手可及/屠格涅夫

努奥洛风情/黛莱达

大自然日记/普里什文

昆虫记/法布尔

宁静客栈/高尔斯华绥

Aquarius

浪漫

你我相知未深，
因为我不曾与你同在一片寂静之中。

我想为你连根拔除寂寞/夏目漱石

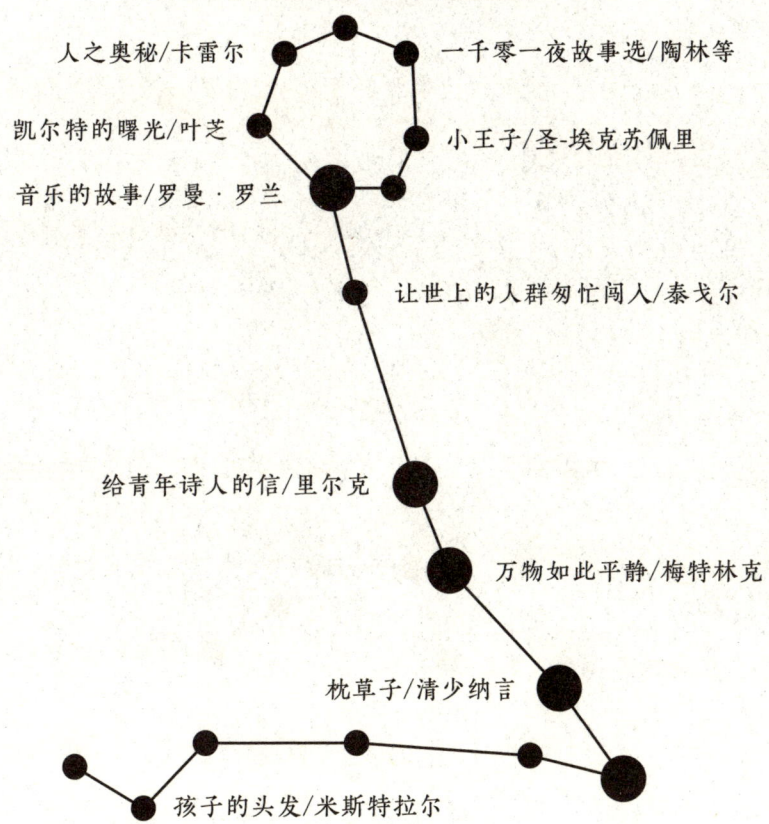

人之奥秘/卡雷尔　　一千零一夜故事选/陶林等

凯尔特的曙光/叶芝　　小王子/圣-埃克苏佩里

音乐的故事/罗曼·罗兰

让世上的人群匆忙闯入/泰戈尔

给青年诗人的信/里尔克

万物如此平静/梅特林克

枕草子/清少纳言

孩子的头发/米斯特拉尔

Pisces

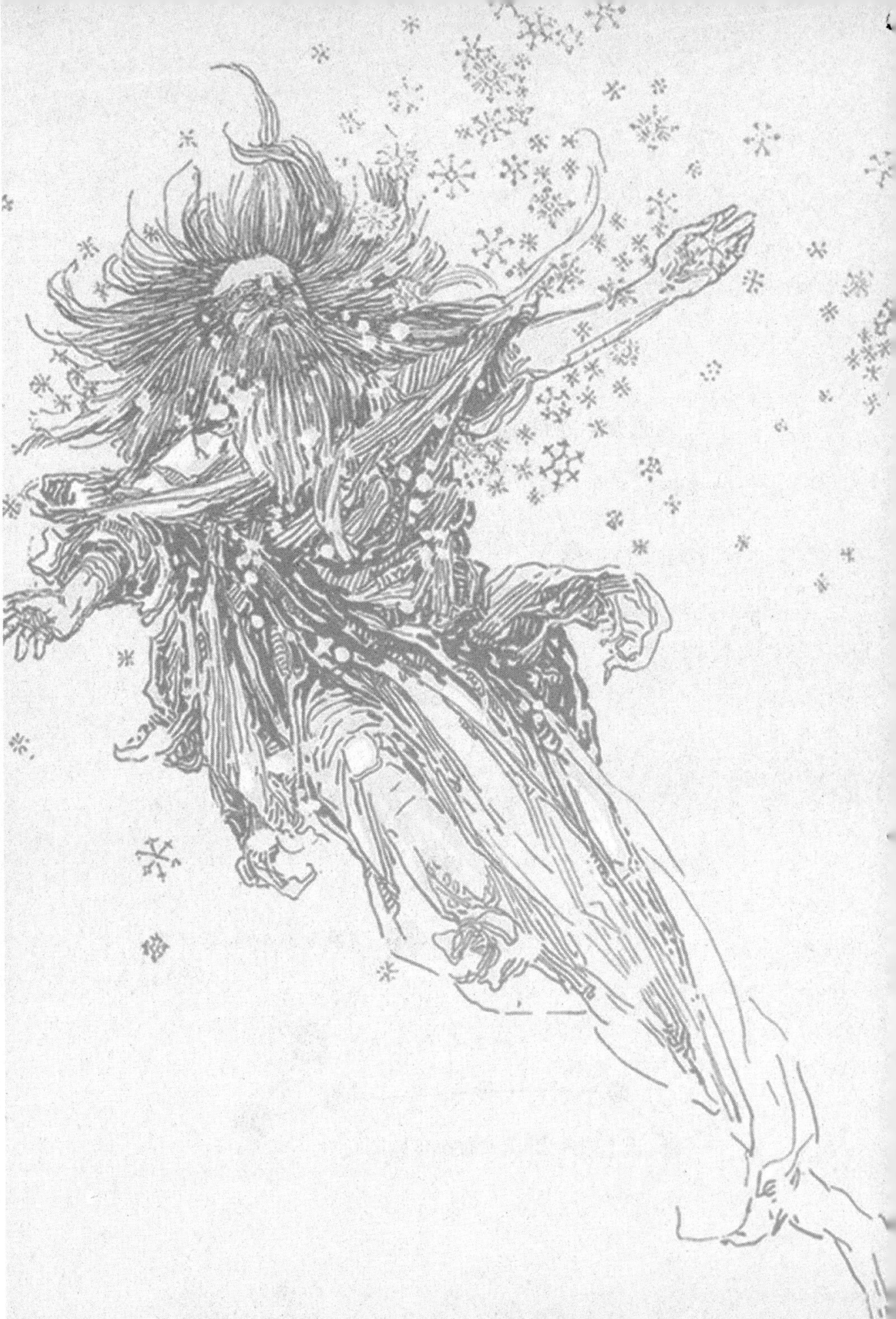